Prix du ...
des lecteurs de POINTS

Ce roman a remporté le

**Prix du Meilleur Polar
des lecteurs de POINTS !**

Il a été choisi par un jury composé de 40 lecteurs et de 20 professionnels, parmi 9 romans policiers, thrillers et romans noirs récemment publiés par les éditions Points.

Pour tout savoir sur le prix et rejoindre le jury 2015, rendez-vous sur :

www.prixdumeilleurpolar.com

Karim Miské est né en 1964 à Abidjan d'un père mauritanien et d'une mère française. Il réalise depuis vingt ans des documentaires sur des sujets aussi divers que les néo-fondamentalismes juif, chrétien et musulman, la surdité ou la bioéthique. *Arab Jazz* est son premier roman.

Karim Miské

ARAB JAZZ

ROMAN

Viviane Hamy

TEXTE INTÉGRAL

ISBN 978-2-7578-3347-6
(ISBN 978-2-87858-507-0, 1ʳᵉ publication)

© Éditions Viviane Hamy, 2012

Le Code de la propriété intellectuelle interdit les copies ou reproductions destinées à une utilisation collective. Toute représentation ou reproduction intégrale ou partielle faite par quelque procédé que ce soit, sans le consentement de l'auteur ou de ses ayants cause, est illicite et constitue une contrefaçon sanctionnée par les articles L. 335-2 et suivants du Code de la propriété intellectuelle.

Tu parleras moins avec un Glock dans la bouche.

Booba

1

Ahmed regarde les nuages dans le ciel, les nuages qui flottent là-bas, les merveilleux nuages.

Ahmed aime la poésie, pourtant il n'en connaît plus que des bribes qui lui reviennent fugitivement telles des bulles à la surface de l'âme. Souvent les vers arrivent seuls, sans auteur ni titre. Ici, ça lui évoque Baudelaire, une histoire d'étranger, de liberté, un truc anglais. C'était son auteur préféré, Baudelaire, à l'époque, avec Van Gogh et Artaud. Et puis il y avait eu Debord. Et puis il avait cessé de lire. Enfin, presque. Aujourd'hui il achète *Le Parisien* les matins où il descend. Et quantité de polars industriels anglo-américains : Connely, Cornwell, Cobain. À de rares exceptions près, les noms se mélangent dans sa tête, tant il a le sentiment de lire le même roman. Et c'est cela qu'il recherche. S'oublier en absorbant l'entièreté du monde dans un récit ininterrompu écrit par d'autres.

Il se fournit à la librairie d'occasion de la rue Petit. Une minuscule boutique du temps d'avant qui a étrangement survécu entre le complexe scolaire loubavitch, la salle de prière salafiste et l'église évangélique. Peut-être parce que M. Paul, un vieil anarchiste arménien, ne rentre dans aucune des catégories d'illuminés qui se partagent désormais le quartier. Et puis il vend sa littérature profane au poids, ce qui le rapproche plus de l'épicier que du dealer de livres shaïtaniques. De temps en temps, le libraire ajoute un ouvrage à la pile sans rien dire. Ellroy, Tosches, un Manchette inédit. Ahmed cligne très légèrement des yeux. Reconnaissant envers son fournisseur de ne pas le laisser sombrer totalement. De ces auteurs, il se souvient.

Aujourd'hui il n'est pas descendu. Il lui reste une baguette au congélateur, un paquet de tortellini au jambon, une quiche saumon-épinards, assez de beurre pour trois tartines, un reste de confiture de fraises confectionnée par la voisine du dessus, Laura, qu'il aurait désirée s'il savait encore désirer, un pack d'Évian, une plaquette de chocolat noir aux noisettes Ivoria, cinq Tsingtao soixante-six centilitres, une demi-bouteille de William Lawson soixante-quinze centilitres, trois bouteilles de vin – rouge, rosé, monbazillac – et six canettes de bière sans alcool Almaza, lâchement abandonnées par son cousin Mohamed avant son départ pour Bordeaux huit mois plus tôt. Sans oublier un paquet de Tuc, la moitié d'une saucisse sèche, les deux tiers d'un valençay, sept crackers, un demi-litre de lait écrémé et un fond de muesli Leader Price. Plus, bien sûr, la boîte de thé vert Gunpowder et celle de Malongo percolatore. De quoi tenir jusqu'à l'épuisement des trois kilos sept de bouquins achetés la veille à M. Paul.

Pour l'heure, Ahmed rêve. Il regarde les merveilleux nuages de l'heure du thé et il rêve. Son esprit quitte ce quartier dans lequel il a cessé de vivre depuis cinq ans déjà. Le détachement auquel il aspirait alors approche. Regarder les nuages, lire, dormir et boire le soir venu. Peu à peu, il est parvenu à décrocher de la télévision, des écrans. Les livres colonisent son esprit, il le sait, mais lui sont encore nécessaires. Trop tôt pour qu'Ahmed affronte seul ses démons. Les horreurs des autres, l'imagination malade des autres lui permettent de contenir les monstres tapis dans le fond de son crâne.

Lentement, son esprit s'envole vers les lointains campements de ses ancêtres. La source impossible. Le voyage aller se fait en ligne droite, sans encombres. À dix kilomètres d'altitude, il regarde à peine les champs, les montagnes, l'eau, les cailloux, le sable enfin. Une centaine de dunes après le début du désert, il entame sa descente vers le grand erg bleu. Soudain apparaissent les tentes en poil de chameau, les hommes, les bêtes, les esclaves. Cette humanité biblique désirable et atroce de cruauté. Ce monde insensé qui est lui et le contraire de lui. Cette aporie. Ahmed garde prudemment ses distances et se contente, comme à chaque visite, de survoler à une altitude raisonnable le campement de ses lointains cousins. Incognito, il se laisse flotter parmi les cerbères du désert, les vautours aux ailes lourdes qui toujours le reconnaissent comme un des leurs.

L'homme-vautour tourne dans le ciel sans nuages et observe les changements survenus depuis sa dernière visite. L'atmosphère est différente, plus épaisse. Dans cette zone floue peuplée de rebelles, aux confins des États, là où l'on trouve des hommes, on trouve des quatre-quatre équipés pour le combat, des treillis, des kalachnikovs. Cela n'est pas nouveau. Ce qui l'est : la longueur des barbes de certains, le prêche après la prière collective face au levant, les regards dans lesquels se succèdent de manière troublante fièvre, certitude, inquiétude, exaltation et souffrance insondable. L'ironie tragique des guerriers du désert a cédé la place à une angoisse existentielle lourde comme de la poix qui les unit dans une détestation d'eux-mêmes sombre ou lumineuse selon leur tempérament. Cela s'est substitué à l'air qu'ils respirent. Ahmed l'inhale déjà, ce gaz inodore et délétère, il commence d'en percevoir les effets. Pourtant, il refuse de se résigner, de dire adieu à son jardin secret, son carré de dunes à lui, sa pureté intérieure. Il s'attarde, il traîne, il musarde. Et puis, derrière une tente, l'image ultime, la caricature de ce qu'il refuse de contempler. Une forme noire, bizarre, est accroupie, là. Elle n'a ni début, ni fin. Une sorte de fantôme. Quelque chose d'humain, de féminin qui tourne sa tête, au regard celé par l'obscurité du voile, vers le ciel. La femme-tissu vrille ses yeux invisibles dans les siens, lui envoie une décharge d'horreur pure, de détresse absolue. L'homme-vautour vacille. La torpeur le gagne, il se rapproche du sol à grande vitesse, incapable d'exprimer ne serait-ce que le désir de ne pas tomber. Ses compagnons ailés l'observent. Ils savent que le regard voilé a brisé la fragile immunité du voyageur. Ramenés à leur fonction de gardiens de la limite entre les mondes, les charognards célestes se pressent autour de lui, le forcent à reprendre son vol.

PLUS HAUT ! PLUS HAUT ! PLUS HAUT !
DEVANT ! DEVANT ! DEVANT !
NE TE RETOURNE PAS !

Reconduit à grande vitesse aux confins de leur espace aérien par ses ex-semblables, Ahmed se sait désormais banni. Libre à lui d'explorer la Sibérie ou la Patagonie. Par ici, il n'est plus le bienvenu.

Laghouat, Aïn-Ben-Tili, Méroé, le Tiris, le Tassili. Goulimine, la Cyrénaïque, Sicilia, Ibiza, Olbia,

Bonifacio, La Valette. Le retour est toujours un détour. Cette fois, plus que jamais.

Ahmed a besoin de digérer, d'étaler le temps entre le monde insensé de là-bas, et lui ici. À la verticale de La Valette, un incident de parcours produit une intrusion brutale du réel. Cela pourrait se lire dans un poème à la Desnos : « À la verticale de La Valette, un Templier tenté se laissa tomber. » Oublie et continue… De toute façon, il n'en parlerait pas dans sa déposition. De toute façon, il n'y aurait pas de déposition. Et puis, à qui expliquer ça ?

C'est donc à La Valette, soixante-quinze zéro dix-neuf, Paris, qu'il sent la première goutte sur son visage aux yeux mi-clos tournés vers le ciel. La deuxième s'écrase sur la manche immaculée de la gallabiyah offerte par le cousin Mohamed. Ahmed baisse la tête, observe la tache écarlate qui s'élargit sur la cotonnade blanche. Ce n'est pas de la pluie. Une troisième larme l'atteint sur le bout du nez. Il goûte : du sang. Ses yeux se relèvent, comme s'ils savaient ce que découvrira son regard. Un pied immobile pend deux mètres au-dessus de lui, forme un angle étrangement ouvert avec la cheville ornée d'un tatouage géométrique au henné. Au bout du gros orteil, une nouvelle goutte se forme, prête à tomber sur son front. Il s'écarte, la laisse s'écraser sur le lys blanc, seul ornement de son balcon. Le sang de Laura inscrit sa trace sur la fleur immaculée. Et Ahmed revient au monde. Un coup d'œil sur l'horloge murale, un rond vert cerclé de métal où ne figure que le chiffre quatre. Vingt et une heures quinze. Le voyage a duré longtemps.

Les romans lus tapissent les murs de son studio. Pas de bibliothèque, il les empile. Son espace vital se rétrécit au fil des lectures. Il tient ses comptes : deux tonnes cinq de polars, tous achetés chez M. Paul. À cinq tonnes, il s'arrête. D'après ses calculs, il aura alors juste la place de circuler entre son matelas et la porte d'entrée. Ce jour-là, Ahmed claquera la porte, laissera la clé dans la boîte et partira sans se retourner.

À cause de l'angle bizarre, il comprend immédiatement que Laura est morte. Ses lectures lui ont appris quelques règles à appliquer en cas de coup dur : ne pas se faire repérer, ne pas laisser d'empreintes. Etc. Une deuxième chose lui apparaît évidente : on veut lui faire porter le chapeau. Cette certitude remonte d'une zone en lisière de sa conscience où se sont accumulés un ensemble de petits signes presque ineffables : des bribes de mots entendues sur son passage, prononcées par il ne sait qui. Le sourire de Sam, le coiffeur, qui se transforme en brûlure sur sa nuque dès qu'Ahmed a le dos tourné. Le regard complice échangé à la périphérie de son champ visuel par deux ennemis supposés irréductibles. Des petites choses comme ça, dérangeantes, dont il comprend que la mort de Laura leur confère un sens rétrospectif – mais lequel ? Peu désireux de devenir le suspect principal, il ne fuira pas, mais il lui faut en savoir plus, déterminer ce qui se trame et pourquoi on veut l'y impliquer. Laura saigne encore, le meurtre est tout frais. C'est sûr, l'assassin souhaite incriminer le voisin de sa victime, mais il prendra certainement quelque distance avant d'appeler la police ou les journaux. Ahmed possède la clé du deux-pièces de la jeune femme. Il monte. La porte entrouverte grince au gré du vent.

Il entre en jouant de l'épaule, évitant que sa peau touche quoi que ce soit. Il lui faut voir par lui-même. Sentir. Dans l'enfilade du couloir, la baie vitrée, largement ouverte, laisse pénétrer un souffle mauvais. Le ciel gris s'est brusquement couvert, des nuages noirs affluent du parc de la Villette. Grondement sourd. Agir, vite. Au centre de la pièce principale, la table est soigneusement dressée pour deux personnes. Une bouteille de bordeaux débouchée, des verres emplis de vin aux deux tiers. Dans un plat en porcelaine blanche, un rôti de porc cru baigne dans du liquide rouge, un couteau de cuisine à manche noir planté en plein milieu.

On dirait une farce. L'irréel et le réel s'entremêlent. Le jeune homme vacille, cherche un appui. Sa main va pour se poser sur le rebord de la chaise lorsqu'une petite voix le rappelle à l'ordre : « Pas d'empreintes, mec, pas d'empreintes ! » Il recule, tourne la tête pour se retrouver brusquement face à lui-même, reflété dans le miroir ovale accroché sur le mur de gauche. Cela fait très longtemps qu'il ne s'est pas regardé. Il est surpris par ses joues creuses, son teint plus terre que bronze, sa barbe de dix jours. Mais autre chose le frappe, qu'il serait presque incapable de nommer : sa beauté. Pourtant, les rares femmes avec qui il a partagé quelques plaisirs disaient souvent « tu es beau » ou : « qu'est-ce que t'es beau, Ahmed ! ». Soudain, ces mots sans importance, entendus dans une vie antérieure, prennent leur sens. Ses cheveux légèrement crépus, ses lèvres pleines, la douceur de son regard constituent une véritable harmonie. Et d'autres éléments qu'il n'a pas envie de détailler. Il est ému. Il se souvient des regards de Laura, et de la clôture de son propre cœur. Il se détourne de son reflet pour rejoindre le balcon.

Et découvrir l'horreur qu'il sait devoir affronter.

Elle est debout, solidement attachée par du câble électrique blanc de l'autre côté de la rambarde. Il s'approche des grands yeux bleus ouverts sur l'abîme.

Il lui semble ne l'avoir jamais vue, comme si la mort seule lui permettrait de découvrir son doux visage bienveillant de madone florentine. Il se remémore les tentatives discrètes de la jeune fille pour qu'il devine ses sentiments à son égard. La peine, la souffrance l'étreignent : c'est confronté à son absence définitive qu'il perçoit son amour à elle, pire encore, son sentiment à lui. Cette inclination qu'il éprouvait et que Laura avait perçue malgré son propre aveuglement. Elle était belle, ils auraient pu s'aimer. Son cœur éclate et s'éveille tout à la fois. Sa main se tend vers la joue, mais s'arrête à quelques millimètres. Il revient à la raison, à la prudence et une pensée surgit, un cliché, qu'il fait totalement sien à cet instant : je te vengerai Laura. Il avance d'un demi-pas vers le pire. La jeune femme n'est vêtue que d'un tee-shirt carmin. Bouche bâillonnée, buste apparemment intact. Le bas-ventre n'est qu'une énorme plaie qui a cessé de s'égoutter sur le balcon d'Ahmed.

Le vent souffle ses menaces tandis qu'un gyrophare s'engage dans la rue. Les assassins n'ont pas traîné. En sortant, horrifié, Ahmed remarque que les trois orchidées dont il prenait méticuleusement soin lors des voyages de Laura ont été décapitées. Seules demeurent les tiges, dans leurs pots hydroponiques rassemblés sur le plan de travail. Il cherche les fleurs des yeux, ne les trouve pas, s'extirpe péniblement de l'appartement, descend l'escalier en silence et referme la porte de son studio juste au moment où quelqu'un appelle l'ascenseur. Il n'a laissé aucune empreinte. Le tonnerre gronde. Les premières gouttes, lourdes, lavent le lys. Ahmed ferme fenêtres et volets, ôte sa gallabiyah tachée, la retourne et la roule en boule – manches

16

à l'intérieur – avant de l'emballer dans un sac en plastique blanc, qu'on distribue encore au Franprix du coin. Demain, il sera temps de s'en débarrasser, avant que les flics obtiennent le mandat de perquisition. Il revêt son pyjama Brooks Brothers élimé, dernier cadeau de sa dernière amoureuse, la mystique Catarina, puis se couche, ferme les yeux, s'endort. Rêver, c'est ce dont il a besoin à présent. Laura morte, lui doit vivre. Il n'a plus le choix. Les songes indiqueront le chemin.

On sonne, on frappe. «Police, ouvrez!» Il n'entend pas. Les keufs, les kisdés. Depuis longtemps leurs routes se croisent. À présent, il ne pourra les éviter. Pour la première fois depuis des années, Ahmed n'a pas eu besoin de boire pour dormir. Pour autant nulle paix en son sommeil. La mort, cette vieille carne, se frotte. Il résiste, ne veut pas se donner. Elle cède alors la place à une autre, beauté sulfureuse, espionne enjôleuse, visiteuse habituelle de ses nuits. Jamais de pénétration en ses rêves. Pas même de nudité. Juste de l'humidité. Mais cette nuit, il tient bon, garde sa semence, sa force. Et les fantômes, furieux, se retirent en le prévenant du pire. Ombre glacée, vent, pluie battante sur le volet comme dans sa tête. Éclair. Face grimaçante! Ibliss apparaît puis disparaît. Le dormeur grogne, racle sa langue sur les incisives et les molaires. Remue, mais ne se réveille pas. *Shazam*. La face blême du tueur s'illumine. Ahmed ouvre les yeux. Hébété. Désagréable sensation de déjà-vu. Oublier. L'image court se réfugier en un repli de son crâne. Il le sait. Elle le guidera.

Des bruits de pas au-dessus de sa tête. Toutes les polices s'agitent. Judiciaire et scientifique.

– Qu'est-ce que c'est que ce crime? Pourquoi un rôti de porc? Que des feujs et des rebeus, tous plus mabouls les uns que les autres dans ce quartier. À peine tu sors du Bunker, t'entends : « *Salam aleikoum*, lieutenant. » « *Shalom*, monsieur le commissaire. » Putain, vivement Roscoff, j'sais pas pour toi, Rachel, mais moi, ils me rendent dingue. Positivement dingue. Mais je le sens pas, ce rôti. C'est trop gros. Comme disait Goebbels…

– « Plus c'est gros plus ça passe », le coupe Rachel. J'adore t'entendre citer Goebbels. Ça fait partie des petites choses qui aident à supporter l'existence. Bon, on se casse. On a un rapport à rédiger.

Ahmed entend et n'entend pas. Il sait. Il voit la rousse Rachel et le brun Jean. Ils feront ce qu'ils peuvent, c'est-à-dire peu. C'est-à-dire beaucoup. Demain avant six heures, il lui faudra se débarrasser de sa gallabiyah. D'ici-là, eh bien, bonne nuit, lieutenant. *Layla as-sayida*…

2

Trois heures quarante-cinq. Si la nuit a un cœur, c'est à ce moment-ci. Les lieutenants Hamelot et Kupferstein fument en silence des cigarettes blondes de contrebande face aux étoiles sur la terrasse intérieure du Bunker, le commissariat du dix-neuf. Leur lieu de travail.

En rentrant, ils ont été convoqués par Mercator, qui les attendait dans son bureau presque vide aux murs blanc cassé, en dessinant des ronds. C'est sa manière d'occuper le temps et l'espace. Tous les flics du lieu connaissent la manie du patron. Et savent qu'il ne faut pas l'interrompre. Hamelot avait fait remarquer à Kupferstein que le chef utilisait toujours le même mode opératoire. Le papier d'abord. Il ne s'abaissait jamais à tracer ses cercles sur celui du commissariat. Il achetait à la papeterie du Bon Marché ses propres ramettes « C » de Clairefontaine, un vergé blanc extrême, quatre-vingt-dix grammes. Le stylo ensuite. Un Sheaffer Legacy Heritage. Pour le reste, eh bien, il suffisait de le regarder faire. Un cercle par page, toujours au centre. Et de la même taille. Les feuilles s'empilaient à sa droite. Aucune ne dépassait.

Assis derrière son bureau en ébène laquée, Mercator semblait un dieu incompréhensible. On sentait que chacune de ses actions avait un sens. Cette aura de mystère constituait l'exacte nature de son pouvoir, tel un parchemin couvert de hiéroglyphes exposé aux yeux de tous et parfaitement indéchiffrable. C'est cela qui titillait Jean. En bon fils de communiste rationaliste, il ne pouvait renoncer à comprendre. Il accumulait les indices des idiosyncrasies patronales qui ne faisaient qu'épaissir le mystère. Cela amusait Rachel. Avec un sourire énigmatique, elle affirmait à son collègue que le secret c'était qu'il n'y avait pas de secret. Elle aimait penser à son patron comme à une sorte de maître zen dont elle serait l'auditrice libre. C'était infiniment reposant.

Mercator avait un coffre de ténor. Non pas l'impressionnante carcasse d'un Pavarotti, plutôt l'apparente bonhomie d'un choriste d'opéra, voire d'un caviste de la rue Daguerre. Rachel avait raison, le secret résidait en son absence. L'anatomie du patron disait tout de son être, de son rapport à l'existence et au pouvoir. On pouvait le feuilleter comme un livre d'images pour enfants. L'intelligence redoutable habitait son regard ainsi que ses gestes aussi précis qu'étonnamment déliés. Le goût de la chère et de la chair se devinait à ses joues, ses lèvres pleines, ses narines écartées, ainsi qu'aux plis au-dessus de la ceinture. Il n'était pas pour autant ce qu'on appelle un gros. L'équilibre de la graisse et du muscle était chez lui presque dialectique. Un peu trop de graisse pour rassurer l'adversaire. Et ce qu'il faut de muscles pour fondre sur sa proie au moment adéquat. L'idée étant que cela ne soit jamais nécessaire. Enfin, il dégageait une beauté bien à lui. Pas exactement celle des laids, non, plutôt le reflet d'une beauté pure emprisonnée dans un corps de flic. Un éclat de Brando en Kurtz que tout le monde ne voyait pas. Rachel l'avait perçu dès le début. C'est cela qu'elle suivait. C'est pour cela que Jean la faisait rire avec son obsession du mode opératoire. Qui n'était pour elle que la résultante du rapport entre l'intelligence, la beauté cachée et l'être-flic-au-monde de Mercator.

Cela dit, Hamelot était un bon flic, un très bon flic. Et il avait raison sur un point : le mode opératoire du Patron ne variait jamais. Sheaffer en apesanteur trois centimètres au-dessus de la feuille, il commençait par scruter la surface. Intensément. Puis ses paupières se fermaient, il inspirait tout en élevant son arme par destination à la hauteur du plexus. Trois secondes de silence et il l'abattait en laissant échapper une sorte de feulement. Dans un même mouvement, il traçait son cercle, les yeux toujours clos, reprenait son souffle, déposait le stylo, puis levait la feuille à hauteur du regard, ouvrait les yeux pour enfin contempler son œuvre. Un instant, et il la déposait délicatement sur la pile à sa droite. C'était fini.

Rachel et Jean étaient restés plantés à l'entrée du bureau. Après avoir libéré sa main, Mercator leur fit signe de prendre place. Il exigeait un rapport comportant le moindre détail ; la configuration de l'appartement, la position exacte du rôti, sans oublier la décoration : neutre et moderne, sans télé, une bibliothèque où trônaient Balzac, Maupassant et Flaubert, le portrait de Miles Davis, yeux clos, bouche en cœur, mains encadrant le visage faisant face à une reproduction des *Demoiselles d'Avignon* de Picasso, enfin, l'uniforme d'hôtesse d'Air France pendu dans l'armoire du couloir d'entrée. Rachel et Jean, impressionnés par l'horreur de la scène, lui avaient permis de l'éprouver à son tour. Calé dans son fauteuil en cuir noir aux lignes épurées, le commissaire écoutait, distant et attentif, à son habitude.

Son regard était parti on ne sait où. Au fur et à mesure du récit, il s'assombrissait, devenait plus grave. Il semblait observer une ombre envahissant lentement le bureau. Une ombre qu'il reconnaissait et dont il était seul à distinguer les contours. Lorsqu'ils lui racontèrent les orchidées décapitées dont les fleurs avaient été déposées en triangle sur le siège des toilettes, Mercator se ferma totalement. Il prit congé de Jean et Rachel par quelques phrases impersonnelles où flottaient les mots rapport, sept heures, matin, enquête, vous deux, vous deux. La seconde fois qu'il prononça «vous deux», il les fixa dans les yeux en silence puis sortit du bureau.

Commença alors une dérive nocturne à l'intérieur du Bunker. Hamelot et Kupferstein allaient boire des seize soixante-quatre au rez-de-chaussée avec les policiers en tenue qui finissaient leur journée, remontaient taper quelques lignes, avant de commander des sushis et de nouvelles bières. Des Asahis. Et puis la mémoire se perdait. À trois heures du matin, Jean faisait une réussite sur l'ordinateur. Assise en retrait, Rachel écoutait *Pissing in a River* de Patti Smith sur son iPod nano rose.

FAIRE LE VIDE.
COMMENCER.

Dans le silence du milieu de la nuit, les deux lieutenants sont à demi allongés, chacun à un bout de la terrasse, dans des mini-transats fluo à armature métallique. Vert pour Jean, orange pour Rachel. Ils ont connu les overdoses, les crimes passionnels, le sordide ordinaire, mais le meurtre de Laura est leur première véritable confrontation avec l'horreur. Il s'agit à présent d'affronter, de contempler le fond d'une âme.

Cet assassinat, il va falloir l'apprivoiser, s'en nourrir, le ruminer, le pénétrer. Puis en ressortir. Dépasser la banale fascination du mal. Ils s'y essaient, face au fin croissant de lune dans le ciel étoilé de cette nuit de juin. Rachel songe : « Si on était des amoureux, on scruterait la nuit ensemble à la recherche d'une étoile filante. » Mais ce n'est pas le cas, et elle se contente de suivre la course erratique d'un satellite. Ils pensent à autre chose, voguent dans le ciel avant de plonger à l'intérieur d'eux-mêmes.

Jean imagine sa mère en tablier vichy, couteau effilé à la main, en train de hacher menu les oignons. Il n'a jamais eu la patience de s'y prendre ainsi, il les coupe en rondelles épaisses et les jette dans l'huile frémissante avant de les défaire à l'aide d'une cuiller en bois puis de presser l'ail directement au-dessus de la poêle. Il la voit quasi comme s'il y était, sa mère nourricière, et cette image continue de l'impressionner, moins vivement cependant qu'à l'époque où le bout de son nez surplombait tout juste le plan de travail – mais appelait-on déjà ça ainsi à cette époque ? Oui ? Jean divague, digresse. L'expression «plan de travail» l'a brutalement propulsé de la cuisine bretonne de son enfance à une après-midi d'effroi chez Ikea. Le moment de son existence où il s'est senti le plus seul, perdu au milieu des familles aux épouses déterminées comme les soldats d'une unité spéciale en mission au Somaliland, aux belles-mères aux aguets et aux maris tentant de reprendre le dessus en ensevelissant leurs moitiés sous une abondance de détails techniques rendant impossible l'accomplissement exact de leur désir. Une guerre de mouvements et de positions que Jean avait traversée sans parvenir à éviter les paroles perdues chargées de haine recuite dont plus d'une était capable d'empoisonner son âme faussement endurcie. Il avait achevé sa course folle entre les salons, les tables à langer et le mobilier de bureau, exacte réplique de celui du Bunker, au rayon cuisine, objectif unique de cette expédition vouée à l'échec, il s'en rendait bien compte à présent. Tétanisé, Jean avait dévisagé en silence l'employé jeune, barbu et compétent censé lui dessiner la cuisine de ses rêves. Plus de mots, plus de voix, plus de pensée. Il était redescendu de son tabouret de bar, avait vaguement hoché la tête en direction du vendeur avant d'aller s'acheter à la boutique suédoise du rez-de-chaussée des crackers, un tube de crème d'anchois à tartiner et une bouteille de vodka Absolut qu'il avait entamée dans le RER et achevée chez lui, allongé sur l'unique tapis de l'appartement du 12e arrondissement où il avait emménagé trois mois plus tôt. Un deux-pièces si dépouillé qu'on aurait pu le croire inhabité. Le réveil avait été aussi difficile qu'émouvant, mais depuis, il se sentait soulagé et heureux chaque fois qu'il contemplait l'unique rangement de sa cuisine : un placard en Formica blanc deux portes qui suffisait amplement à contenir ses couverts et ses provisions. Cette pensée l'apaise, l'aide à mettre de la distance entre le meurtre et lui. Il sera bientôt capable de le regarder.

Rachel suit son propre chemin. L'absolue monstruosité du crime l'a d'abord privée de sa sensibilité, ce qui lui a permis d'agir, de faire ce qu'elle devait. Sécuriser le deux-pièces, procéder aux premiers interrogatoires infructueux, repousser les curieux. C'est durant le compte rendu à Mercator que la douleur avait fait son apparition. Comme après le dentiste, lorsque l'effet de l'anesthésie s'estompe. Ensuite, avec Jean, elle avait bu, raconté des conneries, navigué dans le virtuel, écouté la musique de son adolescence. Pas de perte de conscience, juste une mise à distance. Arrivée à cette heure immobile et avancée de la nuit, elle projette sur son écran intérieur les faits qui se sont déroulés avant qu'elle ne soit appelée à rejoindre Jean sur les lieux du crime. Elle passe rapidement sur le réveil tardif et l'arrivée au commissariat à midi un quart pour s'attarder sur ce qui aurait dû occuper l'essentiel de sa journée : l'arrestation vers quatorze heures d'une bande de petits dealers de skunk, place des Fêtes. Une opération de routine programmée depuis une semaine et destinée à gonfler les statistiques du ministère. Les vendeurs, des détaillants, n'avaient sur eux que des quantités ridicules et s'étaient montrés on ne peut plus dociles. Rachel se tenait en retrait, surveillant distraitement le bon déroulement des opérations en sa qualité d'officier de police judiciaire. Jusqu'à ce que son regard croise celui du chef, un beau jeune homme de vingt-cinq ans au regard doux et à la peau veloutée. Couleur ébène. Elle l'avait laissé voir en elle, l'espace d'un cillement. Chacun de part et d'autre d'une barrière invisible qui n'excluait pas la possibilité du désir. Brève sensation qu'elle avait rangée quelque part, pour plus tard, et qui lui revient à présent, émergeant des volutes de fumée de sa cigarette.

Brève sensation qui la ramène à elle-même, la lycéenne de Bergson qui fuyait la compagnie des filles trop pastel de sa classe et dont les meilleurs amis étaient Marcel et Ibrahim, les semi-grossistes en drogues douces du quartier. En juillet 1987, juste après avoir lu sur le mur du lycée qu'elle avait obtenu le bac avec mention bien, Rachel avait tranquillement annoncé à ses parents qu'elle ne passerait pas les vacances avec eux à Port-Bou. Une dispute mémorable avait suivi, lors de laquelle la fille et le père avaient failli en venir aux mains – et bien malin qui aurait pu dire lequel des deux serait sorti vainqueur de ce combat incertain, malgré les quatre-vingt-sept kilos de muscles de Léon Kupferstein, tant Rachel en colère pouvait devenir un véritable Ninja. La jeune fille avait fait reculer son colosse de père et deux jours plus tard, à vingt et une heures quarante-sept, debout à la proue du quai numéro seize de la gare d'Austerlitz, elle regardait tranquillement le train de Cerbère emmener au loin ses parents mortifiés. Quelques minutes plus tard, elle reprenait la ligne cinq en sens inverse. Et à vingt-trois heures précises, Marcel et Ibrahim sonnaient à la porte de l'atelier paternel, rue des Carrières-d'Amérique. Rachel repensait avec bonheur aux heures passées à découper les plaques d'un kilo de haschich marocain et à les conditionner en grosses barrettes de cinquante et cent grammes destinées aux petits revendeurs qui les mêleraient de henné avant de les mettre sur le marché. Un réchaud Butagaz était allumé en permanence pour passer et repasser à la flamme le grand couteau de boucherie afin de découper proprement la matière dure et dense, d'un beau brun très foncé. Rachel aimait la concentration extrême qui régnait là, dans cet atelier où elle avait passé tant de temps, petite fille, à regarder son père travailler. Une concentration encore aiguisée par le danger, la sensation de faire quelque chose d'interdit. L'été avait passé comme ça, sans qu'elle s'en aperçoive. Un pur moment de magie. Rachel ne fumait pas, n'était amoureuse d'aucun des deux garçons et avait fait cela gratuitement, pour la beauté du geste. La poésie de l'action.

À présent, elle peut tisser le lien entre la jeune Rachel et le lieutenant Kupferstein. L'intensité du regard partagé avec le chef des dealers tout à l'heure lui rappelle qu'elle n'est pas devenue une autre. Même si elle est passée de l'autre côté de la loi, elle joue toujours au grand jeu de l'existence. Mais les règles vont changer maintenant. Ce sera comme d'affronter la mort aux échecs.

Pendant ce temps, Mercator dort.

3

À cinq heures vingt-cinq, Ahmed se réveille, enfile son jogging et ses baskets avant de fourrer dans son vieil Eastpak le sac en plastique contenant la gallabiyah tachée du sang de Laura. L'y rejoignent une grosse boîte d'allumettes, une paire de gants ultrafins pour faire la vaisselle, une bouteille d'alcool à brûler qui traînait sous l'évier depuis des années, un vieux chiffon, un litre d'Évian et la plaquette d'Ivoria. Ahmed sait que les flics ne viendront pas perquisitionner ce matin. Trop tôt pour avoir une liste de suspects validée par le juge. Cependant, il n'aura pas intérêt à les empêcher de rentrer chez lui pour l'interroger et observer le balcon de Laura sous un nouvel angle. Il ne veut pas prendre de risque en conservant chez lui cette tache de sang qui ne manquerait pas de constituer le début d'une très longue chaîne de questions. La clé, il la garde : la gardienne sait qu'il montait arroser les plantes de Laura lors de ses absences. Cela suffit à faire de lui un témoin plus qu'intéressant, à la limite du suspect, dans un crime sans effraction.

Depuis trois ans, Ahmed a renoncé au jogging. Courir à nouveau suscite la douleur en son corps rouillé. Et le bonheur. Sentir ses muscles, ses os, l'air vif du matin. Instinctivement, il prend la direction du canal Saint-Denis. Le parcours qu'il préfère, bien plus trash que le canal de l'Ourcq avec ses pistes cyclables, ses arbres et ses Chinois qui font du tai-chi en seize images seconde. Le talus qui surplombe le quai de la Gironde est jonché de canettes de huit six, de paquets de Rizla et d'OCB déchirés, de mouchoirs maculés et de capotes usagées, le tout baignant dans une odeur d'urine acide. Quelques mètres au-dessus de cette désolation, une volée de marches permet de rejoindre le périphérique intérieur, parfaitement fluide à cette heure plus que matinale. Ici, nulle présence humaine. Il se met à l'abri derrière un fourré, enfile les gants, extrait la gallabiyah du sac, l'asperge d'alcool, utilise le chiffon pour essuyer méticuleusement la bouteille avant de la jeter au milieu des détritus, craque une allumette. Voush… La bouffée de chaleur l'atteint en pleine face. Recul. Quand la flamme est au plus fort, il roule en boule le sac plastique et le jette au feu avec la boîte d'allumettes, le chiffon et les gants pour parachever son œuvre. Et pour le plaisir de gosse du *frrr* provoqué par l'incandescence du soufre et du *fsshhh* du plastique fondant. C'est *Comic strip* de Gainsbourg, l'odeur en sus. De sa main droite enroulée dans la veste de survêtement, il attrape un bout de fer rouillé, éparpille les cendres et recouvre le foyer encore tiède de cadavres d'ivresses si tristes que son cœur se serre. À nouveau, cette sensation étrange et oubliée : il vit, il re-sent. Un cœur, une âme, un corps. Vite, courir.

Il sort de l'ascenseur et les voit : Jean et Rachel, presque évanescents après leur nuit sans sommeil, appuient à tour de rôle sur la sonnette. Des coups brefs pour la femme, plus longs pour l'homme. Il est six heures quarante-cinq, Ahmed a pu acheter une baguette et des croissants à la boulangerie du coin tenue par un pieux Tunisien qui ouvre après la prière d'al-fajr. Parfait joggeur matinal, il s'est préparé à jouer son rôle de type qui n'a rien vu ni entendu.

– Bonjour, c'est chez moi que vous sonnez. Vous désirez quelque chose ?

Rachel, rousse flamboyante éteinte par la nuit, ses bières, ses cigarettes et ses souvenirs, sort sa carte BBR et se présente.

– Police. Lieutenant Kupferstein. (Elle désigne son alter ego, grand, cheveux bruns, visage presque hâve :) Lieutenant Hamelot.

Puis elle se tait, laissant au voisin de la victime le temps d'accepter leur présence ; il ne bouge pas d'un pouce, en attente, appuyé contre le mur, à côté de la minuterie qu'il rallume lorsqu'elle s'éteint. Dans une autre vie, Ahmed n'était déjà pas très bavard, mais il appréciait la compagnie des autres, aimait les écouter, les observer, et avait développé un certain talent pour deviner les caractères, parfois les pensées. Son regard navigue entre les deux flics, tente de lire son avenir incertain sur leurs traits fatigués. La femme est belle. Trente-cinq ans au jugé. Cinq de plus que lui. Intelligente, différente : sa connaissance du monde est ancienne, venue d'ailleurs. Elle est du côté de la vie, pleinement. L'homme a le même âge qu'elle. Aussi tourné en dedans qu'elle l'est au-dehors. Quelque chose le ronge, mais il refuse de savoir quoi. Bizarrement, ça ne le rend pas mauvais. Juste flottant, ailleurs.

Ahmed sent que les deux flics sont clean, qu'ils ne lui feront pas de mal. Il se relâche, respire, baisse ses défenses et se laisse examiner tranquillement par le lieutenant Kupferstein.

Par la gardienne, Rachel sait qu'il possède un double des clés. En l'état actuel de l'enquête, cela fait de lui l'unique suspect potentiel. Mais la jeune femme se méfie des évidences. Posément, elle examine chaque détail du visage qui lui fait face : les ailes du nez légèrement épaté, les oreilles bien dessinées sous une afro, la pomme d'Adam extrêmement saillante, les lèvres pleines. Le regard intense et doux, teinté d'une très ancienne tristesse. Une fenêtre ouverte par laquelle elle voit immédiatement. Que ce n'est pas lui.

Cela ne l'empêchera pas de jouer le jeu et de sauver les apparences quand cela sera nécessaire. Mais dans le silence du palier, avec la minuterie qui s'éteint sans cesse, point n'est besoin de faire semblant. Juste se taire. Quelques secondes. Prolonger l'éternité. Qui s'offre.

Jean semble un psychanalyste en milieu de séance. Il devine le lien silencieux né entre Rachel et Ahmed, et se positionne instinctivement en retrait. Sa place naturelle. Le lieutenant Hamelot aime regarder, prendre son temps et laisser les autres agir. « Un spectateur de l'existence, voilà ce que tu es ! », lui avait un jour lancé Léna. Il n'avait jamais vraiment compris en quoi cela constituait un problème. À force d'années, il avait fini par constater que la plupart des femmes n'aimaient pas ça. Rachel s'en foutait. Dans le boulot en tout cas. Ça changeait du sempiternel bon flic-mauvais flic. Kupferstein et Hamelot, c'était plutôt présent-absent. Rachel au contact, lui détaché, en couverture. Mais en ce moment, autre chose se passe, qui l'emporte.

La suite de l'enquête se joue en cet instant. Huit dizaines de secondes vécues comme des heures par trois personnes qu'un meurtre innommable a réunies sur un palier anonyme.

Pourtant, le silence doit cesser. Alors Rachel parle :

– Nous enquêtons sur un meurtre. Votre voisine du dessus.

Elle s'arrête net, pas de points de suspension. Ahmed doit réagir immédiatement. Il décide d'aller au plus simple : ne pas jouer, ne pas faire comme si, apprendre vraiment à l'instant l'assassinat de Laura. C'est d'ailleurs presque la vérité. Il a vu le cadavre, mais a choisi d'agir en retenant l'émotion qui menaçait de le submerger. Il peut vivre la mort de sa voisine en direct, devant Kupferstein et Hamelot. Un silence qui ne comprend pas puis ne veut pas comprendre. Quatre secondes.

– Que voulez-vous dire, « un meurtre, votre voisine du dessus » ?

– Pouvons-nous en parler chez vous ? Le couloir ne me semble pas être l'endroit idéal.

Cette fois, c'est Ahmed qui plante son regard brun dans le bleu turquoise. Sans s'y attendre, il est projeté quinze ans en arrière, dans les toilettes pour filles du lycée. Les grands yeux d'Esther – l'amour le plus pur et le plus bref qu'il ait connu –, le jour du premier de leurs sept baisers. Le lieutenant Kupferstein soutient son regard, bien sûr. Un océan dans lequel Ahmed préfère ne pas se perdre et dont il parvient à s'extraire très délicatement.

Il se réserve de goûter plus tard le sel laissé sur sa peau par le regard de Rachel, il se décolle du mur, fait deux pas en direction de la porte, sort sa clé.

– Vous permettez ?

Jean s'écarte, Ahmed ouvre et entre, suivi de l'équipe. Il a un geste large.

– Excusez le désordre.

Désarçonnés par l'étrange spectacle qu'ils découvrent, les flics ne se donnent pas la peine de répondre. Pas du désordre, non, plutôt une sensation oppressante de vide et de plein.

Vide. L'ameublement est réduit au minimum : une table, simple planche d'aggloméré soutenue par deux tréteaux en bois blanc, un futon posé à même le linoléum gris recouvert d'une couette à la housse couleur écru que Jean reconnaît pour avoir envisagé d'acheter le même modèle – neuf euros quatre-vingt-dix-neuf – lors de son après-midi de cauchemar chez Ikea, une valise chinoise rouge à roulettes que Rachel imagine contenir la garde-robe réduite à l'essentiel d'Ahmed et qui fait office de table de chevet supportant trois livres et une petite lampe métallique verte. C'est tout.

Plein. Les murs du studio ont totalement disparu sous l'empilement de centaines et de centaines de livres. À vue d'œil on en est à la quatrième couche. Exclusivement des romans policiers, format poche. Les deux flics demeurent interdits, puis Rachel :

– Vous les avez tous lus ?

– Oui.

Qu'ajouter ? Ils s'assoient sur les chaises pliantes orange, et découvrent une lampe en faïence blanche couverte d'un abat-jour blanc cassé, trois CD – Fela, Gainsbourg, Boris Vian – une carte nationale d'identité et un panier Yoplait à la cerise, vide, sa petite cuiller collée à la paroi. Ahmed s'installe à côté de Jean, face à Rachel. Le silence est interrompu par la femme flic au bout de onze secondes.

– Vous connaissiez Laura Vignola ?

– Connaissiez ?

– Oui, je devrais peut-être commencer par cela : elle a été assassinée.

Ahmed répète très doucement, fermant les yeux. Comme un écho.

– Assassinée…

Il part loin, explore une vie possible avec Laura. L'amour, un enfant, un autre, les nuits sans sommeil, les biberons, le désir qui disparaît. Machine à laver, voiture, vacances en gîte rural. Après la séparation, ils continuent à se respecter. Pourquoi pas, après tout ? Une vie qu'il ne vivra pas.

Rachel se rend compte qu'Ahmed décroche. Elle détourne le regard, se laisse flotter jusqu'à retrouver les sensations depuis si longtemps oubliées.

La voilà à nouveau dans l'atelier du père. Elle a neuf ans, est toujours fascinée par ce monde à part, familier et pourtant étrange, pétri d'odeurs, de sons et de textures qui n'existent nulle part ailleurs : le cuir fraîchement tanné. Sa douceur quand elle en caresse sa joue. Sa force. Et puis l'écho assourdi des ancêtres qui se sont succédé à Wilno, jusqu'à son père, le dernier à naître là-bas et à recevoir en héritage – avant d'arriver en France – un savoir-faire immémorial. Des gestes, des attitudes qui n'appartenaient qu'à lui et dont elle sentait qu'ils venaient d'un ailleurs qu'elle ne connaîtrait jamais. Elle passait des heures, là, à l'observer en silence, puis à faire ses devoirs, apprendre ses leçons. Son père dans l'atelier : le seul lieu, la seule personne qui parvenaient à l'apaiser. Jusqu'à ce qu'elle renonce à cette protection et affronte le monde. Sur le point de sortir de sa rêverie douce-amère, Rachel jette un regard à Jean, qui semble encore plus absent que d'habitude, plongé qu'il est dans l'univers des romans noirs, la tête penchée pour pouvoir lire les titres. Le flic breton n'a jamais vu une telle collection. Lui reviennent ses nuits passées à lire et relire, lampe de poche orange sous les draps, Chase d'abord, puis Horace McCoy, Chandler, Hammett surtout. Normal, pour un fils de communiste de Saint-Pol-de-Léon. Whisky et lutte des classes. Toute sa culture familiale.

Finie la sensation d'oppression qui les a saisis en pénétrant dans le studio. L'appartement d'Ahmed constitue une sorte de *reality-free zone* où les deux policiers se sentent libres d'arpenter leur propre univers intérieur. Et de s'y rejoindre. Sans avoir besoin d'en parler, ils savent que ce n'est pas lui qu'ils recherchent. Confusément, ils sentent qu'ils sont trois et non deux dans cette enquête. Une Juive ashkénaze, un Breton lunaire et un Arabe *border line*. La *dream team* du dix-neuf ! Il faudra cependant jouer aux flics et au suspect.

Rachel atterrit en douceur, et Ahmed semble de retour.

– Monsieur Taroudant, vous connaissiez bien Laura Vignola ?

– Oui, non. Je montais arroser ses fleurs quand elle n'était pas là.

Rachel lance un regard à Jean, pour l'empêcher de faire une remarque déplacée. Il traîne encore dans le Finistère. Elle poursuit.

– Vous possédiez donc ses clés.

Ahmed la regarde à nouveau. S'efforce d'effacer le souvenir d'Esther en observant les pommettes de Rachel piquetées de taches de rousseur. La flic attend patiemment, détaille une fois de plus son visage altier – très brun, presque noir en fait, plus soudanais que marocain – altéré par la fatigue existentielle de qui en aurait trop vu.

– Oui, elle m'en avait confié un double.

Jean prend le relais en douceur.

– Et hier soir, que faisiez-vous ?

– Rien de particulier. J'ai lu puis je me suis couché.

– Que lisiez-vous ?

La question de Rachel les surprend tous. Y compris elle-même.

– *Ma part d'ombre*, de James Ellroy. Vous connaissez ?

La jeune femme ne peut retenir un léger sourire.

– Oui… Je l'ai lu. C'est un livre étrange, qui cache autant qu'il semble révéler. Un livre pour faire la paix, après la tempête de *White Jazz*.

Les mots de Rachel troublent Ahmed. Il la regarde, de biais, puis sourit timidement.

– Je n'avais jamais rencontré de femme fan d'Ellroy…

– Je suis flic…

– Oui, flic, il est vrai. J'allais oublier. Mais les flics sont comme tout le monde, non ? Ils se racontent des histoires. Comme si le monde n'était pas vraiment aussi dur… Au fait, vous savez ce que ça veut dire *White Jazz* ?

– Jazz de Blanc, non ?

– Ça c'est la traduction la plus évidente. D'après Ellroy, cela signifie à peu près « un coup tordu monté par des Blancs ».

– Monsieur Taroudant, nous aurons peut-être le plaisir de prolonger cette conversation littéraire une autre fois. En fait, mon collègue et moi sommes censés vous poser quelques questions.

Rachel sort son carnet à spirale Oxford, son stylo-bille orange millésimé à capuchon noir. Ahmed reprend la main, joue à faire comme si. Comme s'il s'agissait d'un vrai interrogatoire. Comme s'il n'était pas déjà trop tard pour faire semblant. Il parle comme le ferait l'un des innombrables personnages de l'un des innombrables romans qui tapissent les murs :

– À commencer par : « Personne ne peut donc témoigner de votre présence chez vous hier soir ? »

– Précisément.

– Non, personne.

– Nous avons sonné vers vingt et une heures quarante-cinq. Pourquoi n'avez-vous pas répondu ?

Ahmed montre la boîte jaune posée sur le jonc de mer à côté du futon fatigué.

– Je dors avec des boules Quies.

Jean regarde Rachel, l'air de dire « laisse tomber pour le moment », et se tourne vers Ahmed :

– On peut voir le balcon ?

– Je vais ouvrir le store.

Construction seventies, store métallique à lattes peintes en blanc. Ahmed tourne la manivelle. Peu à peu le balcon apparaît aux yeux des policiers. Rien, si ce n'est un pot de fleur et son lys blanc. Une fois ouverte la porte vitrée, Jean s'avance, lève les yeux, se retourne vers l'Arabe noir. Le ton se fait plus insistant, son regard s'aiguise.

– Et hier après-midi, vous n'êtes pas allé sur le balcon ?

Un silence de cinq secondes durant lequel Ahmed semble se remémorer sa journée de la veille point par point.

– Franchement, je ne saurais vous répondre. J'ai passé la journée à lire allongé sur le futon, à boire du thé vert, du café et à manger des crackers ; j'ai donc dû me lever pour aller vers le coin cuisine et faire quelques allers retours aux toilettes. Je me réveille généralement tôt. J'en profite pour arroser mon lys. C'est la meilleure heure quand la terre est fraîche. Hier matin, oui, je suis allé sur le balcon vers six heures trente. Après, je ne sais pas. Lorsque je commence à lire, j'ai tendance à perdre le contact avec l'univers qui m'entoure. Souvent, ce n'est qu'en fin de journée, lorsqu'il m'arrive de me préparer à dîner, que je perçois les traces de certaines actions effectuées au long de la journée dans un état de semi-conscience.

– Vous travaillez, monsieur Taroudant ?

– Je suis en arrêt-maladie.

– Depuis combien de temps ?

– Cinq ans. Je perçois l'Allocation Adulte Handicapé depuis trois ans et demi.

– Puis-je vous demander pourquoi vous touchez l'AAH ?

– Dépression chronique.

– C'est considéré comme un handicap, ça ?

– …

– Bon… Quelle profession exerciez-vous auparavant ?

– Veilleur de nuit dans un magasin de meubles.

Les deux flics se regardent d'un air entendu. Rachel et ses grands yeux reprennent la main.

– Bien, merci pour votre coopération, nous reviendrons certainement vous rendre visite. En attendant, voici pour nous joindre à tout moment.

Ahmed se demande s'il ne rêve pas, mais il lui semble brièvement percevoir dans le regard de la jeune femme une invitation à l'appeler, même sans raison. Elle inscrit leurs coordonnées sur une feuille arrachée à son carnet, la lui tend. Il la range dans son porte-monnaie.

– Au fait, vous n'avez pas prévu de voyager ces temps-ci ?

– Je ne quitte jamais le 19e arrondissement.

– Eh bien, jusqu'à nouvel ordre, ne changez rien à vos habitudes !

– N'ayez crainte.

Les collègues le saluent d'un signe de tête, sortent. Ahmed ferme la porte derrière eux. Ça y est, il fait partie du polar. Ne lui reste qu'à écouter du jazz pour communiquer avec les mânes des ancêtres de chez Pinkerton. S'il s'en sort, promis, il écrira un bouquin. Ça s'appellera *Arab Jazz*. Hé hé. Merde, qu'est-ce qui m'arrive ? Je retrouve le sens de l'humour.

Hôtesse de l'air, Laura faisait parfois escale aux Émirats. Elle détestait l'aéroport de Dubaï où elle se sentait ravalée au rang de morceau de viande à l'étal dans le regard des ex-Bédouins ventripotents à Rolex négligemment pendue au poignet. Elle se perdait dans les boutiques de cet hypermarché hors-taxes. Lors de son dernier voyage, elle lui avait pour la première fois rapporté un cadeau : un minuscule iPod dans lequel elle avait enregistré ses disques préférés. Depuis trois mois, Ahmed n'y a pas touché. Il l'exhume, place les écouteurs dans ses oreilles et appuie sur *play*. Par chance, la batterie n'est pas entièrement déchargée. La voix chaude de Dinah Washington : *It's Magic*. Tout au fond de lui s'ouvre une petite porte hermétiquement close depuis si longtemps qu'il ne se souvenait même plus de son existence. Celle des larmes. C'est magique, l'effet de cette voix, de cette musique. Il pleure comme un enfant de quatre ans. L'âge du premier souvenir, celui où sa mère le prend dans ses bras pour le consoler d'avoir été frappé par un garçon plus déterminé. C'est la seule image qui lui reste d'elle. La seule. Peut-être, après, la tendresse a-t-elle surnagé au milieu de la folie ? Peut-être, mais sans laisser de traces en tout cas. Comme c'était bon de se laisser aller contre elle ! Comme c'est bon de se laisser aller maintenant, cette musique suave dans les oreilles ! Les larmes coulent sur ses joues. Derrière la chanteuse, les violons sont sucrés, les chœurs dégoulinent… Une véritable fontaine. Ahmed ne comprend pas ce qui lui arrive. Laura… Laura… Comment ai-je pu ? Doucement, pas de reproches inutiles. Tu vas le trouver, l'assassin, et après, tu recommenceras à vivre. Et elle connaîtra la paix. Enfin. Dors, maintenant ! Rêve !

Le volume au minimum, Ahmed ferme les yeux, plonge dans l'univers de Laura et s'endort. Le petit bijou contient trente-six heures de son.

4

Six étages plus bas, Jean et Rachel sortent de l'ascenseur et se retrouvent face à la gardienne en train de faire les vitres de la porte du bâtiment A, celui de Laura et Ahmed. Fernanda Vieira est une petite femme, mince et énergique, au visage de poupée en porcelaine. Deux détails trahissent ses quarante-cinq ans : les pattes-d'oie au coin des yeux d'un noir de jais et les fils d'argent qu'elle laisse, par négligence – à moins qu'il ne s'agisse de la plus sophistiquée des coquetteries –, éclabousser ses cheveux aile de corbeau. Elle porte le plus souvent un tablier en jean par-dessus ses habits. Aujourd'hui, il protège une jupe en vichy rose et un caraco blanc accordés à la nostalgie qui l'a étreinte dès le réveil. Au temps béni de son enfance, chaque immeuble avait sa concierge, et les membres de cette confrérie, à laquelle appartenait sa mère, lui semblaient être les garantes de l'ordre du monde. Plus tard, elle s'est rebellée, mais qu'est-ce qu'elle l'a admirée ! C'est de cela qu'elle parle aux deux lieutenants dès qu'elle les voit. Comme si une enquête policière était une sorte de thérapie de groupe.

Les deux collègues ne s'en formalisent pas, la laissent dire. Il faut bien commencer quelque part :

– Vous savez, j'ai grandi pas loin d'ici ; aujourd'hui ça me paraît une autre planète. Ma mère était concierge dans un bel immeuble bourgeois de l'avenue des Buttes-Chaumont. Juste en face du parc. Mon père était plâtrier. Pour eux, c'était extraordinaire d'être ici. Vous n'imaginez pas le Portugal de l'époque. Des seigneurs sans pitié laissaient à peine de quoi vivre à leurs paysans. Mes parents ont grandi dans des baraques sans eau courante, dans la pauvreté la plus totale ; juste le temps d'apprendre à lire et à écrire avant qu'on les envoie travailler aux champs dès l'âge de neuf ans. Alors se retrouver dans un immeuble habité par des notaires, des médecins, des dentistes… Recevoir des étrennes, être traités avec respect…

Fernanda s'interrompt, songeuse. Jean et Rachel, adossés au mur de la loge, ne disent rien, ils attendent. La gardienne émerge de sa rêverie, les regarde, étonnée de les découvrir là, et poursuit :

– Et pourtant, ils ne furent jamais heureux, jamais. Ils avaient trop souffert pour savoir profiter de la vie… Et on n'a pas rigolé tous les jours. Moi je suis partie à seize ans. J'ai rêvé d'une autre existence, fait tous les métiers accessibles sans diplôme, serveuse, hôtesse d'accueil, standardiste, même secrétaire de dentiste. Et puis je me suis mariée. Mon mari a trouvé ce poste idéal, pour un jeune couple. Et moi qui m'étais jurée de ne jamais être concierge, je me suis retrouvée à la Régie immobilière de la Ville de Paris ! À même pas un kilomètre de là où j'ai grandi. Deux ans plus tard, Laurent est parti avec Samia, une fille sans beauté ni charme, mais bien déterminée à attraper un homme et à le garder. Je la connaissais bien, on avait fait le collège ensemble. Et je suis restée là. C'était mon destin, faut croire… Je ne sais pas pourquoi je vous parle de tout ça… Ça ne m'arrive jamais. Depuis hier soir… Avec… Laura… Mes pensées vont dans tous les sens.

Rachel relance en douceur :

– Parlez-nous d'elle, comme ça, sans réfléchir…

– Sans réfléchir… C'était une chic fille, Laura, je l'aimais bien. On aurait pu mieux se connaître. Mais c'est ce qu'on dit toujours après, il paraît. Ça m'a fait un choc, sa mort. Et assassinée comme ça ! Qui pouvait lui en vouloir autant ? Vous savez, les gens il y en a de toutes sortes, et dans ce métier on apprend à les connaître. Elle, elle faisait partie des gentils. Toujours un petit mot, une attention, un regard. Moi, j'espérais qu'elle trouverait un homme, un gars bien. Mais non. Je n'en ai jamais vu venir chez elle. Enfin, je ne passe pas mon temps à surveiller, hein ! C'est ce que je ne supportais pas chez ma mère : toujours à épier la vie des autres, à faire des commentaires… Mais on finit forcément par savoir qui va chez qui lorsque les locataires restent plus de six mois, et elle, ça faisait bien trois ans qu'elle habitait là. Je pourrais vous trouver la date précise dans mon registre si vous le souhaitiez. En parlant d'hommes, c'était clair que Taroudant lui plaisait, vous savez, son voisin du dessous, celui qui avait ses clés. Mais lui, je ne sais même pas s'il s'en rendait compte. Il vit dans son monde à lui, avec ses livres. Il ne voit jamais personne. À se demander comment elle avait réussi à l'apprivoiser au point qu'il aille s'occuper de ses orchidées quand elle n'était pas là. Peut-être parce qu'il aime les plantes lui aussi, et puis il faut être maniaque pour vaporiser exactement la quantité d'eau nécessaire à ces fleurs délicates…

– Et à part M. Taroudant ?

– À part lui, elle avait trois amies, trois jeunes filles du quartier : Bintou, Aïcha et Rébecca. Vous savez, quand elle est arrivée ici, Laura menait presque une vie de bonne sœur. Pas de sorties, sauf pour aller travailler avec son uniforme et sa valise à roulettes. Le seul endroit où elle se sentait bien, c'était au kebab du coin, chez Onur. Elle s'y installait pendant des heures, l'après-midi, à lire ses livres. Faut dire que l'après-midi, chez Onur, c'est calme. Juste quelques touristes assoiffés au sortir du parc de la Villette et un ou deux habitués fatigués qui regardent les filles à moitié nues des chaînes de télé turques en sirotant un verre de thé.

– À lire, reprend Rachel. À lire quoi ?

– Est-ce que je sais, moi ? Des livres. Des classiques je crois. C'est comme ça qu'elles ont commencé à parler, avec les filles. Rébecca était étudiante en lettres à l'époque…

– Vous les connaissez bien, on dirait, ces trois copines ?

– Elles étaient amies avec ma fille, Lourdes, à l'école. Après elles se sont perdues de vue. Lourdes a fait un BEP secrétariat médical. Rébecca, Bintou et Aïcha sont allées au lycée Bergson. Aujourd'hui, ma fille est mariée, elle vit à Arpajon.

– Et les trois copines, elles sont toujours dans le quartier ?

– Deux d'entre elles, seulement. Rébecca a disparu brusquement il y a trois ou quatre mois, peu de temps après qu'elle s'est mise à porter une jupe longue et une perruque. C'est la nouvelle mode dans le quartier… Enfin… Certains disent qu'elle est serveuse à New York, d'autres qu'elle s'est mariée à un rabbin d'Enghien-les-Bains… Moi j'en sais rien. Bintou et Aïcha vivent toujours chez leurs parents. Elles vont à la fac à Paris.

– Vous pouvez nous donner leurs adresses ?

– Bien sûr, elles habitent juste derrière, dans le même immeuble, au 23, rue Eugène-Jumin. Mais le meilleur moyen de les trouver, c'est d'aller chez Onur. Tous les soirs, après les cours, elles y partagent une portion de frites-moutarde. C'est une habitude depuis qu'elles sont toutes gamines. Ah oui, encore une chose, je ne sais pas si c'est important mais je crois que Laura était fâchée avec ses parents. Vous savez, chez nous, la famille c'est sacré. Moi, par exemple, bon, vous avez compris qu'avec ma mère ça n'a pas été drôle tous les jours. Après la mort de mon père, elle est rentrée à Porto. Elle nous a laissés ici, les quatre enfants, pour aller vivre dans la maison qu'ils avaient fait construire là-bas avec papa. Une vie entière à économiser sur tout, à nous faire grandir dans la pauvreté. Tout ça pour se bâtir un château au Portugal dont mon père n'a même pas profité. Complètement idiot ! Malgré ça, je l'appelle tous les dimanches soir, maman, c'est obligé. Et mes frères et sœurs, pareil. Mais Laura, jamais elle n'en parlait de sa famille, jamais. De son travail, de ses escales à Los Angeles ou à Sydney, des villes où j'ai toujours rêvé d'aller. Mais ses parents, elle n'en parlait pas. Une fois, en mai l'année dernière, je lui ai demandé, comme ça, sans réfléchir, si elle avait une idée de cadeau pour la fête des Mères. Elle m'a jeté un regard dur, elle qui était si gentille d'habitude, et elle a passé son chemin sans dire un mot. Alors je me suis dit qu'il devait y avoir un problème.

Fernanda garde le silence. Elle a tout dit. Les deux flics la remercient pour son aide et s'éloignent dans la direction du Bunker lorsque Jean fait remarquer qu'aucun de leurs témoins du matin n'a été fichu de leur offrir un café. Ils bifurquent vers l'orée du parc de la Villette. Au Café de la Musique, ils pourront se poser, décompresser et parler à l'abri des oreilles fureteuses, nombreuses au commissariat. Fauteuils en cuir, moka Sidamo à deux euros soixante sur la table. Qui commence ? C'est Jean.

– Qu'est-ce qui s'est passé là-haut, chez Taroudant ? Comme ça, à première vue, c'est un suspect de choix. Résultat, on l'a à peine interrogé… Je ne sais pas… Comme un rêve… J'ai revu mon enfance, Saint-Pol-de-Léon… Horace McCoy, mon père… Des choses oubliées depuis des années…

Sa voix n'est qu'un filet, ses yeux se font vagues, Rachel le sent prêt à repartir. Elle lui effleure la main, capte son regard et murmure :

– La grâce.

– Pardon ?

– Là-haut, chez lui, nous avons partagé un moment de grâce. Une chose rare et fragile. Une vibration, un fil presque transparent qu'un souffle suffit à faire trembler. Le fil d'Ariane de notre enquête.

Jean l'observe avec une expression indéfinissable, l'ombre d'un ancien sourire.

– Tu es encore plus barrée que je ne pensais. Et le pire c'est que ça me plaît bien. OK, Rachel, on va le suivre, ton fil. Il va tout de même falloir enquêter un peu sur Taroudant, et puis on ira faire un tour au kebab. Ah oui, et l'origine de l'appel anonyme. Il faudrait demander aux collègues du 18 d'enquêter autour de la cabine.

– Les collègues du 18, nous aider ! Enfin, on peut toujours essayer. Il y a une autre chose, très désagréable, à faire : retrouver les parents de Laura et les prévenir. Pile ou face ?

– Pile c'est toi.

Rachel lance en l'air la pièce de un euro… Le résultat lui arrache une grimace.

– Pile, t'as gagné… Pour la peine, tu paies le café.

Dix minutes plus tard, le Bunker. Coups de fil, photos gore, rapport du légiste. Le tralala quoi.

« Victime de sexe féminin, blablablablablabla. Les petites lèvres, les grandes lèvres et le vagin présentent de très nombreuses plaies dues à une lame de dix à quinze centimètres de long, de type couteau de boucherie. Aucune trace de sperme. La victime est morte d'hémorragie, vraisemblablement hier mercredi entre quinze et seize heures. Ses cuisses et ses jambes étaient tachées de sang de porc. Blablablablabla… Dr Florence Scarpone. »

Au dos, un Post-it jaune signé F. où Rachel découvre, écrit au marqueur noir : « Attrapez-moi ce salopard ! » Jean s'approche avec deux verres d'eau, lui en tend un en échange du rapport qu'il lit lentement. Après une courte pause, il parle :
– Le sexe déchiré par un couteau de boucher… Mais pourquoi cette mise en scène ? Ceux qui ont fait ça doivent se sentir sacrément puissants. Inatteignables. Ils veulent faire passer un message. Tuer pour dire.
Rachel répète ses derniers mots, songeuse :
– Tuer pour dire… Mais pour dire quoi ?

Depuis six mois, Hamelot et Kupferstein travaillent ensemble. Une idée de Mercator, Il pensait qu'avec leurs profils d'intellos cinéphiles ils seraient bien assortis. Non contents de posséder une licence en droit comme les autres lieutenants, ils ont tous deux entamé une thèse. En cinéma, à l'université Paris-XIII, pour Jean Hamelot : « Hammett scénariste », en sociologie, à Paris-VII, pour Rachel Kupferstein : « Tony Montana, (anti-)héros des cités, monographie réalisée à la Pierre-Collinet, Meaux, soixante-dix-sept cent. » Au bout d'un an pour lui, deux ans pour elle, ils avaient abandonné la thèse et l'improbable perspective d'une carrière universitaire pour passer le concours de l'école de police. Pour Jean, désir de ne pas rester enfermé dans sa tête et identification avec les héros taciturnes et justes des romans qu'il dévorait depuis ses treize ans. Volonté d'action, pimentée d'un zeste de fascination quasi érotique pour la beauté pure de la force chez Rachel, qui s'identifie plus aux samouraïs des films de Kurosawa qu'au Bogart du *Faucon maltais*.

Le chef les a associés à l'instinct, pour voir. Il est curieux, aime créer des situations, observer. Pour l'instant, rien de particulier à leur actif. Il faut reconnaître qu'il ne s'est rien passé de particulier. Simplement, quand il les envoie en mission, il sait que la situation ne s'envenimera pas. Hamelot et Kupferstein savent désamorcer sans se faire déborder. C'est déjà pas mal.

Le partage s'est fait ainsi : Jean enquête sur Ahmed, Rachel recherche les parents de Laura et garde le contact avec la police scientifique pour trouver des indices sur le lieu où le meurtre a été commis. Toujours à deux, ils ont leur technique. Jean dispose d'un contact à Maison-Blanche, l'hôpital psychiatrique dont dépend le 19e : Léna est une amoureuse du temps du lycée, en Bretagne, qui est devenue assistante sociale chargée d'aider les patients à leur sortie d'HP.
    – Allô, Léna, ça va ? J'ai besoin d'un renseignement.
    – Si ça va ? C'est ça que tu me demandes ? Depuis qu'un schizo a tué deux infirmières, tout le monde débloque. On veut transformer l'hôpital en prison, et

en même temps diminuer la durée des séjours. Après, c'est à moi d'essayer de leur trouver des allocations, un logement et tout le reste. Va trouver une location pour un psychotique vivant avec l'AAH toi! Pendant ce temps, notre service fournit des échantillons de sang à l'Inserm pour les aider à trouver le gène de la schizophrénie. Je te laisse imaginer ce qui va se passer quand ils croiront l'avoir isolé… Déjà qu'on veut dépister systématiquement les conduites déviantes à trente-six mois. Non mais tu te rends compte, Jean? À la crèche, à l'école maternelle, on va examiner le comportement des enfants pour détecter les éléments potentiellement antisociaux. Dans un premier temps, on leur proposera un traitement à l'américaine, tu sais, la psychiatrie comportementale. Et si ça ne suffit pas, on les mettra sous Ritaline. Je n'invente rien, c'est passé dans le *Journal officiel*, euh, je veux dire dans *Le Monde*. Tu te souviens, en seconde, on avait étudié *1984*. Eh bien ça y est, on vit dedans! Bon, excuse-moi, je vide mon sac. Tu me connais… À toi! T'es sur quoi, là?

– Un meurtre, comment dire… pas ordinaire. Mais je ne vais pas te raconter ça au téléphone. Un voisin de la victime a sans doute été mis en observation dans ton secteur. Est-ce que ça te serait possible de vérifier? Et si c'est le cas, tu crois que tu pourrais m'obtenir le nom de son psychiatre?

– Un suspect, c'est ça? Tu sais qu'il existe un truc qu'on appelle le secret médical?

– Disons un témoin important. Oui, je sais. C'est pourquoi j'aimerais pouvoir rencontrer le psy de façon… informelle.

– Le nom et l'adresse du patient?

– Ahmed Taroudant, 17, sente des Dorées, dans le 19e.

Léna reste silencieuse une seconde.

– Ahmed Taroudant. Noté. Je te rappelle.

Jean raccroche.

Rachel range son bureau. Ça l'aide à penser. Cette mise en scène a forcément un sens. Elle se souvient de ses cours de criminologie, où on lui expliquait que chez les tueurs en série la théâtralisation est destinée aux flics ; les Américains parlent même de *crime scene,* la scène du crime. Finalement, policiers et assassins jouent la même pièce. Mais, dans cette affaire, il lui semble que le message du ou des tueurs n'est pas destiné qu'aux flics. Laura, du sang de porc, un rôti de porc. Laura l'impure. Mais pourquoi ? Elle n'est ni juive ni musulmane, donc non concernée, a priori, par cette perception de l'impureté. C'est destiné à des juifs et/ou des musulmans. C'est leur imaginaire qui en sera marqué. Les chrétiens ou supposés tels verront l'horreur du crime, mais ne seront pas sensibles à la souillure. Le tabou de l'autre, si on peut le comprendre intellectuellement, il est quasiment impossible de le ressentir. Rachel est entre les deux. Ses parents étaient athées, ce qui n'empêchait pas la tante Ruth de lui faire la leçon en lui offrant des bonbons. « Ma petite poupée en porcelaine, tu sais, à l'école, il ne faut pas tout manger, hein ! Certaines nourritures ne sont pas bonnes pour toi. » Puis elle pinçait les lèvres pour prononcer les mots sales d'une liste apprise par cœur : « Le jambon, le rôti de porc, le pâté de campagne, les rillettes, et puis tout ce qui est farci, le chou farci, les tomates farcies, les lasagnes. Surtout, méfie-toi des lasagnes ! Ils font croire qu'il n'y a que du bœuf dedans, du bœuf plein de sang d'ailleurs, mais c'est faux ! C'est plein de chair à saucisse, les lasagnes ! » La petite Rachel la regardait, fascinée par sa connaissance encyclopédique des nourritures interdites. À la cantine, pourtant, elle mangeait comme ses copines. Avec des impressions mêlées : le plaisir de la transgression et le léger sentiment de culpabilité. Au fil des années, elle a cessé de se sentir coupable. D'ailleurs la tante est morte et le vieux monde des juifs d'Europe de l'Est avec elle. Mais elle est capable d'empathie et de percevoir ce que ressentent juifs et musulmans élevés dans la pratique religieuse. L'horreur viscérale des choses interdites. Elle avait observé sa copine kabyle, Lubna, grande militante trotskiste qui morigénait sa petite sœur de seize ans ; Halima, ongles noirs, collants noirs, piercing sous la lèvre inférieure, mangeait en cachette du jambon chez ses amies gothiques.

— Tu me comprends, toi, au moins, Rachel. Je ne peux pas la laisser faire. Du *halouf* ! Qu'elle boive une bière encore… mais manger du jambon ! C'est quand même pas pour en arriver là qu'on a fait la guerre d'Algérie !

— Tu es née en 1969 à Colombes, alors la guerre d'Algérie, si tu l'as faite, ce devait être dans une vie antérieure…

Rachel rigole toute seule en revoyant le regard furibard de Lubna. Elle revient au meurtre de Laura. D'après le témoignage de la concierge, les seuls amis de la jeune femme étaient musulmans pour trois d'entre eux : Ahmed, Bintou et Aïcha, et la dernière, Rébecca, était juive. Quatre personnes, quatre pistes. Dix heures quinze. Encore six heures avant d'espérer parler à Bintou et Aïcha au kebab. Elle va attendre un peu avant d'appeler la légiste et se mettre en quête des parents de la victime. Après avoir vérifié que Jean n'est pas au téléphone, elle se lève et le rejoint à son bureau pour une petite conversation informelle, histoire de garder le lien. La transe. Et d'expliquer à ce cochon de Breton ce que signifie l'impureté chez les Sémites. Le porc, le sang menstruel, tout ça.

5

Dix heures quinze, Ahmed dort toujours. C'est Gainsbourg maintenant:

> *Et tout là-haut, là-haut/Et tout là-haut là-haut/*
> *Venue d'Amérique, y aurait d'la musique/Car pour les*
> *pin-up il faut des pick-up,/Faut pour les soulever, pour*
> *les envoyer/Là-haut, là-haut, là-haut,/Tout là-haut,*
> *là-haut,/Des disques longue durée/Haute-fidélité,*
> *haute-fidélité, haute-fidélité, haute-fidélité*

De quoi sont faits ses rêves? *Chi lo sa?* Sommeil douloureux. Sans repos. La langue qui racle les dents. La tension dans chacun des muscles du corps. Soubresauts, bras tordus, paupières qui se plissent. Rictus. Ahmed se bat toujours avec lui-même. Mais ce matin, pour la première fois depuis cinq ans, il perçoit confusément l'existence d'un dehors. Une sorte de tache de lumière blanche aveuglante, au plus profond de l'ombre épaisse. Alors qu'il approche de la lueur, la batterie du joujou en mode aléatoire commence à faiblir. Portishead:

> *So don't you stop, being a man/Just take a little look*
> *from our side when you can/Sow a little tenderness/No*

matter if you cry/Give me a reason to love you/Give me
a reason to be ee, a woman/ I just wanna be a woman

La chanson s'interrompt brutalement au milieu d'un dernier riff. Ahmed ouvre les yeux, les inflexions sauvagement contrôlées de Beth Gibbons samplées dans les neurones. Il a toujours été amoureux de cette voix. *Glory Box* était pour lui la bande-son du désir.

Il lui faut se retrouver avant de pouvoir enquêter. Sale du jogging matinal, Ahmed se dirige vers la douche. Eau presque brûlante. Expérience limite. Redécouvrir les sensations. Pourquoi les autistes se mordent-ils la main? Shampooing, gel douche. Rincer longtemps. Tout. Depuis des années il ne parle plus à personne, à deux exceptions près. Quelques échanges avec M. Paul sur James Hadley Chase, excellent dans la description des ratés, pour lequel ils éprouvent depuis toujours une fascination commune et quasi inavouable. La dernière fois, c'était allé un petit peu plus loin, le libraire s'était avancé jusqu'à lui demander un service: aller chercher un carton de livres trop lourd pour lui dans la réserve. M. Paul respectait Ahmed dans son non-agir, il avait malgré tout suggéré qu'il pourrait le payer pour l'aider régulièrement. Avec l'âge, il n'allait plus pouvoir s'en tirer seul, et il préférait s'adresser à un vrai lecteur de romans noirs. Puis il s'était tu. Ahmed aussi, qui ne se sentait pas prêt à faire quoi que ce soit qui ressemblât à un travail. La fois suivante, M. Paul s'en était pudiquement tenu à un développement sur Horace McCoy.

Laura était l'autre être humain avec qui il parlait de temps en temps. Elle ne lisait pas de romans policiers, et leur première conversation, de manière inattendue, avait concerné les orchidées. Peu après l'arrivée de la jeune femme dans l'immeuble, Ahmed l'avait croisée dans l'ascenseur transportant une orchidée. Il n'avait pu retenir un léger soupir en regardant la fleur. À la question légèrement inquiète de sa nouvelle voisine, il avait laconiquement répondu qu'à une époque il s'était beaucoup occupé d'une orchidée d'Amérique du Sud, un cattleya. Laura avait senti qu'une femme devait se cacher derrière la fleur et n'avait pas insisté. Elle lui donnait simplement des nouvelles de sa plante – originaire, elle, de Madagascar – à chaque fois qu'elle le rencontrait. Puis, un jour, prenant son courage à deux mains, elle lui avait demandé s'il accepterait de s'en occuper lors de ses nombreuses absences, car la gardienne, si bien intentionnée fût-elle, manquait de la délicatesse nécessaire. Après un silence, Ahmed avait accepté : l'orchidée s'en était si bien trouvée qu'elle avait été rejointe par une compagne, puis par une autre encore. Il avait alors suggéré à Laura de s'arrêter là, car il ne se sentait pas capable de prendre en charge autant d'êtres vivants : un lys plus trois orchidées, ça commençait à faire. Plusieurs fois, sa voisine l'avait invité à boire un lapsang souchong, voire un oolong, accompagné d'une tarte aux myrtilles, aux poires ou aux pêches, selon la saison. Il avait toujours décliné sous de vagues prétextes, en assurant que la prochaine fois il accepterait avec plaisir. En attendant cette hypothétique prochaine fois, Laura lui confectionnait des confitures. Qu'il acceptait. Et puis, récemment, il y avait eu cet iPod qu'Ahmed avait été sur le point de refuser, tant la musique était sortie de son existence. Mais le regard plein d'espoir de la jeune femme l'avait poussé à dire oui. Il ne souhaitait pas lui faire de peine, signe que sa carapace se fissurait et qu'avec un peu de patience, qui sait… De patience, Laura n'en manquait pas. Par contre, pour ce qui est de la longévité… Qui aurait pu prévoir ? Aujourd'hui, elle était aussi morte que ses orchidées. Et il ne restait plus d'elle, à Ahmed, qu'un peu de confiture de fraises, un iPod et un furieux désir de vengeance.

Pour entrer à nouveau dans la bagarre, il lui faut reprendre le fil interrompu de son existence. La rupture remonte très précisément à la nuit où l'horreur s'est manifestée sous son regard effaré d'impuissance. Deux noms lui reviennent à l'esprit : Al et le Dr Germain. Commençons par arpenter la ville. Il est onze heures ; Al ne se lève jamais avant midi, pas la peine de le prévenir. D'ailleurs Ahmed n'a plus de téléphone. En partant tranquillement à pied, par le canal, il arrivera vers treize heures, avec les croissants.

La baie vitrée est ouverte, le soleil entre dans le studio. 19 juin, vingt-deux degrés. Jean, tee-shirt, ascenseur. Quelques dizaines de mètres et Sam est là ; juif de Tiznit d'une soixantaine d'années, il fume un cigarillo sur le perron de son salon de coiffure. Il gratifie son fidèle client – il coupe les cheveux d'Ahmed depuis qu'il a quatre ans – d'un léger signe de tête. Le jeune homme croit détecter une lueur d'ironie au fond de ses petits yeux noisette, et la range pour plus tard dans un coin de sa tête. Trois ans d'analyse lui ont au moins appris à tenir sa parano en laisse. Cap sur le parc de la Villette pour rattraper le Canal de l'Ourcq. Ensuite, tout droit jusqu'à Bastille.

Jaurès. Il traverse la frontière du dix-neuf en pensant à la flic rousse. « Je ne quitte jamais le 19e

arrondissement. » « Ne changez rien à vos habitudes ! »
Le visage de Rachel lui apparaît avec une grande
netteté. Beaucoup de femmes dans sa vie, tout à coup !
Laura qui disparaît en lui léguant Beth Gibbons.
Et Rachel Kupferstein qui lui ramène le souvenir
oublié d'Esther Miller, première d'une courte série de
rencontres impossibles. Chemin faisant, il redécouvre
Paris. Cette ville est la sienne, avec son canal, ses ponts
aux escaliers parsemés d'amoureux.

L'Hôtel du Nord a rouvert. La mémoire fait toujours
recette. Plus que commun, pourtant, ce bâtiment qui
connut son heure de gloire au début du XXe siècle. Et
puis pourquoi élever un mausolée, sous la forme de
café branché, à ce film dépressif ? Pour humer l'air
du temps, Ahmed s'assied néanmoins en terrasse
et commande un expresso dont l'amertume, aussi
excessive que prévisible, l'aide à réveiller son esprit.
Il a traversé toutes ces années sans penser, un livre à la
main en permanence ou presque. Il n'était obligé de se
regarder que chez le Dr Germain. Et ce qu'il voyait ne
lui plaisait pas. Il en avait conclu qu'il ne se supportait
pas, ne se supporterait jamais. Mieux valait, dès lors,
s'oublier totalement. Ce à quoi il s'était employé.
Jusqu'à l'assassinat de Laura. Il pose deux euros sur
la table et repart.

Bréguet-Sabin, Ahmed tourne à gauche. Rue
Boulle, rue Froment, rue Sedaine. En bas de chez Al,
la boulangerie est ouverte. Une Chinoise lui sourit.
    – Qu'est-ce que ce sera ?
    – Deux croissants, deux pains au chocolat, s'il vous
plaît.
    – Trois euros quarante, monsieur.

Billet de cinq. Monnaie.

– J'ai un service à vous demander.

Regard interrogateur.

– Je vais voir un ami dans l'immeuble. J'ai oublié mon carnet d'adresses avec son code. Pourriez-vous me le donner ?

– Pourquoi ne l'appelez-vous pas ?

– Cela va vous paraître étrange, mais je n'ai pas de téléphone.

La vendeuse le regarde, le jauge.

– Comment s'appelle votre ami ?

– Al.

Son regard change. Un instant elle reste suspendue, rêveuse. Sa lèvre inférieure s'humecte légèrement, brille. Elle se reprend, le regarde avec un sourire amusé.

– Venez par ici.

La boulangère fait passer Ahmed derrière le comptoir. Dans l'arrière-boutique, une porte donne sur la cour.

– Merci.

– Je vous en prie.

Pavés disjoints, chênes, rayon de soleil au travers du feuillage. Ce passé-là, il aime. Tout au fond, une petite bâtisse blanche de trois étages. Au dernier, une fenêtre est ouverte, d'où s'échappe de la musique. Guitare des bords du fleuve Niger. Inspiration Salif Keïta et les Ambassadeurs Internationaux pour être précis. Ahmed grimpe l'escalier, soudain léger. Il frappe à la porte, de plus en plus fort jusqu'à ce que la guitare s'arrête. Une tignasse rousse s'encadre dans le chambranle.

– *Yo ! man.*

Leurs paumes se touchent, s'éloignent. Les poings se ferment et se cognent en douceur. Salut rituel venu du ghetto dans lequel chacun reconnaît la force et la virilité de l'autre.

– *Yo ! White nigger. What's up ?*

– On est là !

– Ton jeu a progressé. Un instant j'ai cru que tu écoutais un vieux Salif !

– Je travaille quatre heures par jour. Entre !

Ahmed pénètre dans l'antre. Canapé hors d'âge recouvert d'un tissu indien bariolé. Table sur tréteaux embarrassée d'un amas d'objets – bouteilles d'eau, de rhum, cendriers partiellement pleins, feuilles de papier griffonnées de textes et de dessins, livres de Philip K. Dick et A.E. Van Vogt, brûle-encens japonais, paquet de Riz-la-Croix, etc. Mur constellé de cartes postales, de flyers et de photos de filles nues. Par terre dans un coin, une vieille platine. Al n'a jamais acheté un CD de sa vie. Ses vinyles dessinent un vaste continent musical, de Yes à Tchaïkovski en passant par Hendrix et le TP OK Jazz de Kinshasa. Il s'assied sur une vieille chaise de bureau pivotante couleur vert d'eau, époque téléphones en Bakélite, banquettes en moleskine, secrétaires en jupe chinée, collants couleur chair et décolleté pigeonnant pour patron libidineux. Ahmed prend la place du client, sur le canapé, légèrement plus bas, comme il se doit. Son regard parcourt la pièce où il n'a pas mis les pieds depuis trois ans. Rien n'a changé. Al lui laisse le temps d'arriver :

– Ça fait un temps !

– Disons que j'étais scotché au plafond. J'arrivais à peine à sortir de chez moi, impossible de dépasser la rue de l'Ourcq. Tu vois Patrick McGoohan dans *Le Prisonnier* ? Ben c'était moi. Sauf que personne ne m'empêchait de partir et que je n'essayais pas de m'évader. J'étais prisonnier de ma tête, faut croire.

59

– Et comment t'as fait pour en sortir, de ta tête ?

– Je ne sais pas. Ma voisine du dessus a été assassinée, j'ai dormi et puis je suis venu te voir.

Al ne dit rien, déplace quelques feuillets – ses dernières compositions – et un coffret marocain en bois incrusté de métal apparaît. À l'intérieur, plusieurs petits sachets en plastique. Il en choisit un rempli d'une herbe d'un beau vert foncé. À la couleur, Ahmed sait que ce n'est pas de la hollandaise : la skunk est bien plus pâle. Il peut s'agir de thaïe ou d'africaine, en tout cas de la vraie marie-jeanne, garantie sans OGM. L'autre, Al la réserve aux clients. Toujours silencieux, le maître de cérémonie roule un joint joliment galbé, le tend à son ami, qui l'allume, inspire longuement et retient la fumée plusieurs secondes dans ses poumons avant d'expirer tout aussi lentement. Deux bouffées, puis il passe le cône à Al qui tire de petites taffes, comme s'il fumait une cigarette. Ils se taisent. Ahmed voit le monde changer autour de lui. Les objets sont à leur place, les couleurs, les odeurs sont les mêmes, mais l'univers paraît soudain chargé de sens. Un verre n'est plus seulement un verre, il expose son être-verre au monde, ou plutôt son être-au-monde de verre. Cette perception nouvelle des choses procure à Ahmed la sensation de s'étendre, s'étendre, jusqu'à contenir l'infini. Ce qui le satisfait pleinement. Pour la première fois depuis des années, il se détend et observe les différents morceaux de son histoire posés devant lui. Encore quelques minutes ou quelques années et il pourra en parler.

Al le regarde et se tait. Détaillant en narcotiques, il fume de l'herbe tous les jours, et ne s'abandonne jamais totalement à l'effet du Tétrahydrocannabinol ou

THC. Son commerce lui sert à financer une importante consommation personnelle. Pour le reste de ses dépenses, il jongle entre concerts dans le circuit des bars parisiens et collage d'affiches. Al ne touche pas le RMI. Il fuit au maximum les registres étatiques. Sa dernière chanson s'intitule *Escape from Sarkoland*. Heureux de revoir Ahmed, il tire tranquillement sur son joint en attendant que son ami trouve le chemin des mots. Pour passer le temps, il prend une feuille blanche, un stylo et entreprend de dessiner un Mickey destroy qui se fait un fixe sous le regard brillant d'oncle Picsou, le plus gros dealer de Donaldville. La voix d'Ahmed s'élève.

– Tu vois, Al, j'ai toujours tué des femmes. Tu te souviens, la seule nouvelle que j'ai écrite au collège racontait l'errance d'un assassin de prostituées. Il ne les touchait pas, ne les baisait pas. Les poignarder suffisait à son bonheur. À l'époque, cela me paraissait anodin. Juste une histoire dans l'air du temps. Puis c'est devenu obsessionnel. Dans ma tête, se déployaient de plus en plus ces images de mort. Les femmes que je croisais dans la rue, je les ouvrais en deux, les éviscérais, dans un grand état d'agitation intérieure. Il me devenait presque impossible de les regarder en face. Pour draguer… l'horreur. Je pouvais me laisser faire si une nana avait très envie de moi, mais c'était tout ou presque. Comment regarder une fille, badiner avec elle tout en s'imaginant la découper en morceaux ? T'as lu *American Psycho* ? Eh bien, dans ma tête, Patrick Bateman c'était moi.

– Écoute, mec, t'as tué personne. Tout ça, c'est des images dans ton cerveau, pas la réalité. OK ?

Ahmed s'apprête à répondre, se ravise et ne prononce pas les paroles qui se forment dans son cerveau : « Le jour où ça s'est produit sous mes yeux, pour de bon, j'ai perdu pied. » Pas ici, pas avec Al. Ce rendez-vous avec lui-même devra attendre quelque temps encore. Quelque chose s'est débloqué, ce n'est déjà pas mal. Pour la première fois, il peut à nouveau penser à l'entrepôt. À ce qui s'y est passé cette nuit-là, celle où il s'est arrêté de vivre. Al l'observe tranquillement, l'air de dire, t'inquiète pas mec, ici, c'est tranquille, tu veux parler tu parles, tu veux te taire, tu te tais. Tranquille quoi… Ahmed reprend :

– Tu as raison au fond, j'ai tué personne, tout le monde ne peut pas en dire autant. Il y a dans ce monde des gens qui assassinent pour de vrai des femmes et des orchidées.

Al entreprend de rouler un autre cône. Tout en tendant le joint à Ahmed, il lui explique qu'il s'agit d'un shit ascensionnel.

– Tu vois, ici, au fond de la cuvette parisienne, on est à quoi ? Vingt mètres d'altitude maximum. Là où ce *charas* a été fabriqué, dans l'Himachal Pradesh, ils sont à cinq ou six mille mètres. Alors, quand tu fumes ça, même chez moi au troisième étage, ça t'expédie direct dans les airs, histoire de rattraper les huit kilomètres de dénivelé qui nous séparent du toit du monde.

Deux bouffées plus tard, Ahmed est effectivement téléporté du côté de là-bas. Au Tibet, sur l'Everest ou sur les hauts plateaux kirghizes, qu'importe. Il a d'ailleurs arrêté de savoir ce que savoir veut dire. Si le joint précédent l'avait chargé de sens, celui-ci l'en libère. Là-bas, tout au fond, un chaman récite une mélopée immémoriale. Il ressemble étrangement à Robert Wilson. Un Robert Wilson blanc dont le chant distordu épouse les contours des volutes de fumée…

Not quite. Not quite so, oh noooo, baby, not quite so, it ain't so, no, no, no…

Ahmed vogue sur le chant du monde. Il croise des images pures. Couleurs, courbes, lumières. Et puis des lettres, parfois des mots. Au-delà du langage.

Amarres larguées. Il flotte comme un bébé.

6

Mercator est seul dans son bureau grand et vide, comme à l'accoutumée. La table d'ébène est nette. Le Sheaffer rangé dans un tiroir, les feuilles recouvertes de cercles, on ne sait où. Les deux lieutenants, pas très à l'aise, ont répondu à l'appel du chef. Qui demande à Jean :

– Et les orchidées, au fait, elles étaient trois ?

– …

– Disposées en triangle sur le couvercle des W-C, c'est bien cela ?

– Oui, on a pris des photos, si vous voulez…

– Pas nécessaire. Un triangle dans un rond, bon, un ovale si vous voulez, mais un rond dans la tête de celui qui s'est amusé à les disposer. En fait, vous vous êtes focalisés sur une mise en scène, la plus immédiate, celle du rôti. Mais il y en a deux. Pensez-y. Un triangle… Dans un cercle…

– Vous pensez…

– Rien pour le moment. Réfléchissons-y chacun de notre côté. On en reparlera plus tard. C'est encore un peu tôt pour penser « articulé ». Quoi de neuf, sinon ?

– Le rapport de la légiste nous en a appris un peu plus sur les circonstances de la mort de Laura. C'est l'hémorragie qui l'a tuée, causée par une quinzaine de coups de couteau dans le sexe, puis ils l'ont laissée se vider de son sang dans une bassine sans doute, bien qu'il n'y ait aucune trace. C'est le plus sale truc qu'on ait jamais eu, je crois. Rachel a parlé avec Scarpone, je la laisse poursuivre.

– Elle était barbouillée de sang de cochon. En fait, d'après la légiste, c'est après l'avoir tuée qu'ils ont versé du sang sur ce qu'était devenu son sexe. Pour en revenir à la mise en scène, euh… Donc, le couteau était planté dans un rôti de porc posé sur sa table. Une installation au sens presque artistique du terme, cela pourrait s'intituler « Le châtiment de l'impure », quelque chose comme ça. Le quartier est habité par de nombreux juifs et musulmans, dont une part non négligeable de fondamentalistes. Pour les uns comme pour les autres, cette horreur sera chargée de sens. Elle manifeste une volonté de souiller la morte, de la tuer une seconde fois, pour l'éternité. Les assassins se sont arrogé le droit de la damner, en quelque sorte.

– Ou de faire croire que tel était leur objectif, précise Mercator.

– En effet, mais que les tueurs aient agi ou non au nom de la religion, nous sommes confrontés à un paradoxe : Laura Vignola n'appartenait à aucune des deux communautés. Pourtant, la scénographie vise à frapper des imaginations juives ou musulmanes.

– Ou les deux…

– J'y ai pensé, d'autant plus que de ses trois amies, l'une est issue d'une famille juive apparemment hassidique, les deux autres d'origine musulmane.

– Et son voisin…

Jean regarde très rapidement Rachel et reprend la main :

– Ahmed Taroudant, un dépressif chronique. Franchement je ne le vois pas faire ça. Ça ne colle pas. On va bien sûr enquêter sur lui. Et sur les trois copines. La juive semble avoir disparu, et on doit retrouver les deux *muslims* après leur retour de la fac (il consulte sa montre) dans une demi-heure.

– Parfait, vous avez vos entrées chez les hassidiques, je crois, ainsi que dans les mosquées du quartier. Mais il est un peu tôt pour y aller bille en tête. J'ai déjà ordonné le silence total sur la mise en scène. Comme d'habitude, ça ne tiendra pas plus d'un ou deux jours. Il y a toujours quelqu'un qui parle, à la scientifique ou à la morgue. Il suffit qu'un journaliste beau gosse sache s'y prendre avec une secrétaire… Profitez de votre légère avance sur les médias pour foncer. Vous vous reposerez quand l'affaire sera réglée. Je ne sais pas pourquoi, mais je les sens à notre main, ces tueurs. Allez !

Les deux lieutenants sont déjà dans le couloir quand le patron les rappelle.

– Kupferstein, Hamelot ! Cette hôtesse de l'air, elle avait une famille ?

Rachel se mord la lèvre inférieure comme une petite fille prise en faute.

– Zut ! les parents ! Je les ai complètement oubliés. D'après la gardienne, elle avait rompu avec eux, pour quelque obscure raison. Je vais demander à Gomes s'il peut les localiser. Et dès notre retour du kebab, je les contacte.

La tête de Jean repasse la porte.

– Ah, chef, j'ai demandé aux collègues du 18e de mener l'enquête autour de la cabine d'où on a passé l'appel signalant l'assassinat, au 37 rue Ordener. Pas de réponse pour le moment. Vous pourriez relancer ? Sur la quantité de junkies et de dealers qui traînent dans le coin, ils doivent bien cultiver quelques amitiés utiles. Ce serait sympathique qu'ils nous en fassent profiter… À charge de revanche, bien sûr !

Sur la lampe de bureau rouge de Jean, un Post-it violet : « Appeler Léna Morel. »

– Allô, Léna ?

– Ah, Jean ! Demain je finis mon service à seize heures. On a rendez-vous à Châtelet, au Sarah-Bernhardt, à dix-huit heures trente avec le Dr Germain. Il préférait que je sois là. Si t'es libre après, on va se faire une crêpe vietnamienne au New Locomotive. OK ? J'aurai ma voiture.

– OK, Léna ! Merci. Je dois filer. À demain.

Rachel discute avec Gomes, un jeune officier de vingt-cinq ans, dont les cheveux châtain clair sont fixés au gel. Studieux, concentré, il note religieusement chacune des paroles qui franchissent les lèvres pleines de sa collègue. Trouver les parents de Laura Vignola, née à Niort le 25 février 1978. Surtout ne pas les appeler, mais tenter d'en apprendre le maximum. Apparemment, Laura et ses parents étaient en froid, si jamais il pouvait trouver un début d'explication… Elle le gratifie d'un sourire fatigué avant de tourner les talons pour rejoindre son coéquipier dans le couloir :

– Alors ?

– Le psy est d'accord pour me voir. Il est préférable que j'y aille seul. Il a demandé à Léna d'être présente. (Un peu gêné, il ajoute :) Après, je dînerai avec elle.

– Léna… C'est dans les vieilles casseroles…

– Tu es vraiment bête, tu sais ! On dîne ensemble au moins une fois par mois. C'est la seule personne qui me reste de mon enfance. Toi, tu as grandi à Paris. Tu ne peux pas comprendre ça, le déracinement.

Rachel sourit, sans un mot. La séduction entre eux, c'est un jeu, sans l'être. Une nuit, après une opération particulièrement tendue dans un squat camerounais, ils avaient fait ensemble la tournée des bars de la rue Oberkampf. Pour finir au Cythéa à trois heures du matin. Après une demi-heure de danse sur du Bollywood remix, la tension s'était envolée. Assis devant leur bière d'Abbaye, la discussion devenait filandreuse. Jean avait fixé Rachel en silence. Qui contre-attaqua :

– À quoi tu penses, là, maintenant ?

– Tu veux vraiment le savoir ?

– Oui.

– À ça…

Il se pencha vers elle et l'embrassa. Rachel répondit à son baiser avec une énergie qui le surprit et l'effraya. Peur de ne pas être à la hauteur, de ne pas désirer assez. Vieux mécanisme qu'il connaissait bien. En général, les filles ne s'en rendaient pas compte. Ou faisaient mine de. Une fois qu'on s'est embrassés, hein ! il faut bien continuer. Rachel avait reculé, son regard s'était fait interrogateur et elle avait demandé :

– Qu'est-ce que tu cherches, au juste ?

– Si je le savais.

Le charme était rompu. Jean s'assombrit. Rachel désamorça.

– Un : on est collègues, ç'aurait été galère. Deux : ça valait le coup d'essayer, sinon ce serait resté à trotter dans un coin de nos têtes *for ever and ever*. Trois : fais pas cette tête, sinon je me tire tout de suite, et ce serait dommage car mon verre est vide et c'est toi qui paies la prochaine !

Jean avait ri, pas vraiment de bon cœur, mais il avait ri.

– Tu sais, ça n'a rien à voir avec toi. J'apprécie ta compagnie, le moment d'ivresse partagée. C'est pour ça qu'on vit. Mais au fond de moi, du côté de la poitrine, pèse un poids qui ne part jamais complètement.

Cinq minutes plus tard, il était de retour du bar avec les bières. Rachel lui avait fait un très doux baiser sur la joue.

– C'est pour ça qu'on peut pas être amants. T'es trop sombre pour moi. Avec ce que je me trimballe comme passif familial et ethnique, c'est une question de survie mentale. Toujours, je choisirai le côté de la vie. *Lehaïm !*

Elle avait levé son verre.

– *Lehaïm ?*

– C'est de l'hébreu, ça veut dire « À la vie » !

Ils avaient trinqué.

– *Lehaïm !*

Deux ou trois fois, ils avaient parlé de ce qui s'était passé. Toujours à l'initiative de Rachel. C'était important pour elle de poser les faits et d'en conserver la mémoire.

Aujourd'hui, quelques mois plus tard, elle joue un peu avec lui, le taquine. Effectivement, un peu de jalousie, proche de celle d'une sœur. Enfants uniques tous les deux, ils savourent ce rapport qui leur a manqué dans leurs jeunes années.

À peine cinq minutes de marche et le fast-food d'Onur, l'Antalya Royal Kebab, est en vue. C'est le dernier de l'avenue Jean-Jaurès. Jean imagine un grand panneau destiné aux automobilistes :

ATTENTION ! DERNIER KEBAB AVANT LE PÉRIPH !

Il adore les blagues stupides, mais celle-ci… Hmm, pas le moment, il la met de côté pour plus tard. Onur, ils le connaissent depuis deux mois. Une petite affaire de deal de shit dans laquelle était impliqué son frère mineur, Rüstem. Le duo avait laissé passer, à condition qu'Onur le reprenne en main. Actuellement, l'adolescent suit un BEP pâtisserie à Orléans, et revient le week-end servir au kebab familial. Trente ans, un grand front, plus beaucoup de cheveux, Onur les accueille avec un grand sourire.

– Salade, tomate, oignons ? C'est ma tournée !

Le kebabiste rit *mezzo voce* à sa blague, toujours la même. Les deux flics ne prennent jamais de sandwichs « grecs ». Seulement des pâtisseries bien mielleuses et du thé noir fort comme à Istanbul. De plus, ils se font un devoir de toujours payer leurs consommations.

– Merci, Onur, tu nous mettras deux thés et deux de tes gâteaux rouges supercollants.

Rachel baisse la voix par acquit de conscience : le seul client est un homme seul, très blanc et très maigre, assis sous l'écran plat qui retransmet une chaîne musicale turque. Sur l'écran, une fille en minijupe se déhanche lascivement face à la mer. Le son est au minimum.

– Et tu vas aussi nous rendre un service : nous avons besoin de parler à deux de tes habituées, Bintou et Aïcha. Quand elles arriveront, tu leur diras que nous voudrions les rencontrer dans un endroit moins exposé. Ne t'inquiète pas, elles n'ont rien fait de mal, mais c'est important. Rassure-les et dis-leur de nous retrouver au

Café de la Musique, au fond de la salle sur la gauche. Tu penses qu'elles t'écouteront ?

– Oui, je leur expliquerai qu'elles peuvent avoir confiance. Ce sont des filles bien, tu sais... Il ne va rien leur arriver ?

– On fera en sorte que non. Autant que possible.

Il regarde Rachel dans les yeux. Sa voix est très légèrement altérée.

– J'aimais beaucoup Laura. C'était ma cliente...

– Ah... Tu es au courant.

– Tout le monde l'est dans le quartier. Allez vous asseoir, je vous apporte votre commande.

Deux minutes plus tard, Onur est de retour. En les servant, il leur glisse discrètement :

– Une nouvelle substance circule par ici. Des pilules qui ressemblent à l'ecstasy mais avec un effet différent, plus fort. Elles sont bleues je crois. J'ai entendu des clients de passage en parler. Ils en avaient acheté tout près d'ici. Soit à la Villette, soit du côté de la rue Petit. Voilà, je voulais vous prévenir, c'est tout.

Les deux lieutenants demeurent songeurs et silencieux. À peine trois minutes plus tard, deux filles de vingt-trois ans, grandes et très belles, entrent au kebab. L'une, la peau d'un noir profond, les cheveux coiffés à la Angela Davis, porte un chemisier blanc et un jean pattes d'ef'. Elle est chaussée d'Onitsuka Tiger jaunes de chez Asics. L'autre, le teint très clair, presque laiteux, des cheveux auburn frisés attachés sur la nuque par une grosse barrette noire laquée, est habillée à l'Indienne : tunique moirée verte sur pantalon de coton blanc, sandales de cuir. Saisis par cette double apparition, Jean et Rachel voient Onur se pencher vers elles et leur indiquer la table des flics d'un mouvement de tête quasi imperceptible, puis continuer à parler. Les deux étudiantes ne se retournent pas, écoutent jusqu'au bout, vont s'asseoir, et jettent enfin un regard à Rachel. Onur verse les frites congelées dans le panier métallique qu'il plonge dans l'huile bouillante. Jean et Rachel finissent tranquillement leur pâtisserie et se lèvent pour payer.

– Salut Onur, à la prochaine.

– Au revoir.

Pensif, Jean ne remarque pas le colosse qui déboule devant lui à la sortie du kebab. Il lui rentre littéralement dedans. Sonné, Jean le suit des yeux pendant qu'il tourne à droite dans la sente des Dorées, et mémorise instinctivement son signalement : un mètre quatre-vingt-dix, cent dix kilos, cheveux blond filasse mi-longs, pantalon en tergal bleu, blouson de Nylon jaune clair zippé. Un pur transfuge des années soixante-dix. Ce portrait s'est imprimé en lui bien qu'il n'ait pu croiser son regard. Bizarre. L'inconnu lui rappelle quelqu'un, mais il ne parvient pas à savoir qui. Une espèce d'air de famille de mauvais augure. Il le voit s'engouffrer chez Sam's, le coiffeur pour hommes. De plus en plus étrange. Un frisson parcourt ses tempes. Rachel attrape son collègue par le coude, l'entraîne vers le parc de la Villette de l'autre côté de l'avenue.

– Oh ! tu rêves ! Il faut qu'on accélère, elles vont avoir fini leurs frites. Et on ne sait même pas comment on va s'y prendre. Je ne m'attendais pas du tout à ce qu'elles soient comme ça.

Ils traversent la rue.

– Comment comme ça ?

– Des vraies bombes, mais pas des bimbos. Des bombes intellos. Dans le quartier, ce n'est pas trop l'habitude, c'est déstabilisant…

– Elles ont tout de même le droit de s'appeler Bintou et Aïcha, d'habiter dans le dix-neuf et d'aller à la fac… Laissons-les parler, au début ; après tu y vas au feeling. Tu es une fille, tu as grandi dans le quartier, tu peux la jouer grande sœur. De toute façon, elles sont déjà au courant de la mort de Laura, comme tout le monde dans le coin. Ce que nous avons besoin de savoir pour le moment, c'est de quel côté de la peur elles se placent ?

– Waow ! Celle-là, je vais la noter. De quel côté de la peur ?…

Jean ne relève pas. Ils pénètrent en silence dans le café.

Même table, mêmes fauteuils que ce matin. Les deux policiers sont à la limite du présentable. La nuit dernière fut quasi inexistante, passée à rédiger le premier rapport pour le boss. Une journée étrange, comme en apesanteur, entre Ahmed, Fernanda, et quelques coups de fil au bureau. Une journée à attendre cette rencontre avec Bintou et Aïcha. Et maintenant, ils ne savent plus trop ce qu'ils font là. Peut-être est-ce cela la position juste : ne pas savoir, ne rien savoir, n'être sûr de rien ; être ouvert. Silence, attente, cafés. Au bout de cinq minutes, les deux amies apparaissent, s'approchent, timides. Sur un signe et un sourire de Rachel, elles s'assoient. Le lieutenant Kupferstein s'adresse à la jeune Noire :

– Vous êtes Bintou, je suppose ?

– Oui.

– Et vous Aïcha.

– Oui.

Le serveur arrive. Bintou commande un jus de tomate, Aïcha un cappuccino, puis :

– C'est à cause de la mort de Laura que vous voulez nous voir ?

– Oui.

– Que désirez-vous savoir ?

Rachel sourit tristement.

– Tout… Nous ne connaissons presque rien de feu Mlle Vignola, si ce n'est son métier, son amitié avec vous et… (elle marque une pause, hésite et décide de ne pas parler d'Ahmed dans l'immédiat)… qu'elle semblait en froid avec ses parents, mais on ne sait même pas pourquoi. Vous voyez, on part de loin.

Silence. Les deux amies se regardent. Léger signe de Bintou. C'est Aïcha qui démarre.

– Vous savez, on a appris hier soir vers minuit pour Laura. On était ensemble, chez moi, quand Fernanda – Mme Vieira – a appelé sur le portable de Bintou. Elle nous a demandé de venir la voir, c'était urgent et très important. Elle ne semblait pas calme du tout et ne voulait rien dire au téléphone. J'habite à deux pas, rue Eugène-Jumin. En cinq minutes, nous étions dans sa loge. Elle faisait une drôle de tête, Fernanda. Blanche comme un linge, nous ne l'avions jamais vue comme ça, et on la connaît depuis qu'on est toutes petites, depuis qu'on venait chez elle tremper des tartines de pain frais avec plein de beurre et de confiture de fraises dans du Nesquik. La maman de Lourdes… Toutes nos mamans étaient les mamans de tout le monde… Elle nous a fait asseoir, n'arrivait pas à parler. « Laura, Laura… » C'était tout ce qu'elle parvenait à faire : répéter son prénom. Nous avions deviné déjà, mais ne voulions pas y croire. Fernanda a fini par lâcher dans un souffle : « Morte, tuée, assassinée. » Je m'en souviendrai toute ma vie comment elle a dit ça. Nous avons pleuré ensemble, toutes les trois, comme des madeleines. Voilà. C'est tout. Elle n'avait rien vu, apparemment. Juste entendu les policiers parler entre eux. Ça avait l'air horrible, mais elle ne nous a pas donné de détails. À deux heures, on a quitté sa loge et on est revenues chez moi. Pas possible de se séparer. On a continué à pleurer, et on s'est endormies dans les bras l'une de l'autre. Ce matin, on a dormi. Et puis à treize heures, on est parties à la fac. On s'est dit que Laura aurait voulu ça, qu'on ne sombre pas dans le chagrin, que ça ne nous empêche pas de faire ce qu'on avait à faire. C'était une fille forte, Laura… Mais elle n'avait pas d'ennemis… Je ne comprends pas… Qui a pu faire ça ? Je ne comprends pas…

Aïcha hoche la tête, impuissante. Plus de mots.

– Aucun ennemi ? glisse Rachel.

Bintou et Aïcha se regardent, un peu gênées. Silence. C'est au tour de Bintou :

– Elle avait des soucis avec sa famille. Mais je n'imagine pas des parents faire un truc pareil à leur fille, on n'est pas au Kurdistan…

– Quel genre de soucis ?

– Les Vignola sont Témoins de Jéhovah. Laura a été élevée là-dedans. Une vraie folie ! Ceux qui ne sont pas comme eux sont des démons, la fin du monde est pour demain, il ne faut pas aller au cinéma, pas fêter les anniversaires… C'est pas compliqué, quasiment tout est interdit. Laura, à dix-huit ans, elle est partie. Elle préparait sa fuite depuis l'âge de treize ans. Ses parents ne lui ont jamais pardonné, ils ont préféré considérer qu'elle était morte. Elle a eu beaucoup de mal à se les sortir de la tête, eux et les témoins. Elle était drôlement courageuse. Pendant des années, elle a vécu en foyer de jeunes travailleuses. Elle était caissière à Carrefour le jour, et apprenait l'anglais le soir. Depuis qu'elle était petite, son rêve était de devenir hôtesse de l'air sur Air France. Elle s'est obstinée durant six ans et a fini par se faire recruter le jour de ses vingt-quatre ans. Trois semaines plus tard, elle emménageait ici. Une fois par an, au moins, elle essayait d'aller voir ses parents, qui la chassaient comme si elle était le diable en personne. Sa dernière tentative datait de moins de deux semaines. Infructueuse, comme toujours.

– Où vivent-ils ?

– À Niort.

– Elle vous avait parlé de sa vie chez les Témoins de Jéhovah ? Avait-elle peur d'eux ?

– Oui elle en parlait régulièrement. Elle était marquée, c'est sûr. Mais ce qu'ils lui avaient transmis, c'était plutôt une peur du monde, de la vie. C'est avec ça qu'elle se débattait. Je ne pense pas qu'elle se soit sentie directement menacée par eux. Elle les trouvait malsains, glauques, fouineurs. Comme un truc qui colle, un truc gluant dont elle n'arrivait pas vraiment à se débarrasser. Elle n'en parlait jamais longtemps, ça l'oppressait trop. Et nous, on ne lui posait pas de questions.

– Comment l'avez-vous rencontrée ?

– C'est Rébecca qui l'a connue d'abord. Une après-midi, chez Onur, elle voit une fille qui lit *Bel-Ami*, de Maupassant. Comme elle adore ce livre, elle lui a parlé. Elles sont devenues amies comme ça, direct. Après, on a suivi. Elle était super, Laura, vraiment super !

– Et vous faisiez quoi ensemble ?

– Oh, rien de spécial. On buvait du thé, on causait de nos vies. C'était notre copine, quoi. Notre copine…

La voix de Bintou s'étrangle, et elle se met à sangloter. Aïcha lui serre la main très fort, retenant à grand-peine ses propres larmes. Rachel sort de sa poche un paquet de mouchoirs, le tend à Bintou avec un sourire triste. Un silence s'installe, finalement rompu par Aïcha après une dernière pression à Bintou.

– Allez-y, posez vos questions. Je vais prendre le relais.

Rachel laisse encore passer un temps avant de reprendre :

– Et votre amie Rébecca, où est-elle ?

– Rébecca a un différend avec sa famille. Elle a pris le large, le temps que ça s'apaise.

– Quel genre de différend ?

– Une histoire… Ça n'a rien à voir avec Laura…

– Écoutez-moi, vous aussi, une jeune femme dont vous étiez proches a été assassinée, elle avait en tout et pour tout quatre amis. Vous deux, Rébecca et Ahmed Taroudant, le voisin du dessous. Alors pour nous, tout ce qui concerne ces personnes peut avoir à voir. Rébecca a disparu, nous devons savoir ce qu'elle est devenue. C'est aussi simple que cela.

– OK, OK ! Vous fâchez pas. Là, on ne peut rien vous dire. Mais on va faire notre possible pour vous permettre d'entrer en contact avec elle. Ça vous va ?

– Oui, ça me va, mais je vous demanderai de faire au plus vite. Je suis sûre que vous saurez vous montrer convaincantes. Sinon, il n'y avait pas d'homme dans sa vie ?

– Pas vraiment non. Vous avez cité Ahmed, son voisin. Fernanda a dû vous dire qu'elle était amoureuse de lui. Franchement, on aurait dit qu'elle avait fait exprès de choisir un type comme lui, pour être certaine que ça ne marcherait pas.

– Comment cela ?

– Ahmed, il est gentil. Mais les filles, il ne les voit pas. C'était notre jeu quand on était plus jeunes de l'allumer. Rien à faire. Il ne s'en rendait même pas compte.

– Et dans le quartier, personne ne l'a draguée, à votre connaissance ? C'était une belle jeune femme.

Bintou regarde Aïcha qui reprend la parole :

– Non, pas que je sache… Il y avait juste un truc bizarre avec certains garçons un peu trop religieux. Elle leur faisait un drôle d'effet… Comme s'ils devinaient d'où elle venait, à quoi elle avait échappé.

– Quels garçons trop religieux ?

Aïcha s'interrompt comme si elle en avait trop dit, elle interroge Bintou du regard puis poursuit :

– Moktar et… Ruben. Un salafiste et un hassid. Je ne sais pas pourquoi, mais dès qu'elle les croisait, ils étaient mal à l'aise, la regardaient par en dessous. C'est d'autant plus bizarre qu'ils se détestent tous les deux…

Rachel visse ses yeux bleus dans ceux – noisette – d'Aïcha. Silence. Elle se retourne vers Bintou qu'elle regarde tout aussi intensément.

– C'est très important ce que vous dites là. Une de nos hypothèses est que Laura a pu être tuée à cause de ses rapports avec des musulmans ou des juifs. Des religieux, des néofondamentalistes comme le quartier sait si bien en produire. Vous les connaissez bien Moktar et Ruben ?

Bintou hésite, commence à répondre :

– Un peu… Par nos frères…

Soudain, Jean dresse la tête, observe plus attentivement les jeunes filles. Rachel se tourne vers lui, en attente. Son collègue ferme les paupières un tiers de seconde pour lui signifier « plus tard ». Une ombre traverse les grands yeux d'Aïcha, qui coupe la parole à son amie :

78

– Écoutez, on doit partir, maintenant. Peut-on se revoir plus tard, ailleurs ? Vous avez un téléphone ?

Jean sort de sa demi-somnolence, Rachel observe attentivement les deux jeunes filles, subitement si fragiles et effrayées. Elle hésite un instant avant d'arracher une page de son carnet. Elle y inscrit son nom et son numéro de portable au feutre noir, avant de la tendre à Aïcha :

– Une enquête, c'est une course contre la montre. Soit on attrape l'assassin dans les trois jours, soit ça prend des mois, des années, l'éternité.

Elle se tourne vers Jean, silencieux depuis le début, et poursuit :

– Nous deux, on comprend pas mal de trucs, on est assez patients. On fait confiance aussi. Cette nuit, la prochaine, on va pas beaucoup dormir. C'est bien, la nuit, pour parler. Réfléchissez, et puis faites-moi signe, même à trois heures du matin, je serai disponible. Je sais que vous voulez qu'elle trouve la paix, Laura, maintenant.

Elle tend son carnet ouvert sur une page blanche.

– Je peux avoir vos numéros ?

Les deux amies tracent les lettres et les chiffres, chacune son tour. Belle écriture ronde pour Bintou Aïdarra, beaucoup plus anguleuse pour Aïcha Bentaleb. Hochements de tête, départ des beautés.

Silence.

– Qu'est-ce qui t'a fait réagir tout à l'heure ? reprend Rachel.

– Leurs frères, Moktar, Ruben. Le 75-Zorro-19.

– Le quoi ?

– Un groupe de rap du quartier. Si je me souviens bien, les quatre membres en étaient Moktar et Ruben, dont les filles ont parlé, ainsi qu'Alpha et Mourad, dont

79

je suis prêt à parier qu'ils sont les grands frères de Bintou et Aïcha. Aujourd'hui, ils fréquentent assidûment la salle de prière salafiste en compagnie de Moktar.

– Tu es en train de m'expliquer que Bintou et Aïcha auraient des frères salafistes ? Étrange. Ça ne colle pas vraiment. En ce qui concerne Ruben, je crois en avoir entendu parler. S'il s'agit du même, il appartient à une nouvelle mouvance hassidique dont j'ai oublié le nom. Un groupe formé par des juifs de Tiznit, au Maroc, qui ont fait scission d'un mouvement d'origine biélorusse et se sont donné, à Brooklyn même, leur propre *rebbe*.

– Un rebbe ?

– Un chef religieux messianique si tu préfères.

– Mais comment tu sais tout ça ?

– Je feuillette *Tribune juive* parfois au kiosque à journaux. Et puis il m'arrive de prendre un café au salon de thé kasher, rue André-Danjon, là où se retrouvent les mamans après avoir déposé leurs enfants à l'école loubavitch. J'écoute ce qu'elles se racontent. Ça fait un moment que j'entends parler d'un certain Ruben. Le Moktar en question, c'est celui qui prêche au carrefour de la rue Petit ?

– Lui-même. Un ancien camarade de ton Ruben. Donc, si l'on récapitule, ça nous fait trois salafistes, un hassid et une famille de Témoins de Jéhovah… Un sacré nid de frelons ! En attendant, je ne sais plus à quand remonte mon dernier repas. Je me damnerais pour un onglet au Bœuf-Couronné, pas toi ?

Rachel se lève, regarde sa montre.

– Dix-sept heures trente, il est un peu tôt, on va d'abord repasser au Bunker. Tu payes, tu prends le ticket. Pas envie de m'occuper des notes de frais cette fois-ci. N'oublie pas d'écrire leurs prénoms derrière.

– OK, boss ! Au fait, et cette nouvelle dope dont nous a parlé Onur, on en fait quoi ?

– Je sais pas. On n'a pas le temps de se lancer là-dessus en ce moment. Je vais demander à Gomes s'il peut essayer d'en savoir plus.

– Ce cher Gomes, quand je pense que tu te moques de moi avec Léna !

– Mais moi, je n'ai jamais couché avec lui et ça ne risque pas d'arriver !

– Justement, c'est pire ! Tu le mènes en bateau !

Rachel rit.

– Un partout. On peut y aller maintenant ?

7

Quelques kilomètres plus au sud et quelques années-lumière plus tard, Ahmed atterrit en douceur de son voyage sur l'Himalaya. Il perçoit à nouveau les murs de l'antre de son ami, les femmes nues, les dessins *hardcore*, les photos de Jimmy Hendrix. La lumière a baissé, la pression dans sa tête également. Il n'est pas loin de se sentir bien. Al fume en dessinant. Des feuilles de papier A4 sont éparpillées devant lui, couvertes de mots et de dessins. Il signe en bas à droite de la dernière case, rassemble les feuillets puis les tend à Ahmed.

La Ballade du tueur en série (Chanson réaliste illustrée)

Toutes les femmes du métro/Toutes les femmes en rose/Trop de salopes c'est trop/Faut que j'fasse quequ'chose
Le sexe me dégoûte/Je n'aime que la pureté/Dans leur regard ombré/Je me sens en danger
Plus fort que moi/Oui… c'est plus fort que moi/Les brunes potelées/Je dois…/Les tuer
Une arrière-cour, un cagibi/Lame de cutter, chut ! Pas de cri/La fille s'laisse faire !/Moins fière !

*Plus fort que moi/Oui… c'est/Plus fort que moi/Les
    brunes potelées/Je dois…/Les tuer*
*Toujours au fond d'ma poche/Une paire de collants/
    Rien d'meilleur croyez-moi/Pour tuer lentement*
*De son dernier regard/Je me suis délecté/Dans la
    rue, au hasard/Je vais d'un pas léger*
*Plus fort que moi/Oui… c'est/Plus fort que moi/Les
    brunes potelées/Je dois…/Les tuer*
*Une morale à l'histoire/Tuer c'est vivre aussi/Simple
    philosophie/De tueur en série*

Les vignettes sont réalistes, dans le style des dessins
de *Détective* à la grande époque. Ahmed est hypnotisé
par l'avant-dernier. Le tueur y figure de dos. Nuque
épaisse de taureau. Épaules massives. Contrairement
à ce que pourrait suggérer la chanson, la victime ne
regarde pas son assassin mais le lecteur. C'est-à-dire
lui, Ahmed. Exactement le même regard que cette
nuit-là. Exactement les mêmes épaules, aussi. Ahmed
observe Al qui roule un énième joint, le regard ailleurs.
« OK, c'est un chaman, les images le traversent. Je suis
arrivé ici chargé à bloc. Il s'est laissé prendre à mon
truc, avant de dessiner pour évacuer. » Il lève les yeux
du dernier feuillet, soulagé.

– Pas mal, mec ! Si je parvenais, comme toi, à coucher
mes obsessions sur le papier, ça libérerait de l'espace
intérieur pour d'autres trucs… Le désir, notamment…
Tu vois, depuis cinq ans, j'avais totalement cessé de
penser aux filles. Tout juste si je percevais encore leur
présence. Avec l'assassinat de Laura, c'est revenu d'un
coup. Il y a cette flic… Je ne sais pas… Elle a quelque
chose…

– Une flic ! *Yes man !* Ça c'est rock'n'roll !

– Merci pour l'accueil et les joints, mec. Ça m'a fait du bien. Je repasserai.

– Dans trois ans ?

– Ou cinq, ou deux semaines. L'important c'est que je repasserai.

La nuit d'été tombe lentement. Ahmed remonte doucement vers le nord-est. Cette errance l'a remis en contact avec lui-même. Il songe au Dr Germain. C'est le moment de retourner sur le divan, de parler, parler jusqu'à pouvoir enfin dire cette nuit chez Monsieur Meuble. Et puis, c'était pas si mal, l'analyse. C'était assez drôle, en y repensant, même si sur le moment ça ne le faisait pas tant rire que ça. Il se souvient de la dernière phrase qu'il avait prononcée :

– Vous comprenez, docteur, les femmes, il faut les faire jouir !

– Il faut ?

La relance du psy l'avait arrêté net. Ensuite, pendant un an, incapable de prononcer un mot. Il s'était repassé le film de ses histoires successives. Toujours le même scénario : une fille le remarque, s'intéresse à lui. Il ne se pose pas la question de savoir si elle lui plaît. En général, elle est plutôt jolie, alors il profite de l'aubaine, compte tenu de son incapacité à draguer. Il s'applique ensuite à la satisfaire, sur tous les plans. Jusqu'à se perdre, n'avoir plus idée de qui il est ni de ce qu'il attend de la vie. La fille finit par en avoir marre de partager son temps avec un être aussi évanescent et s'en va, sans se demander pourquoi elle avait jeté son dévolu sur un garçon aussi docile. Mais à chacun sa psychanalyse… Il savait d'où lui venait cet impératif de faire jouir les femmes : sa mère. Mais là, c'était le trou noir. « Le trou ? » aurait dit

Germain. Dès qu'il commençait à penser à sa mère, son cerveau s'arrêtait. Il voyait tout blanc, devenait la proie de tics faciaux et finissait par laisser tomber. Ainsi, durant un an, sur le divan : rien. Un jour enfin, lassé, il avait cessé d'y aller. Mais aujourd'hui, un déclic s'est produit. Pour preuve, il rit en repensant au « Il faut ? » du psy.

En longeant les bords du canal, il arrive au niveau du café Prune. À deux pas de chez le Dr Germain. Durant ses années d'analyse, avant chaque séance, il y buvait une noisette, alors qu'à aucun autre moment il ne mettait du lait dans son café. Il le faisait uniquement les lundi et vendredi à huit heures quarante-cinq du matin. Aujourd'hui, même s'il est huit heures du soir, il entre dans le bar préféré des bobos du 10e et se dirige vers le comptoir. Le serveur aux cheveux noirs, tee-shirt noir, tablier bordeaux semble vaguement le reconnaître. Lorsqu'il lui apporte son café, pris d'une impulsion subite, il demande l'annuaire. L'autre le regarde bizarrement et lui tend les pages blanches. Germain Alfred, 18, rue Dieu. Tél. : 01 57 91 28 73.

– Vous avez une cabine ?

Le garçon le regarde franchement étonné.

– Un annuaire et une cabine ? C'est pas souvent qu'on nous demande ça ! Non, il n'y a pas de cabine ici, pas depuis le siècle dernier…

– Un fixe alors, vous avez bien un téléphone fixe. Je dois appeler quelqu'un chez lui. C'est important.

Le ton et l'apparence d'Ahmed désarment le serveur postmoderne qui lui désigne l'appareil du comptoir.

– Allô, docteur Germain ? Ahmed Taroudant à l'appareil. Vous vous souvenez… Pourriez-vous me recevoir ?

– …

– Dans vingt minutes. Très bien, je serai là.

Il rend le combiné, boit son café, paie, puis traverse la rue pour s'asseoir au bord de l'eau. La voix grave du Dr Germain l'a ramené des années en arrière lorsque, séance après séance, il revivait l'histoire de ses parents, qu'il ne connaissait que par le récit ressassé de Latifa, sa mère. Jusqu'à l'âge de treize ans, Ahmed a grandi dans une épopée tragique. Après, plus rien.

Cela commence en 1970, à Rabat, avec l'arrivée à la fac de lettres de Latifa Mint Ibrahim, fille d'un grand chef religieux soufi de Goulimine. Son père est moderniste. Il veut donner l'exemple et pousse son enfant chérie à étudier, à vivre par elle-même. En ces années, le régime est dur, très dur, mais la population n'est pas matée, loin de là. Les jeunes croient en leur pouvoir de changer le monde, le pays. Latifa s'enivre de liberté, se sent naturellement portée vers la frange la plus radicale, la plus aventureuse aussi. Les maoïstes du tout nouveau mouvement du 23 mars l'entraînent. Sa poitrine se gonfle d'idées de liberté, d'égalité surtout. Enfant, elle trouvait pesante sa place de fille de cheikh, l'aurait volontiers échangée avec celle des gamines au teint noir qui la servaient mais pouvaient courir où elles voulaient. En rentrant de l'école, elle mangeait les dattes au beurre rance que lui apportait Soueïdou, la petite *hartanya*, l'esclave affranchie. Mais elle ne rêvait que de traire la chèvre et de baratter le lait dans la vieille outre en peau. Lorsque M'barek, le père de Soueïdou, montait cueillir les dattes dans un palmier du jardin, Latifa écarquillait les yeux, s'imaginait tout là-haut. Pour tous, M'barek était un *khaddim*, un esclave, à peine le quart d'un homme. À ses yeux, il représentait la liberté même. Aussi, quand ses nouveaux amis marxistes lui parlèrent de Hegel et de sa «dialectique du maître et de l'esclave», ils n'eurent pas besoin de lui faire un dessin. Mais ce qu'elle ne comprit jamais, c'est pourquoi ils l'abandonnèrent lorsqu'elle tomba amoureuse de Hassan. Leur rencontre eut lieu lors d'un festival de musique. Hassan était noir. Normal pour un musicien gnawa, descendant d'esclaves importés, comme tant d'autres, des rives du fleuve Niger, dans ce que les Arabes appelaient *Bilad as Sûdan*, le pays des Noirs. Durant des siècles la traite négrière avait été un commerce lucratif à l'origine de bien des fortunes chez les plus honorables familles de Fès et d'ailleurs, de pieux musulmans que cela ne dérangeait pas de devoir leur opulence au trafic d'êtres humains, musulmans eux-mêmes pour la plupart. Les Gnawas avaient su garder la mémoire de la musique de leurs ancêtres. Une musique qui permettait de libérer les malades des esprits qui les possédaient. Un soir – un seul soir –, Latifa avait confié à Ahmed que Hassan, son père, avait parfois des visions. Avant même de la rencontrer, il savait qu'elle viendrait et que leur amour le mènerait à sa perte. C'était écrit, mais il n'était pas homme à se dérober à son destin. Une manière de dire à son fils qu'elle savait qu'il avait hérité de ce don, avant de reprendre le fil de son récit : au premier regard, elle avait su que celui-là était l'homme libre qu'elle attendait depuis toujours. Elle ne connaissait rien de son temps ni du pays dans lequel elle vivait. Toute à son amour, elle n'imaginait pas les risques et le prix à payer. Quant à Hassan, il l'aima d'autant plus fort qu'il savait la mort en embuscade. Un jour, il disparut, ne vint pas au rendez-vous. C'était fréquent en ces décennies de plomb. Personne n'osait demander ni où, ni pourquoi. Ici, un Gnawa – un *'abid,* un *khadr* – avait aimé une fille de bonne famille. Pas très courant pour la police politique de s'occuper d'un cas semblable. Était-ce une initiative personnelle d'un flic particulièrement raciste et jaloux ? Une intervention du père de Latifa ? Elle sentit immédiatement qu'elle ne reverrait jamais son amoureux vivant, et décida de fuir le pays pour ne jamais y revenir. Tout occupés à leur révolution, ses camarades trouvaient son histoire futile. Seul Ahmed Taroudant, un fils de bourgeois d'Agadir secrètement homosexuel, décida de lui venir en aide. Il cacha la fille du cheikh, fit établir un faux passeport et ils sortirent du pays en passant par la frontière algérienne, au sud, déguisés en paysans. En cette lointaine époque, Arabes et Noirs pouvaient voyager librement entre l'Afrique et l'Europe. Arrivée en France, la jeune Marocaine s'aperçut qu'elle était enceinte et décida de garder le bébé. Ahmed resta avec elle jusqu'à l'accouchement, reconnut l'enfant qu'elle nomma comme lui, le seul ami qu'elle eut jamais. Il repartit au pays et cessa de donner de ses nouvelles au bout de trois ans.

Ahmed porte donc le prénom et le nom du sauveur de sa mère. De son vrai père, il ne connaît que le prénom, Hassan. Latifa n'a jamais voulu lui donner son nom complet. Rien que ce récit, toujours le même récit. Deux existences enfermées dans ce putain de récit. Comment vivre après ça. Sauf à devenir un personnage de fiction. Et puis Latifa, de boulot en boulot, perdit pied lentement. Vendeuse dans une librairie, marchande de fleurs, puis de quatre-saisons, puis plus rien. Les médecins, les psychiatres, l'HP. À quatorze ans, Ahmed se débrouillait seul. Latifa était soit sous neuroleptiques, soit à l'hôpital, Maison-Blanche, puis Pithiviers lorsque les médecins abandonnèrent tout espoir de rémission.

Il avait très vite préféré quand elle était à l'hôpital. L'assistante sociale fermait les yeux, il n'avait pas été placé, se débrouillait avec les signatures et gérait l'argent des allocs. À seize ans, premiers jobs. À dix-huit, réformé P5 sans même avoir besoin de simuler. Ils ne l'avaient pas hospitalisé, juste laissé repartir, comme ça. À vingt ans, il est veilleur de nuit, content, hors du monde avec ses livres et son jeu de go. Ses rapports humains se limitent à Al et deux ou trois copains. Une vie sentimentale et sexuelle qui se dessine en pointillés. Une fois de temps en temps, une fille s'intéresse à lui. Il se laisse faire jusqu'à ce qu'elle se lasse. Pour lui, l'amour c'est la mort. Ahmed a mis des mots sur les silences de Latifa : Oufkir, Tazmamart, Driss Basri. Il connaît les différents types de tortures. Quand il pense à son père, c'est cela qu'il voit : un homme a aimé une femme et l'a payé dans sa chair jusqu'à mourir de douleur. Toutes les morts possibles, il se les est projetées en continu dans sa tête. Tous les supplices. Baignoire, perroquet, gégène, fer rouge. Plus ceux lus dans Sade et la photo fétiche de Georges Bataille du Chinois dépecé vif au regard extatique. L'intérieur de sa tête, c'est cela : cris et chairs écartelées.

Des images.

DES IMAGES.

Ahmed se lève. Au jugé, il est l'heure d'aller chez le Dr Germain. L'heure des mots.

8

Au Bunker, c'est un Gomes mal à l'aise qui raconte à Kupferstein ce qu'il a appris sur la famille niortaise de Laura Vignola. Dès son arrivée au commissariat en octobre dernier, juste après sa sortie de l'école de police, le jeune lieutenant a été fasciné par Rachel. Il ferait n'importe quoi rien que pour la voir sourire. Un pouvoir dont elle n'use qu'avec retenue, lorsqu'elle a vraiment besoin d'un coup de main. Elle n'aime pas devoir à son charme le type de service qu'elle a demandé à Gomes, et qu'elle estime normal de se rendre entre collègues. Ensuite, elle sait qu'à l'exception notable de Mercator, les autres officiers de police du secteur ne les aiment pas, Hamelot et elle. Ils les trouvent trop perso, trop cérébraux, trop pas comme eux. Rachel s'en voudrait si cette animosité quasi générale, dont au fond elle se moque, contaminait son jeune admirateur. Et puis, ça lui plaît de posséder un tel ascendant sur Gomes, même s'il n'est pas son genre et qu'il se prénomme Kevin ; ça, elle a beau lutter contre ses préjugés de classe, c'est rédhibitoire. Aussi joue-t-elle en finesse pour faire durer ce grisant pouvoir le plus longtemps possible. Gomes tire nerveusement sur son col de chemise. Sans avoir besoin de se retourner, elle connaît la raison de sa gêne croissante. Elle pivote néanmoins, ne serait-ce que pour montrer à son seul véritable adversaire au sein du commissariat qu'elle ne le craint pas.

Au fond de l'open space, le vieux lieutenant Meyer se balance négligemment sur sa chaise en les observant d'un air goguenard. Il mâche un chewing-gum et fait exploser une bulle verte au moment précis où Rachel plante ses yeux dans les siens. Salissant. Ce type est salissant. Un seul regard et j'ai besoin d'une douche. C'est un flic à l'ancienne, gras mais musclé, aigri, raciste, macho, homophobe. Et d'autant plus antisémite qu'avec son nom alsacien tout le monde le croit juif. Face à lui, Rachel se sent devenir une chienne de garde, une antiraciste angélique, une abonnée à *Charlie Hebdo*. Et elle ne le supporte pas. Que Meyer soit Meyer, elle s'en fiche. Mais qu'il parvienne, avec son regard veule, à faire émerger la part d'elle-même avec laquelle elle se sent le moins à l'aise, elle ne peut lui pardonner. Ce n'est pas pour qu'on la confonde avec le prof d'*Entre les murs* qu'elle est devenue flic. C'est pour réaliser un fantasme, incarner une idée insensée : la force au service de la justice. Autant que possible, Rachel essaie d'y croire. Elle a la chance de travailler sous les ordres de Mercator, qui est loin d'être un ange mais pour qui cela a un sens d'être flic, quelque chose comme «il faut défendre la société» y compris contre les puissants. Il a cette demi-naïveté, le boss. Si elle avait été nommée au commissariat du 18e, Enkell et Benamer ne lui auraient laissé qu'une seule possibilité : passer du côté obscur.

C'est cela qu'elle ne supporte pas chez Meyer, il la force à regarder du côté le plus sombre. Face à lui, elle ne peut oublier que les flics, ce n'est pas seulement Luke Skywalker, mais aussi Dark Vador. Dans les tréfonds, une part d'elle-même, douloureuse à accepter, lui souffle que mal et bien mêlés constituent sa substance même. Ce rapport incestueux entre crime et justice a scellé le destin tragique des siens. Et permis qu'elle naisse. Cette part enfouie, c'est au creux de la nuit qu'elle y pense. Un esprit. Celui-là même de la police, qui l'a menée jusqu'ici et dont Meyer est la pire incarnation. Un esprit du mal en charentaises et à l'haleine fétide, malgré la chlorophylle. À tout prendre, elle préfère Benamer, le tortionnaire au regard clair qui leur enseignait les méthodes d'interrogatoires les plus abjectes et pour qui elle n'avait pu s'empêcher de craquer lors de son dernier mois à l'école de police. Tout ce qu'il représentait la révulsait, mais il l'aimantait. C'était sa période nietzschéenne, et les mots du philosophe lui avaient fourni une autojustification sur mesure : « La vérité est femme et elle n'aimera qu'un guerrier. » Rencontre aussi brève qu'intense. Les autres hommes, après, lui avaient paru bien fades. Mais elle avait définitivement tracé un trait sur Benamer. Aucune envie de se perdre dans ses ténèbres.

Gomes est de plus en plus perturbé par la présence hostile de Meyer. Rachel regarde le jeune flic dans les yeux afin de le ramener au récit entamé. Les parents de Laura, Vincenzo et Mathilde, ont été faciles à localiser à Niort, où ils habitent la même maison depuis au moins vingt-sept ans, puisque c'est à cette adresse qu'a été déclarée la naissance de leur fille unique. Par acquit de conscience, il a aussi interrogé Google et a trouvé un article en ligne de la *Charente libre* relatant le conflit opposant le fisc à la branche locale des Témoins de Jéhovah. Les impôts réclament des milliers d'euros que les TJ refusent de payer, en invoquant la loi sur la laïcité de 1905 qui exonère les associations religieuses d'un certain nombre de taxes. Or les Témoins de Jéhovah, qui figurent sur la liste des sectes établie par le Parlement, ne sont pas reconnus comme une association religieuse. Fier d'avoir déniché ces renseignements, Gomes a envie de se faire mousser.

– Et devine qui dirige la branche locale des TJ ?

– Vincenzo Vignola…

Dépité, le jeune lieutenant lui lance un regard soupçonneux.

– Tu le savais ?

– Honnêtement, elle était cousue de fil blanc, ta devinette. Et puis, je viens d'apprendre il y a moins d'une heure que l'appartenance religieuse des parents de Laura était la raison de leur conflit. Ils refusaient de la voir depuis qu'elle les avait quittés. Tu veux bien suivre cette piste ? S'il te plaît… Je vais m'occuper de prévenir ou plutôt de faire prévenir les parents. J'espère que les flics de Niort savent faire preuve de doigté…

Elle remercie sincèrement son jeune collègue et s'apprête à lui poser une question sur la nouvelle drogue du quartier, lorsqu'elle croise à nouveau le regard de Meyer. Drôle de sensation dans la colonne vertébrale. Est-il en train de les espionner ? Pourquoi, pour qui ? Pouvait-il les entendre à cette distance ? Elle garde sa question pour plus tard et se dirige vers son bureau en contournant Jean qui ne s'en aperçoit même pas. Hébété devant son écran vide, il semble hors service. Elle le laisse à son absence, s'assoit devant son ordinateur, cherche un numéro qu'elle compose.

– Allô, le commissariat de Niort ? Lieutenant Kupferstein, de Paris 19ᵉ arrondissement. Pouvez-vous me passer le commissaire ou un officier de permanence, s'il vous plaît ?

– Ne quittez pas…

– Allô, ici le commissaire Jeanteau. J'étais sur le point de partir.

– Bonjour commissaire, je suis le lieutenant Kupferstein, à Paris dans le 19e. Nous avons eu un assassinat. Une jeune femme, Laura Vignola, dont les parents habitent votre ville.

– Oui… Et que pouvons-nous faire ?

– Eh bien, hmm… Nous avons trouvé les coordonnées de la famille sur l'annuaire électronique, et, au moment d'appeler, je me suis dit que je ne pouvais tout de même pas leur annoncer cela par téléphone. Je voulais savoir si quelqu'un chez vous pouvait s'en charger.

– Vous savez, nous sommes en sous-effectifs, alors si on commence à faire votre boulot en plus du nôtre !

– Je vous comprends, mais imaginez la responsabilité, s'il se passait quelque chose. Lorsqu'on n'est pas présent, on ne sait jamais comment les gens peuvent réagir. C'est leur seul enfant… Et puis, nous savons par la concierge que Laura s'entendait très mal avec ses parents. Il se peut que cette brouille n'ait aucun rapport avec le crime, c'est même probable, mais il nous faut à ce stade explorer toutes les pistes. Donc, si vous ou l'un de vos officiers expérimentés pouvait se charger personnellement de cette démarche, ce serait aussi l'occasion de faire parler les parents, d'apporter un éclairage sur la personnalité de la victime.

– Bien, je vais m'en charger. Ma femme est habituée à mes retards et, de toute façon, ce soir, les beaux-parents dînent à la maison, ça me fera un prétexte pour arriver au pousse-café. Racontez-moi donc ce meurtre.

Rachel briefe le commissaire en omettant les détails les plus frappants de la mise en scène pour limiter les risques de fuite. Jeanteau promet de rappeler dès qu'il se sera acquitté de sa mission. Elle lui donne son numéro de portable, et au dernier moment, ajoute comme un détail sans importance :

– Ah ! j'allais oublier, commissaire, ils sont Témoins de Jéhovah.

– Des Témoins de Jéhovah ! De vrais dingues, non ? Remarquez, j'ai déjà enquêté sur des affaires concernant des sectes, mais celle-là, jamais. Ce sera peut-être instructif… Je vous rappelle dès que je sors de chez eux. Souhaitez-moi une bonne soirée !

– Bonne soirée, commissaire !

Épuisée, Rachel a besoin de quitter le Bunker d'urgence. Elle retourne vers Jean qui est sorti de sa torpeur et lui propose d'aller à pied jusqu'au Bœuf-Couronné où les attend cet onglet tant désiré.

9

Dans l'étroit bout de couloir qui sépare la salle d'attente du cabinet du psychanalyste, le Dr Germain, la soixantaine, grand, un peu voûté, visage anguleux, cheveux blancs, lunettes cerclées, pantalon en velours côtelé marron, tend la main à Ahmed :

– Vous êtes revenu, donc…

Ahmed regarde le psy, et d'un coup se souvient de ce que c'est, l'analyse. Pas seulement s'épancher, se vider, mais aussi refuser l'évidence. Il est revenu, il lui faut donc d'emblée s'interroger sur ce retour. Il sait ce qu'il est venu dire, mais pourquoi veut-il le dire ? Ahmed se souvient d'avoir un jour, dans ce lieu, établi le parallèle entre analyse et confession. « Si ce n'est qu'ici il n'y a pas de jugement », avait souligné le praticien. Une autre fois, alors qu'il se débattait dans les affres de la culpabilité vis-à-vis de sa mère, le Dr Germain lui avait suggéré de cheminer vers « une parole qui ne serait pas celle de l'aveu »…

– Oui, je suis revenu.

Il s'allonge sur le divan. Se sent bien tout à coup.

– C'est marrant, votre question. « Vous êtes revenu, donc… » C'est même pas vraiment une question. Si je devais l'écrire, ce serait plutôt avec des points de suspension qu'un point d'interrogation. Il faudrait

inventer une ponctuation pour la psychanalyse, en fait.
Votre petite question de rien du tout a tout dévié. J'allais
vous faire une sorte d'aveu. Raconter ce qui m'avait
amené à Maison-Blanche. La chose que j'ai vue et que
je n'ai jamais réussi à vous dire ; tellement indicible que
j'avais fini par la confondre avec mon silence. Il y a à
peine trois minutes j'étais encore dans cette confusion.

– Et maintenant ?

– Maintenant ? Je sais qu'il va falloir que je la
nomme, cette chose. Mais je sais aussi que ce n'est
pas la raison profonde de mon silence. Même si ce n'est
pas rien de voir un meurtre et de ne pouvoir l'empêcher.

– Un meurtre…

– Il y a comme un nœud. Entre la mort de mon père,
la folie de ma mère et l'assassinat de cette jeune fille au
dépôt… Tout est noué dans ma gorge… Comme ce truc
qui sort pas. Comme ces images qui m'habitent depuis
si longtemps. C'est mon père qui est mort, merde…
Alors pourquoi je me vois toujours en train de tuer des
femmes ?

– Oui ? De quoi sont-elles responsables, les femmes ?

– Oh, putain !

Un soupir à fendre l'âme. Des larmes silencieuses
coulent sur les joues d'Ahmed. Il reprend, la voix
étranglée.

– C'est la deuxième fois, aujourd'hui. La première
fois, c'était en pensant à Laura.

– Laura, si je me souviens bien, c'est votre voisine,
n'est-ce pas ?

– C'était.

– …

– Elle a été assassinée. D'un coup j'ai compris
qu'elle m'avait aimé en silence, et qu'elle était morte
pour toujours. Et j'ai regretté de ne pas avoir vécu ce

que l'on aurait pu vivre. Et j'ai décidé de vivre. Et je suis venu.

La voix du Dr Germain s'est légèrement altérée.

– Quelqu'un, donc, a tué Laura. C'est bien cela que vous êtes en train de me dire ?

– Oui, c'est précisément cela. Eh, docteur !

– Oui…

Ahmed s'assied et regarde l'analyste dans les yeux.

– Ça va jusqu'où le secret médical ? Le secret de l'analyse ?

Germain le fixe de son regard clair.

– Ça n'a pas de limite. Ce qui se dit ici ne sort pas d'ici. Vous souhaitez poursuivre ?

Ahmed se rallonge.

– C'est moi qui ai vu le corps de Laura en premier, mais je n'ai rien dit à la police. Un ex-pensionnaire de Maison-Blanche qui vit avec l'AAH et passe le plus clair de son temps à lire des romans noirs mettant en scène des tueurs désaxés… C'était perdu d'avance. Quand je l'ai vue, j'ai été pris d'une colère, d'un désir de vengeance. C'est ça qui m'a réveillé. Ça qui m'a fait venir ici. Pour y arriver, j'ai besoin de faire le ménage dans ma tête. De faire la part des choses entre mon père, ma mère, mes obsessions, Laura, Emma…

– Emma ?

– Oui, Emma, celle dont je ne vous ai jamais parlé. Celle que j'ai vu se faire tuer sous mes yeux au dépôt. Vous comprenez, avec Laura, ça fait deux.

– Vous avez vu Laura se faire tuer ?

– Non, je l'ai découverte après. Ils l'avaient attachée à l'extérieur de son balcon. Une goutte de sang est tombée sur mon visage, j'ai levé les yeux, son pied flottait au-dessus de ma tête, je suis monté voir… Emma, c'est une tout autre histoire.

– Dont nous parlerons peut-être la prochaine fois ?

C'était ainsi que Germain mettait fin à ses séances au bout d'un quart d'heure ou de trois. Il s'était un peu ressaisi, mais Ahmed sentait à sa voix que ces quinze minutes allaient peser d'un certain poids.

– Demain, je peux vous recevoir à sept heures trente, ça vous va ?

Il digère vite, quand même, pense Ahmed.

– Sept heures trente, d'accord.

– Nous discuterons aussi des conditions…

– Les conditions, oui, bien sûr…

– Si vous désirez effectuer un véritable travail, je ne pense pas que nous pourrons fonctionner comme précédemment. Avec prise en charge, je veux dire.

– Oui… Sans doute… Je vais y réfléchir.

– C'est cela, réfléchissez-y. Bonsoir.

Germain tend la main à Ahmed qui la prend.

– Bonsoir.

Le canal est parsemé de jeunes gens pourvus de bières et de guitares. Ahmed les perçoit à peine. Il repense à sa mère qu'il n'a pas vue depuis des années, se remémore la lente descente dans la folie, la manière dont elle s'en prenait à lui lors de ses visites à l'hôpital. Oui, il a bien fait de couper tout lien avec elle. Une question de survie.

Avenue Jean-Jaurès, peu après le métro Ourcq, Ahmed jette machinalement un coup d'œil à travers la vitrine du Bœuf-Couronné. La vision des deux lieutenants attablés devant un onglet lui semble parfaitement naturelle. Ils se devaient d'être à cet endroit à ce moment précis. Jean, absorbé par ses pensées, porte mécaniquement à sa bouche les morceaux de viande rouge. Rachel déguste au contraire chaque bouchée, chaque gorgée de vin. Il est ému par cette vision. Cela lui fait plaisir de s'imaginer avec elle, exactement comme ça, en train de partager un repas en silence. En attendant, ce serait déjà bien de pouvoir lui téléphoner. Un dernier regard et il repart en direction du tabac. Quelques minutes plus tard, sa carte France Télécom en poche, quasi à l'entrée de son immeuble, il croise un grand Noir, en calotte et *kamiss* à mi-mollet. Moktar ne lui jette pas un regard. Il se contente de susurrer en le croisant : « Mangeur de *halouf*, tu grilleras en enfer, comme un cochon gratté à la broche. Tu pues le Blanc… » Pensif, Ahmed continue son chemin en réfléchissant au sens de cette attaque. Puis il s'arrête, se retourne. Moktar a disparu. Où est-il entré ? Dans quel immeuble, quelle boutique ? Bizarre. Un truc de plus à ranger dans sa tête. Dans sa boîte aux lettres, une enveloppe postée à Bordeaux. Des nouvelles de son cousin Mohamed.

Neuf mois auparavant, un matin, un inconnu de vingt-trois, vingt-cinq ans avait sonné à sa porte et avait prétendu être son cousin. Mohamed Nassir était le fils de Nafissa, la sœur d'Ahmed Taroudant, le sauveur de Latifa. Il n'avait pas eu de mal à le retrouver, Ahmed vivait toujours dans le studio que Taroudant avait partagé quelque temps avec sa mère, au moment de sa naissance, trente ans plus tôt. Mohamed semblait penser qu'Ahmed était réellement le fils caché de son oncle, qui s'était marié, avait eu des enfants et continué à dissimuler son goût pour les hommes. Le « cousin » était resté trois semaines, le temps de découvrir Paris en attendant la rentrée universitaire à Bordeaux où il était inscrit en licence de physique. Ahmed avait trouvé ça normal qu'un supposé cousin dont il n'avait jamais entendu parler s'installe chez lui comme ça. Peut-être parce que Mohamed représentait le seul lien qui le rattachait au pays de sa mère, folle, et de son père, mort. Un lien qu'il n'avait jamais recherché mais dont il s'apercevait qu'il ne le rejetait pas non plus. Il ne s'était jamais senti autre chose que français. Le Maroc lui semblait un pays hors champ, interdit, dangereux, inaccessible. Pourtant, son cousin lui avait paru singulièrement proche alors que tout aurait dû les séparer. Mohamed ne manquait aucune prière, s'efforçait de démontrer à Ahmed les avantages de l'islam, même s'il ne se permettait pas de lui faire la moindre remarque sur sa consommation d'alcool. Un équilibre s'était établi entre eux et Ahmed n'avait pas voulu perdre ce cousin tombé du ciel en lui révélant qu'il n'étaient pas vraiment parents et que, de surcroît, son oncle était homosexuel.

Arrivé à Bordeaux, Mohamed avait écrit une ou deux lettres auxquelles Ahmed, retourné à sa lecture ininterrompue, n'avait pas répondu. Puis plus rien, jusqu'à aujourd'hui. Une fois chez lui, après les six étages à pied, il pose la lettre sur la table, sa veste sur la chaise, s'assied par terre, et entreprend de ne penser à rien.

10

Une heure plus tôt, à la tombée du jour, Rachel et Jean se dirigeaient en flânant vers le Bœuf-Couronné. Des professeurs et des lycéens sortaient du complexe scolaire loubavitch de la rue Petit. Chemise blanche, borsalino, fils de laine – *tsitsits* – dépassant de la veste noire. Leur regard glissa sur Jean et Rachel. Enfin, surtout sur Jean, sur le lieutenant Kupferstein ils marquèrent une demi-seconde d'hésitation… Comme si les goys n'existaient pas. Comme si les seules personnes réelles étaient les juifs en général et les hassids en particulier. Jean ne supportait pas cette attitude. Rachel, quant à elle, était fascinée par cette capacité à ne pas voir. «Mais comment font-ils?» Ça lui rappelait son voyage en Inde. Plus d'une fois, elle avait ressenti cette étrange impression de cesser d'exister, de disparaître littéralement à force de n'être pas regardée. Pour supporter, elle avait rationalisé: le système des castes est si fort qu'un brahmane peut, en croisant un intouchable, infléchir sa trajectoire pour rester à bonne distance sans jamais avoir à porter son regard sur lui. Il le voit et ne le voit pas en même temps… Rachel avait raconté ça à Jean pour le calmer. «Si tu crois que le délire des brahmanes excuse celui des loubavitch!» lui avait-il répondu. Mais de fait, sa colère était retombée.

Carrefour suivant, changement d'ambiance : un petit groupe de musulmans de toutes les teintes écoutaient religieusement un grand Noir très maigre, une calotte sur la tête, la kamiss blanche s'arrêtant rituellement aux mollets, pour imiter l'habillement du Prophète Mohammad et de ses compagnons, les pieux ancêtres. Depuis sa transe parfaitement maîtrisée, Moktar leur parlait du temps où tous ne formaient qu'une seule communauté, un seul corps autour du Prophète. « Alors les juifs et les chrétiens écoutaient le message. Leurs cœurs n'étaient pas fermés, ils savaient reconnaître la vérité. Tous embrassaient la vraie religion. » Moktar a vingt-sept ans, ses auditeurs entre quinze et dix-huit. Leurs yeux brillent, allumés par le discours vibrant parsemé de mots arabes du prédicateur autoproclamé. « Après la mort du Prophète – *Salah Allahou Alihi Wa Salam* –, c'est la division qui est descendue chez les hommes. La *Fitna* est l'œuvre de *Shaïtan*, nous ne devons jamais l'oublier. Et pour retrouver l'unité de la *Oumma*, il nous faut sans cesse imiter les pieux ancêtres… »

AAAAAAMIN !

En un souffle collectif, le groupe expulse la frustration de la journée.

Les deux flics se sont arrêtés, tout ouïe. Moktar et les autres font mine de ne pas les voir. Mais leur ignorance est plus feinte que celle des loubavitch : la tension des jeunes corps des auditeurs, les inflexions de la voix du salafiste, tout exprime que c'est bien à eux qu'ils s'adressent, juifs, chrétiens, athées. Flics au service de

103

Shaïtan voués à la géhenne éternelle. Le plus tôt sera le mieux.

Au bout de quelques minutes, Hamelot et Kupferstein poursuivent leur chemin.

– Quand on parle du loup… Il est en forme, Moktar, aujourd'hui, commente Jean.

– En grande forme ! Tu penses qu'on va en retrouver combien en compote à Bagdad dans trois mois ?

– Tant que c'est à Bagdad…

– Facile, le cynisme. C'est les enfants du quartier. On est censés veiller sur eux.

– Je suis flic, pas nounou. Et puis comment tu veux les protéger d'eux-mêmes. Putain, Moktar, je l'ai connu, il était normal. Brillant même. Il a passé un bac S avec mention. C'était avant ta nomination au Bunker. Un jour, il a eu une histoire avec une fille blanche rencontrée à la fac. Il était amoureux. Sa famille lui a interdit de la voir. « Tu es un noble, un Soninké, tu dois épouser une fille de la même caste que toi ! » Il a disjoncté, tout cassé chez lui. J'étais de permanence ce jour-là. On l'a maîtrisé et conduit à Sainte-Anne, bizarrement, alors que ce n'est pas l'hôpital psychiatrique du secteur. Au bout de dix jours, il est rentré à la maison. Conseil de famille. Aussitôt suivi d'un départ au pays, dans un village perdu quelque part sur la rive nord du fleuve Sénégal. Trois mois après il est revenu. Il avait changé mais était encore assez instable ; du coup il a refait un séjour à l'hôpital. Maison-Blanche cette fois, pour neuf semaines. Ça l'a définitivement calmé. Je sais pas ce qu'ils lui ont fait au bled, mais, depuis son voyage, il navigue entre la salle de prière et le carrefour. À prêcher.

Dernière étape de leur parcours : l'église évangélique devant laquelle une petite queue s'est formée pour assister à la soirée de prières et de guérison. Pasteur togolais, fidèles africains, antillais, blancs et kabyles.

– Pour ce soir, j'ai eu ma dose, riposte Rachel. Allez viens, on va se l'offrir, cet onglet ! Après, je passerai au Bunker faire un dernier point avec Gomes sur le versant Témoins de Jéhovah de l'affaire. Je ne sais pas ce que cache cet assassinat, mais il est bien à l'image du quartier. Avec des fous de Dieu postés à tous les carrefours.

Par chance, leur table favorite est libre, en vitrine du Bœuf-Couronné. Quelques minutes plus tard, ils attaquent enfin leur onglet. Jean ferme un instant les yeux. Un peu inquiète, Rachel lui demande si ça va :

– Je ne sais pas. Tout d'un coup, la fatigue, l'idée de me retrouver encore seul chez moi ce soir. J'ai un peu de mal à me supporter en ce moment. Alors les longues journées de travail ça me va. Mais quand approche le moment de rentrer... Tu n'as jamais ce sentiment, toi, d'être condamnée à perpétuité à vivre avec toi-même ?

– Non... Ça va te paraître trivial, mais si tu ne supportes pas la solitude, pourquoi tu ne te trouves pas une copine ?

– Pourquoi une fille me supporterait alors que je ne me supporte pas ? Faudrait vraiment qu'elle soit maso !

– Ça existe, tu sais... Il y en a plein, même... Allez, mange, va ! C'est pas bon l'onglet froid.

11

Décidément, Gomes est doué. Il a réussi à localiser l'inspecteur des impôts qui s'est occupé de l'affaire des Témoins de Jéhovah niortais. Allergique aux sectes, il ne s'est pas fait prier pour raconter au jeune lieutenant ce qu'il savait. Vincenzo Vignola est le trésorier de la branche locale des Témoins. Il dirige également le conseil des anciens de la région, une instance qui régente la vie des fidèles jusque dans leur intimité. Il a également expliqué qu'aucun témoin ne parlera à un étranger, mais qu'il pourra trouver des informations sur les forums de discussion d'ex-TJ. Ce qu'il s'apprêtait à faire lorsque Rachel est arrivée.

– Tu as un mail perso, que tu consultes depuis chez toi ? Comme ça si je trouve un contact, un lien, je te l'envoie.

– Mon mail perso ? Mais c'est perso ! Bon, d'accord… rachelk2000@laposte.net. Mais dis-moi, tu ne rentres pas chez toi ? Tu n'as pas une petite amie, une vie en dehors du boulot ?

– Et toi ? Ça fait trente-six heures que tu es debout ! Je ne suis pas moins flic que toi, Rachel ! Moi aussi je veux le coincer l'assassin de Laura. C'est pour ça que je fais ce boulot. Et puis, tu sais, ils ont recruté quantité de Portugais, les Témoins de Jéhovah. Ils ont pris un de mes cousins avec qui j'ai grandi à Sartrouville. Depuis, il ne nous adresse plus la parole. Alors cette histoire, elle me concerne. Va te coucher maintenant. Si j'ai du nouveau, je t'envoie un mail.

Rachel n'en revient pas de voir Gomes s'emballer ainsi. Pour la première fois, elle le regarde comme un homme. Un homme qui ne lui plaît pas, certes, mais un homme, pas un gamin, même s'il porte un prénom ridicule. Qu'il va peut-être lui falloir apprendre à prononcer sans mépris.

– OK… Kevin. Je suis partie. Ah non, attends, j'ai encore un truc à te demander. Tu as entendu parler d'une nouvelle dope dans le quartier ?

– Non. Quel genre de dope ? Tu as un tuyau fiable ?

– Disons que quelqu'un a entendu parler de pilules de type ecstasy, mais avec un effet encore plus fort. J'aimerais bien vérifier.

– OK. Je pense que je sais à qui demander. Je te tiens au courant.

*

Le scooter du lieutenant Kupferstein est garé face au Bunker. La jeune femme habite le 18ᵉ bobo, rue d'Orsel, à deux pas du théâtre de l'Atelier. Le soir, le week-end, elle a besoin de décompresser, de changer d'air, d'oublier les rues qu'elle arpente chaque jour. Au pied de la butte Montmartre, entre touristes, noctambules parisiens, artistes et intermittents, elle se sent bien. Son appartement, un petit deux-pièces mansardé où elle reçoit rarement, c'est son antre, sa tanière. En chemin, quelque chose la taraude. Malgré sa fatigue, elle s'arrête rue Ordener pour examiner les environs de la cabine d'où la police a été prévenue de l'assassinat de Laura. Ça ne colle pas. Pourquoi aller aussi loin ? Et puis on a appelé directement le commissariat du 18ᵉ, pas le numéro d'urgence, sinon la communication aurait été automatiquement enregistrée. La personne qui a appelé connaît le fonctionnement de la police. Raison de plus pour s'y intéresser de près. La cabine est squattée par deux Africaines dont l'une arbore un magnifique cocard sur l'œil droit. Très énervées, elle s'arrachent le téléphone et parlent en pidgin english à leur interlocuteur. À quelques pas, un petit type tout maigre et tout blanc attend son tour. Sa main droite tient un sac en plastique où on devine une bouteille de Heineken soixante-six centilitres. Il serre très fort le goulot à travers le sac. De l'autre côté de la rue, un groupe de quatre Algériens, assis sur des casiers à bouteilles rouges, discutent devant une épicerie en surveillant du coin de l'œil ce qui se passe en face. Jean a raison, quelqu'un a forcément vu l'anonyme de la cabine. Demain, on verra si Mercator a réussi à obtenir d'Enkell qu'il mette ses gars sur le coup.

Rachel s'apprête à démarrer lorsqu'elle s'aperçoit que la petite brocante située devant la cabine est encore ouverte. Elle est souvent passée devant sans jamais y entrer. Le seuil est presque barricadé par deux présentoirs de vieux romans policiers de dernière catégorie. Des Bruce, des OSS 117, des SAS… Elle s'approche, jette un œil au bric-à-brac de la boutique : lampes années cinquante ou Art déco, vieux tourne-disques, calendriers des Postes aux couleurs criardes des années soixante-dix, cendriers sur pied, fauteuils, chaises bancales. Le pire et le meilleur d'un brocanteur accumulateur. Depuis des semaines, elle recherche un petit abat-jour en métal rouge. De ceux qui se fixent directement sur l'ampoule avec une pince métallique.

Ce sera la touche finale de sa déco intérieure. Pourquoi ne pas tenter sa chance ? Le broc' sort de l'ombre, un demi à la main. Apparition monstrueuse. Rachel a beau s'interdire de juger au premier coup d'œil, il a tout du pervers. Regard lubrique, fausse démarche, intonation à double sens.

– Vous cherchez quelque chose ?

– Oui, vous savez, ces petits abat-jour que l'on pince…

– Non je ne sais rien, l'interrompt-il, c'est mon seul principe : ne rien savoir… Des abat-jour, j'en ai à la pelle, il faudrait que je vide le dépôt pour les trouver. Et, vous voyez (il montre sa bière), je suis en train de me détendre. C'est la fin de la journée.

Rachel examine attentivement l'intérieur de la boutique en l'écoutant d'une oreille. Derrière son épaule, elle aperçoit une télé. Sur l'écran, elle distingue une paire de fesses féminine, derrière laquelle se profile un homme, sexe érigé bien en main. Chaque fois que son organe atteint le postérieur de la femme, un bruit électronique de pacotille marque un point. Le visage de la jeune femme s'est durci. Elle fixe son interlocuteur :

– Oui, je vois. Vous vous détendez. Eh bien bonne soirée, monsieur le brocanteur.

Au moment où elle se retourne pour rejoindre son scooter, son regard tombe sur un ouvrage différent des autres : *Le Boucher* d'Alina Reyes[1]. Pendant le reste du parcours, ça tourne dans sa tête : le visage repoussant du broc', les images pornos et *Le Boucher*… Le boucher, le boucher… Devant son immeuble, elle attache son engin, et décide de ne plus penser à rien. Six étages plus haut, clé, serrure, ouf ! Avec soin, Rachel pose sa veste

1. Éditions du Seuil, coll. Fiction & Cie (Paris, 1988).

sur le valet de pied Habitat placé à droite en entrant. Elle l'a acheté sur internet, séduite par la notice :

Valet Jeeves.
Créé par Sir Terence Conran.
150 euros.
Structure pliante en eucalyptus teinté noir.
Vernis polyuréthane.
Bol pour boutons de manchette en marbre.
Very Important Products

Ce qui l'avait vraiment fait craquer, c'était le bol en marbre pour boutons de manchette. La définition même du chic. La flic jette un coup d'œil circulaire : tout est en place. Heureuse d'avoir fait le ménage l'avant-veille. Ici, sa tête peut se poser. D'abord, un verre de Cutty Sark. Rachel a connu une brève période Lagavulin avant de se rendre compte que non, finalement, les scotchs haut de gamme, tourbés, sophistiqués n'étaient pas sa tasse de thé. Elle est donc revenue, soulagée, à la simplicité des marques courantes. Accompagné de cacahuètes grillées à sec. Assise dans son fauteuil seventies en plastique vert d'eau, elle savoure. Vide. Trente minutes et deux whiskys plus tard, le lieutenant Kupferstein commence à dodeliner.

Le téléphone sonne. Jeanteau de Niort.

– Lieutenant, les parents m'ont paru pour le moins étranges. Comme si le sort de leur fille ne les concernait absolument pas. Comme si je leur annonçais la mort de quelqu'un dans le journal, vous voyez ?

– Je crois, oui.

– Je n'ai pas pu en tirer trois mots. Très polis, ils m'ont écouté posément, puis ont dit qu'ils ne voulaient pas se montrer inhospitaliers, mais que pour eux il était l'heure de se rendre à la salle du Royaume. C'est leur lieu de prière, si j'ai bien compris. Ça m'a glacé, cette rencontre. La mère a uniquement pris la parole quand je leur ai parlé de la reconnaissance du corps : « Laura a choisi la voie du démon, qu'elle reste avec les démons. Elle ne venait ici que pour nous salir, déverser la boue du monde sur nous… » Là, son mari lui a jeté un de ces regards… Elle s'est tue. J'ai laissé tomber, je sentais que je n'en tirerais rien de plus avec lui à côté, mais cette sortie m'a laissé une drôle de sensation. J'espère que ces renseignements vous aideront. N'hésitez pas à me rappeler si vous avez besoin. Elle commence à m'intéresser, cette affaire.

– La boue du monde… Qu'est-ce qu'elle pouvait bien vouloir dire ?

– Je ne sais pas, lieutenant… Je ne sais pas… Mais c'était étrange, ça, je peux vous l'assurer !

– Merci beaucoup, commissaire, d'y être allé… Il se peut que je vienne vous rendre une petite visite, si nous n'avançons pas à Paris, il nous faudra peut-être venir sonder la boue du côté de Niort. Bonne nuit.

– Ah oui, un autre détail avant de vous quitter. La mère était quelconque et aigrie, mais le père avait une vraie beauté. Un peu comme Robert Mitchum dans *La Nuit du chasseur*, vous voyez ?

– Oui, je vois…

– Mais en plus vieux bien sûr ! Allez, je rentre. À la prochaine, lieutenant Kupferstein, et bon courage !

Salle de bains, dents, W-C, pipi, lavabo, mains. Peu de pas jusqu'au lit. Pantalon plié, culotte au sale, soutien-gorge aussi finalement, avec la chemise blanche Yves Saint Laurent, une chemise d'homme, prise de guerre à un amant d'une nuit. Pas une grande nuit, mais

une belle chemise. Combinaison enfilée. Rouge carmin.
Le lit : futon sur tatami, draps épais, un peu rêches, à
l'ancienne, aux initiales brodées en cursives A.V. Pas
de couverture, les beaux jours sont là. Pas de couette,
elle déteste ça. Rachel dans le lit. La tête fatiguée, oui,
ne veut pas dormir. La face désagréable du brocanteur
refuse de s'effacer. Alors elle cherche l'antidote. Pense
à Ahmed qu'elle imagine seul dans son lit. Tourmenté
également. Lui là-bas, sous l'appartement de Laura.
Elle ici dans sa tanière. Tournant dans tous les sens.
Ça lui rappelle quelque chose. Un vieux film de Wong
Kar waï. Oui, c'est ça, *Fallen Angels*, les anges déchus.
Un tueur à gages jeune et beau travaille pour une fille
jeune et belle qui lui désigne les cibles et le paye.
Jamais ils ne se touchent, pourtant elle ne pense qu'à
lui. Une scène au montage parallèle les montre chacun
seul sur son lit une place, tourmentés par le désir, la
jeune femme se caressant au travers des vêtements. Se
donnant le seul plaisir possible. Qui jouait l'homme ?
Son visage reste imprécis, vague. Alors elle ramène au
premier plan celui de Tony Leung dans *L'Amant*. Le
désir, tout doucement commence à poindre. Du bout
des doigts de la main droite, Rachel effleure la peau
de son bras gauche, juste en dessous de la saignée. En
éprouve le grain, la douceur. C'est bon. Elle descend
jusqu'à la paume de sa main. Comme si elle touchait un
homme / un homme la touchait. Tony Leung promène
son élégance aristocratique dans les rues grouillantes. Il
arrive dans la maison de leurs rendez-vous. Rachel voit
Jane March l'accueillir. Ils s'embrassent. Non. La jeune
femme prend la place de l'actrice. Ses mains caressent
son ventre doucement au travers du tissu satiné de la
nuisette, puis descendent, descendent. Le désir est là
qui dicte les gestes bien des fois répétés et toujours

autres pourtant. Jamais elle ne se donne à elle-même de la même façon. Parfois des images d'hommes lui viennent, parfois non. Ses doigts : vite ou lentement. Jouant en surface ou explorant les profondeurs. Plaisir d'elle à elle prodigué. Aujourd'hui, elle aime prolonger la caresse au travers du tissu. Le sentir s'imprégner, se tremper. Cette eau-là, c'est elle-même, sa vie. Rachel relève maintenant le bas de sa combinaison. Elle a besoin du contact direct de la chair. Force et rapidité du geste. Deux mots lui reviennent, elle ne sait d'où. Deux mots porteurs de leur propre rythme. Le sien à cet instant précis. *In-out in-out.* Jusqu'au bout, elle garde le visage de Tony Leung devant elle, totalement pur. L'image très dense et ralentie dans la rue moite de *In the Mood for Love.* Elle s'abolit en lui. C'est à ça que servent les vraies stars de cinéma. Après la jouissance, Rachel flotte, se garde au seuil de l'endormissement. Une pensée apparaît : Ahmed fantasme-t-il sur Maggie Cheung ? Elle rit toute seule. Puis rallume, fouille dans son sac, sort le carnet à spirale. Enregistre dans la mémoire de son portable les noms et numéros de Bintou et Aïcha. Si l'une d'elles appelle à trois heures du matin, elle veut savoir qui c'est, se mettre en condition avant de répondre. Éteins, dors.

12

Jean erre, glisse, dérive. Après avoir quitté Rachel au Bœuf-Couronné, il était incapable de rentrer chez lui. Malgré la fatigue. Il sait qu'il ne dormira pas avant deux heures du matin. Il aimerait bien baiser. Tout simplement ça, tirer un coup, ne penser à rien, oublier. S'oublier dans un trou. Eh oui. Des pensées de mec. À peine se dit-il « s'oublier dans un trou », que sa mère apparaît. Pas un mot. Juste l'expression un peu usée de son visage qui signifie : « Vous les hommes, vous êtes comme ça, avec vos besoins. Et nous on supporte. On vit avec vous comme vous êtes, comme ça, sales. » Pourtant, il sait que les femmes aussi ont besoin de baiser. Merde, il le sait pour l'avoir expérimenté. Mais ce ne sont pas des femmes de même catégorie. Des catins, des gourgandines, des femmes qui aiment « ça »…

LA MAMAN ET LA PUTAIN

C'est pas Eustache qui l'a inventé. Mais comment on fait pour s'en débarrasser ? Hein ? Comment on fait pour aimer, désirer, une femme qui désire. Une femme normale, quoi ! Comment ? Quelqu'un pourrait lui expliquer, à Jean ? Et le pire : il peut même pas aller aux putes. Jamais il s'en remettrait. Justement, ses pas l'ont mené aux Halles, et comme par hasard, à la rue Saint-Denis. Il examine les affiches :

MASSAGE THAÏLANDAIS
RELAXATION COMPLÈTE
« JUSQU'AU PLAISIR »
30 EUROS

La tentation même. Mais non. « Je suis flic. Il m'est interdit de fréquenter un tel lieu. Sauf sur commission rogatoire. Et puis c'est mal. Les femmes sont exploitées. C'est mal. » Toujours, en toile de fond, sa mère. Mais pas seulement. Son père était un communiste breton. Pire qu'un catho : pas de confession chez les cocos, aucun moyen d'évacuer. Le curé est dans la tête. Un commissaire politique en guise de surmoi. Marche et gamberge, Jean a quitté le quartier dangereux. Aucun désir de se soulager ainsi. Il se sentirait tellement mal après qu'il préfère s'épargner l'expérience.

Toujours à la lisière de son esprit, les tentations. Depuis si longtemps… Depuis les premières nuits tachées, et même avant. La jouissance brute qu'il éprouvait à faire griller les fourmis à la loupe du soleil. Alors, il ne se sentait pas trop coupable. Non, c'est à la puberté que les choses se sont gâtées. Pourquoi ? Le regard de sa mère avait dû changer légèrement, se resserrer. Dans l'espace restreint duquel il continuait de se mouvoir. Parfois une petite voix lui susurrait : « Tant qu'à te sentir mal, tant qu'à être un porc comme tous les hommes, sois-le vraiment, ne te contente pas d'en payer le prix ! » Mais non, c'était au-dessus de ses forces. Des copines de temps en temps, jusqu'à ce qu'elles se lassent de se sentir si sales, après. Des années auparavant, une fille lui avait dit après l'amour : «J'ai l'impression que tu me détestes !» Il avait balbutié que non, il s'en voulait juste de ne pas l'avoir fait jouir, d'être venu trop vite…

«Mais je m'en fous, moi ! Si je veux être sûre de jouir, je n'ai pas besoin d'un homme, tu sais ! Mais que tu me regardes comme ça, comme la dernière des traînées, comme si je t'avais forcé à faire quelque chose de sale, c'est ça que je ne supporte pas !»

Il ne l'avait jamais revue. Le dialogue lui revenait en pleine face. Perdu, il était totalement perdu. Crier, pleurer, il aimerait tant. Mais pas dans la rue. Et puis crier encore, il pourrait peut-être, mais pleurer, laisser les larmes couler, ah, ça !

Il s'arrête brusquement, hagard. Arts-et-Métiers. Mais qu'est-ce que je fais là ? Rue au Maire, il y a des Chinois à l'ancienne. Clientèle débarquée du village. Avance ! Va voir si c'est encore ouvert ! Une Tsing-tao, des litchis, de quoi te calmer… Il passe devant le Tango, se souvient d'une boîte plutôt black où il avait dû venir une fois lors de son arrivée à Paris. Un cauchemar : incapable de danser, il regardait sa copine se faire draguer par de beaux Antillais chaloupeurs. Machinalement, il lève les yeux : un écran rectangulaire à diodes rouges affiche «bal gay et lesbien». Ça l'achève. Il s'adosse au mur d'un immeuble, sent que son crâne va exploser, simplement exploser. Boum ! Des éclats de boîte crânienne partout, de la cervelle collée sur le mur gris… Il ferme les yeux, prend une longue inspiration, se souvient des indications du dépliant de relaxation que lui a donné Léna un jour de stress. Il retient l'air dans ses poumons en comptant lentement jusqu'à cinq, puis expulse. Doucement, doucement. Répète l'exercice trois fois. Quand il ouvre les yeux, une femme flic blonde en uniforme le regarde de ses yeux bleus – comme le sont, étrangement, très souvent ceux des éboueurs blancs employés par la Ville de Paris. La voiture de police est garée au coin, devant un tabac où les collègues sont allés faire le plein.

– Ça va, monsieur ?

Jean sourit de son sourire de dément numéro quarante-sept, sort sa carte BBR.

– Oui, ça va, merci. Une journée un peu rude, c'est tout.

– Ah ! vous êtes de la maison… Lieutenant ! Vous avez de la chance ! J'aimerais tant passer le concours interne… Mais avec mes horaires, la fatigue… J'y arriverai jamais ! Allez ! bonne soirée, lieutenant. Reposez-vous si la journée a été dure…

– Merci mademoiselle, bonne soirée à vous.

Elle s'éloigne. Jean se décolle du mur, fait quelques pas avant de se retourner et de héler la jeune femme en uniforme.

– Eh ! mademoiselle !

Elle revient vers lui, s'arrête à cinquante centimètres.

– Oui ?

– Vous découragez pas ! Si vous le voulez vraiment, mais vraiment, hein ! Vous découragez pas !

Dans sa voix, une violence à peine contenue. Elle affleure dans son corps également. Soudain, sans lui laisser le temps de rien dire, il fait volte-face. Interdite, elle le regarde s'enfoncer dans la nuit en se demandant si, finalement, c'est si enviable que ça d'être officier. Pensive, elle rejoint ses compagnons de ronde. Avec eux, au moins, on rigole !

Jean a vraiment besoin d'une Tsing-tao. Il pénètre dans le premier boui-boui venu. Déco inexistante, hormis le petit autel de rigueur – bouddha replet, lumière rouge. Tables en bois gravées au couteau, chaises de réfectoire. «Pas possible ! Ils se sont fournis dans les réserves de l'éducation nationale !» se dit-il en ne croyant pas ce que ses yeux lui commandent de voir : un groupe de quatre Chinois jouant au mah-jong. Comme à Macao. Confronté à ce cliché, il ressent un puissant sentiment d'irréalité. Qui lui permet de relâcher la pression. Il est ailleurs, il est bien. Extrêmement concentrés, les joueurs n'accordent pas au flic blanc une miette de leur attention. Une jeune femme en jupe noire émerge de l'arrière-boutique en faisant claquer ses tongs sur le sol dallé noir et blanc. Elle l'observe et finit par demander :

– Oui, monsieur, vous désirez ?

«Te prendre par-derrière dans ton arrière-boutique : toi, tu t'accroches aux casiers de bière, et moi je t'encule, pas à sec, non. En travaillant le terrain avec ta propre salive cueillie du bout des doigts.»

– Une bière chinoise, s'il vous plaît. Une grande. Avec des chips à la crevette.

– Asseyez-vous, monsieur.

Le sourire pro cache difficilement la vieille fatigue de celle de qui a déjà tout vu avant même de naître. Jean s'assied. Des fantasmes, il en a. Il passe sa vie dans cet aller-retour permanent entre pulsions inassouvies et culpabilité. Pourtant, en ce moment, il sent remonter une très ancienne violence. Lorsqu'il s'est adressé à la femme flic, tout à l'heure, il ne s'est pas reconnu. Et cette image, ces mots si nets dans sa tête… Quelque chose de nouveau s'est produit. Pas seulement dû à la fatigue ou à la tension. Le meurtre de Laura semble avoir rouvert une faille très profonde, qui le remet en contact avec son magma le plus intime, sa lave en fusion. La mise en scène des crimes, la puissance des images créées par l'assassin s'adressent directement à son inconscient. La serveuse lui apporte la bière décapsulée et les chips dans leur sachet transparent. Il remercie, se sert en inclinant le verre pour limiter la mousse. Doucement, doucement. Le geste l'apaise. Doit-il commencer par la bière ou par les chips ? Au restaurant, il mange la plupart du temps une frite avant d'attaquer son steak. Jamais en premier l'objet du désir, c'est mal. Il se force à boire, laisse le paquet fermé. « *Va fan culo !* Va te faire mettre, connard ! Arrête de m'emmerder ! » Une longue gorgée, et il se laisse aller contre le dossier, pousse un soupir, yeux mi-clos. La violence. Lui reviennent ses cruautés d'enfant. Les fourmis grillées. Le chat attrapé au cimetière et tabassé avec son copain Jérémie : une décharge d'énergie pure. Quelque chose qui abolit la pensée, un flash, un éclair blanc. Jamais il n'est allé au-delà du sniff d'héro mais c'est ainsi qu'il se représente l'effet d'un fixe. Taper. Tape ! Tape !

ASSOMMER TABASSER
EXTERMINER CETTE SALOPERIE DE CHAT
LA NETTOYER L'ÉRADIQUER
JUSQU'À CE QU'IL CRÈVE CET ENCULÉ
QUE LA SURFACE DE LA TERRE SOIT ENFIN
LIBÉRÉE DE SA PRÉSENCE DE MERDE

C'en est fini du petit Jean obéissant. Gentil garçon qui ne fait pas de vagues et se branle dans la honte et le silence. Il n'est plus que geste, mort. Mort en action. Mouvement. Geste répété dans l'éternité, les siècles des siècles. Ah merde !

Et soudain, le chat griffe. Effaré, Jérémie a lâché l'animal et fixe Jean. Le chat s'enfuit. L'ami bredouille

« t-t-t-t-t'étais en train de le tuer », se lève et s'en va. Jean reste assis sur la tombe en ciment gris et mousse verte de Pierre Le Bouennec 1903-1971. Il observe ses mains striées de rouge, touche son cou où perle le sang. Retour à la maison. L'infirmière, sa mère, le soigne sans poser de question. Elle sentait ces choses-là, le silence était son arme favorite, ainsi que son regard qui avait l'air de tout savoir. Chaque silence resserrait les liens autour de Jean. Cet épisode avec le chat marqua la fin de sa phase sadique. Ce fut à lui-même qu'il s'en prit alors. En pensée, essentiellement. Mais il lui arrivait régulièrement de se faire du mal : chutes, brûlures, contusions diverses. Toujours sa mère le soignait. Sans un mot.

Il n'a jamais raconté cela à quiconque. S'il avait rencontré Léna plus tard, peut-être ? Mais ils n'avaient que dix-sept ans lorsqu'ils sortaient ensemble à Saint-Pol-de-Léon. Ce n'était pas l'âge de parler. Ces derniers temps, parfois, il lâchait des bribes de confidence. Devant sa douleur presque palpable, Léna avait conseillé à son ami d'entamer une thérapie. Elle-même était en analyse depuis quatre ans et s'en trouvait mieux. Ils partageaient les mêmes origines bretonne, catho et coco (ils s'étaient rencontrés à la section des jeunesses communistes de Saint-Pol-de-Léon) et elle estimait que le même traitement ne ferait pas de mal à son camarade flic.

– Tu sais, Jean, Freud était juif. Il vivait dans un pays catholique et manifestait une distance plus que critique à l'égard de la religion en général, de la sienne et de la nôtre en particulier. De plus, il n'a jamais cru au communisme, il connaissait trop l'homme pour adhérer à une idéologie salvatrice. Le seul truc où on peut le trouver un peu léger, c'est dans le rapport à la mère. Il faut lire Lacan et revoir *Festen* pour comprendre en quoi il est vital de se détacher de sa maman. De toute façon, à Paris, la plupart des psys sont lacaniens, alors ! Non, je t'assure, ça ne pourrait que te faire du bien ! Enfin, je ne devrais pas te dire ça. L'analyse – c'est pareil pour la thérapie – est fondée sur l'engagement de l'analysé, son désir d'y aller. Putain, je suis grave ! Comment je parle ! Allez, oublie ce que j'ai dit… On reprend un pot lyonnais, non ?

Jean observe autour de lui. Le boui-boui chinois est toujours là. Les vieux rangent le jeu de mah-jong. La serveuse accoudée au comptoir le regarde sans insistance. Il est temps. Il a terminé sa Tsing-tao sans même s'en apercevoir. Il se lève, paie, emporte son sachet de chips inentamé ; il se sent plus calme. La crise est passée. Une brèche en lui s'est ouverte qu'il ne veut pas laisser se refermer.

13

Ahmed ne s'est pas roulé de joint. Il a rangé l'herbe qu'Al lui a offerte dans la poche poitrine d'un pyjama propre. Même s'il se méfie de sa parano, il ne peut s'empêcher de faire fonctionner son cerveau et de donner un sens à la rencontre avec Moktar. Il ne croit ni aux complots, ni tout à fait au hasard. Cela fait quatre ans que Moktar ne lui a pas adressé la parole. Quand ils se croisent dans la rue, ils s'évitent tacitement, sans agressivité. Ils ont séjourné à Maison-Blanche au même moment, pas pour les mêmes raisons. Ne s'aimaient pas. L'une de leurs disputes avait failli dégénérer, interrompue par une infirmière. Ensuite, d'un commun accord, ils s'étaient évités. Ahmed était devenu ami avec l'infirmière, Rita, une grande rousse. Déjà une rousse. Au cours d'une de leurs conversations, elle avait laissé échapper le diagnostic de Moktar : psychose paranoïaque dégénérative. Le truc absolument pas soignable. De façon imparable, son mal s'était emparé de l'air du temps. C'est à Maison-Blanche qu'il avait commencé à parler de Dieu. Le séjour au pays avait préparé le terrain. Une vision du crime s'esquisse dans la tête d'Ahmed. Très vague, imprécise. Il lui faut revoir la tête du tueur. Donc dormir. À moins qu'un joint ? Trop tôt. Pas à l'intérieur. Une seconde, il a la tentation d'appeler

Rachel : « Allô, c'est Ahmed, je me disais, enfin, j'ai un peu de thaïe, on aurait pu poursuivre la conversation sur Ellroy… » Une seconde pour rire, s'accorder une bouffée d'amour et d'air frais avant de revenir à Moktar. Le salafiste psychotique fait partie du tableau mais ce n'est pas l'assassin. Il le sent par là… à la limite de son champ de perception. « Mangeur de halouf ». C'est dingue, qu'est-ce qu'ils ont tous avec ça ? Le pur, l'impur, il n'a jamais très bien compris. Faut dire que Latifa lui a vraiment laissé une paix royale là-dessus. On mangeait, on buvait de tout à la maison. Avec ses rares copines, il ne s'est jamais posé la question de la date de leurs règles… À la réflexion, il aimait bien le goût du sang. « Le goût du sang ?… » le relance une voix intérieure étrangement semblable à celle du Dr Germain. Putain, c'est pas vrai ! J'ai un psy dans la tête, maintenant ! s'énerve Ahmed qui soudain sent la faim lui grignoter le ventre. Il décide d'offrir une spéciale dédicace à Moktar en attaquant les tortellini au jambon. Casserole, eau, bulles. Il réfrène sans difficulté le désir subit de plonger la tête dans l'eau bouillante. Tortellini Barilla, onze minutes. Filet d'huile d'olive, sel, poivre. Pas de parmesan. Au moment de s'asseoir, il pose ses yeux sur la lettre de Mohamed, la réserve pour plus tard. Il mange lentement, sans se brûler la langue. Pour une fois.

Assis sur le futon, adossé à un oreiller *Gosa Gott* Ikea, soixante-cinq centimètres sur soixante-cinq, il tend l'oreille. Pour s'oublier, sortir de sa tête, il fait ça, généralement. Capter les petits bruits de l'immeuble mal insonorisé. Souvent c'est la télé, comme ce soir. Le journal télévisé, il ne supporte pas : la violence traverse les murs, entre en lui, même s'il ne comprend pas les mots. La scansion, le débit, la tonalité, tout est agressif et menteur. La pub, trop braillard. Non, ce qu'il aime, c'est l'univers lénifiant des séries américaines en VF. Il ne supporterait pas une télévision chez lui, mais le son des séries assourdi par le mauvais béton, ça lui fait l'effet d'un Lexomil. Ça tombe bien, il a arrêté d'en prendre depuis longtemps ; il préfère l'insomnie et l'alcool à l'addiction médicamenteuse. Aussi bénit-il silencieusement sa voisine lorsqu'elle allume TF1 ou M6. Il écoute et la pression s'évacue doucement. Ffffffffoouuuuu, vvvvvoooouuuuush, bzzzzziiiiiiiiisssssssshhhh. Ouuuuuuuh. Fermer les yeux. Ne pas partir. Juste rester là. Puis ouvrir les yeux, fixer le plafond blanc cassé. Ouvrir les yeux. Immobile. Encore cinq minutes.

Debout. Très doucement. Rejoindre la table. Boire le verre d'eau resté plein. Saisir la lettre. S'asseoir sur la chaise pliante orange, empoigner un couteau à lame pointue, ouvrir l'enveloppe, en extraire la lettre qui commence par les seuls mots qu'il sache déchiffrer en arabe : *Bismillah ar-Rahman ar-Rahim* « Au nom de Dieu le Clément, le Miséricordieux. » Le reste est en français :

« Cher cousin,

Al Hamdulillah, l'année universitaire se termine et je suis en vacances. Alors je t'écris cette petite lettre pour te dire que je vais venir passer l'été à Paris avec toi. J'espère que cela ne te dérange pas ? Nous aurons donc bientôt le plaisir de nous revoir. Bien, cher cousin, j'arrête ici cette missive, non sans profiter de l'occasion pour te remercier à nouveau de ton accueil si fraternel.

Dieu te bénisse. À bientôt, *inch Allah*…
Mohamed. »

Songeur, il repose la lettre. Mohamed va revenir. Étrangement, ça lui fait plaisir de le revoir, même s'il appréhende de partager son espace vital avec qui que ce soit durant quatre mois. Et même si *bismillah*, *hamdulillah*, *inch Allah* et Dieu te bénisse, ça fait beaucoup en quelques lignes. Surtout ce soir, après la rencontre avec Moktar. Les paroles de John Lydon lui reviennent au cerveau. Une des chansons apprises par bouts. Le premier couplet rentre dans le vif :

> *Stained glass windows keep the cold outside/While the hypocrites hide inside/With the lies of statues in their minds/Where the Christian religion made them blind/Where they hide/And pray to the God of a bitch spelled backwards is dog/Not for one race, one creed, one world/But for money/Effective/Absuuurd*

Toujours assis, Ahmed fredonne la ligne de basse. Toudoudoudou doudou, toudoudoudou doudou, puis la guitare qui ne vous lâche pas. Tananana nananana tananana nananana, tananana nananana tananana nananana. Il est dedans, comme en troisième quand il a découvert PIL avec ce morceau, peu après avoir entendu *Sympathy for the Devil* pour la première fois. Après, sûr que pour les conneries de Moktar, il est vacciné. Il s'est levé, maintenant, et chante à tue-tête, corps et voix désarticulés :

> *This is religion/There's a liar on the altar/The sermon never falter/This is religion/This is religion/Your religion/And it's all falling to bits gloriously*

Ah! le blasphème, il n'y a que ça de vrai. Le blasphème et la danse. Ahmed se sent immédiatement plus léger. Curieux, tout de même, comme l'islam a pesé sur lui alors que jamais sa mère ne lui a appris ni imposé quoi que ce soit. Bien incapable, d'ailleurs, en aurait-elle été…

Il se rallonge sur le lit, calme, examine posément les éléments dont il dispose : Moktar, l'insulte au *halouf*, le rôti de porc. Non non non! Pas de hasard. Il ferme les yeux, dérive. Au visage du salafiste noir se superpose celui de Sam, le coiffeur juif, et son étrange expression de ce matin. Au ralenti, il déroule la scène avec Moktar. Il se fait dépasser, il se retourne, constate sa disparition. Moktar aurait dû se trouver au niveau de la boutique du primeur, juste après celle du coiffeur. Donc, il a pu entrer soit au 15, soit chez Sam's, coiffeur pour hommes. C'est un enfant du quartier, il peut avoir des amis ou des parents qui habitent au 15. Mais non. Un frisson parcourt ses cervicales : le Soninké paranoïaque est allé chez Sam. Et sûrement pas pour se faire couper les cheveux. Quel sens cela peut-il bien avoir? S'il ne comprend rien aux mobiles, il sait ce qu'il va se passer : ils vont attendre l'occasion de balancer des insinuations sur son compte auprès des flics. Peut-être pas directement, mais en passant par Fernanda par exemple, ou en envoyant une lettre anonyme. Il s'agit de trouver le moyen de les contrer. Anticiper et réagir. Il faut qu'il trouve avant de revoir Rachel et Jean; une piste, un truc. Son avantage : il sait très bien jouer au con. Il ne faut surtout pas qu'on se rende compte qu'il s'est réveillé! Ahmed le lunaire gardera ses habitudes : M. Paul, le Franprix, la boulangerie. Et demain vers dix heures, en revenant de chez le psy, une petite coupe chez Sam. D'ailleurs, la dernière date de deux mois. Il est plus que temps. Assez gambergé. Maintenant il faut dormir. Dormir et rêver.

Vingt-trois heures.

14

Le type est seul dans la salle de réunion à peine éclairée par la lumière du réverbère planté sur le trottoir d'en face. Assis, immobile dans un fauteuil à roulettes noir, il est penché en avant, la tête entre les mains. Sur la table, son téléphone Sagem se met à vibrer. Il relève la tête, contemple l'appareil, l'air hagard. Le numéro est masqué. Huitième sonnerie.

– Allô…
– *Hi, it's me, Susan…*
Après une hésitation, il répond en anglais, avec un fort accent français.
– *Hi, Susan.*
– *I have a surprise for you!*
– *A surprise?*
– *I'll be in Paris this week-end! Ain't it great?*
– *But…*
– *Don't worry! James took care of everything. You'll have a perfect excuse for your wife.*
– *I can't leave now, Susan!*
– *You'll receive the travel order tomorrow from the Center. I'll be waiting for you at the hotel Concorde Lafayette. Room n° 1727, Saturday at 3 pm. Oh, I'm so excited! Please tell me you can't wait to see me!*

Il tente d'affermir sa voix mais ne réussit pas à en masquer la fêlure.

– *It will be a pleasure Susan, of course.*

Susan raccroche sur un baiser. Le téléphone reposé, il reprend sa position accablée.

*

Dans une cabine téléphonique, un homme allume son briquet pour déchiffrer un numéro en 08 inscrit sur un bout de papier. Il le compose, écoute les instructions données par une voix féminine impersonnelle, puis tape un numéro parisien suivi de la touche dièse. À la quatrième sonnerie, un homme assis devant un miroir, dans une semi-obscurité, et qui fume un cigarillo Café Crème décroche un téléphone gris, un vieux combiné à touches du début des années quatre-vingt. Il continue à fumer et laisse à son interlocuteur le soin d'attaquer :

– Qu'est-ce que c'est que ce bordel ?

– Écoute…

– Non, c'est toi qui écoutes. Tu as sérieusement merdé, là. Je te confie une tâche très simple et regarde où on en est !

– Mais c'est le gros qui a décidé de confier le truc à son frère. Qu'est-ce que j'y pouvais, moi ?

– Le gros, ou pas le gros, tu devais respecter la marche à suivre. Le gros, il a bon dos. Pour le moment, tu stoppes les contacts avec tout le monde dès que tu as informé les tiens qu'on arrêtait tout.

– Même ce qui est en cours ?

– Ce qui est en cours est en cours. Après, jusqu'à nouvel ordre, on reste tranquilles.

Le fumeur de cigarillo raccroche puis décroche à nouveau pour composer un numéro de portable. Deux sonneries, puis une voix grave à l'accent indéfinissable.

– Allô, c'est toi ?

– Qui d'autre ?

– Je suis occupé, c'est l'heure du…

– Ça ne sera pas long. Il est parti, mon neveu ?

– Oui.

– Bien. Qu'il fasse comme prévu : après, on prend des vacances. On arrête tout pendant quelque temps.

– Comment ça ? Mais on a des projets, des besoins…

– Ça ne sera peut-être pas long… En tout cas, c'est comme ça pour le moment. On suit les instructions, *ya khouya*, on suit les instructions…

*

L'homme de la cabine marche à présent dans la rue déserte. Une silhouette le rejoint, sortie de nulle part.

– *Salam.*

– Ouais, c'est ça, *salam.*

– Qu'est-ce qu'il y a, tu as l'air nerveux ?

– Il y a que quelqu'un a merdé. Et qu'il faut que vous vous fassiez un peu oublier.

– Pas tout de suite, laisse-nous un peu de temps. On n'est même pas à vingt pour cent de nos prévisions.

– Dix pour cent, vingt pour cent, j'en ai rien à foutre ! On arrête, on laisse passer l'orage et après on avise ! Tu contrôles tes gars, non ?

– Bien sûr, je contrôle.

– Voilà. Fin de la discussion. C'est moi qui te re-contacte.

– La paix sur toi, mon frère.

– Ouais, c'est ça, sur toi aussi. Allez, salut !

*

Rachel dort comme une enfant. Abandonnée. Elle ne rêve pas, respire paisiblement lorsque le téléphone sonne. Avant d'ouvrir les yeux, elle sait déjà qu'il est trois heures et qu'il s'agit de Bintou et Aïcha. Elle s'empare du portable, vérifie l'heure – 03 : 06 – et l'identité de l'appelant : Aïcha [VIP] avant d'appuyer sur la touche verte.

– Allô.

– Allô… Lieutenant Kupferstein, c'est moi, Aïcha, je suis avec Bintou. Désolée d'appeler si tard.

– Pas de problème.

– On a une question technique à vous poser.

– Une question technique ?

– Avez-vous Skype ?

– Skype ? Qu'est-ce que c'est ?

– Un logiciel pour parler gratuitement d'ordinateur à ordinateur, n'importe où dans le monde.

– Non, je n'ai pas Skype, pourquoi ?

– Parce que Rébecca est OK pour vous parler sur Skype demain à cette heure-ci, si l'on est avec vous.

– Je vois. Eh bien, d'ici là, je l'aurai installé, ce logiciel. Vous n'aurez qu'à venir vers deux heures et demie chez moi, on ne va pas faire ça au commissariat… Dites-moi, vous avez déjà entendu Laura parler de la boue, la boue du monde ? Ça vous dit quelque chose ?

– Attendez, je pose la question à Bintou…

– …

– … Non, lieutenant, ça ne nous dit rien, mais ça ressemble au vocabulaire des Témoins de Jéhovah… Posez la question à Rébecca, demain… C'est à elle que

131

Laura s'était le plus confiée sur sa vie d'avant. Bonne nuit, lieutenant.

– Bonne nuit, Aïcha… Et puisque vous me téléphonez à trois heures du matin, vous pouvez aussi bien m'appeler Rachel.

– OK, lieutenant… Euh… Rachel, on va essayer… Et, euh… Vous connaissez Sam, le coiffeur ?

– Sam's coiffeur pour hommes, oui, pourquoi ?

– Ben, je ne sais pas… Euh… Ça vaut peut-être le coup de… s'y intéresser…

– Vous n'avez rien de plus précis à me dire ?

– Non, rien de plus pour le moment… À demain… Rachel, encore désolée de vous avoir réveillée.

Le temps de répondre « à demain » et le lieutenant Kupferstein ne parle plus qu'au vide.

Bien réveillée à présent, elle ouvre Safari, se rend sur le site de Skype et télécharge le logiciel. Elle entend le signal d'un mail entrant, *ting*, envoyé par Kevin Gomes, il y a une demi-heure. Il a réussi à chatter avec un ex-TJ de Niort qui semble avoir des choses à raconter sur la famille Vignola. Il est vraiment bon ! À elle de prendre le relais, le gars est prêt à la voir, il suffit qu'elle lui envoie un message pour confirmer le rendez-vous. Demain, quinze heures, Le Thermomètre, à République. Rachel rédige un mail à potterlover666@free.fr avant se fendre d'un merci à Kevin. Le sommeil vient au bout de dix-sept minutes. Pas si mal.

15

Brooklyn, Watchtower Society, vingt et un mois plus tôt.

Le dossier *Shipments/Belarus* sous le bras, Susan joue à se perdre dans les couloirs sans fin dont elle connaît le moindre recoin. Pourtant, il en faut du temps pour mémoriser la cartographie de cet entrelacs interminable et arachnéen constitué des tunnels éclairés par la froideur des néons et des boyaux vitrés reliant entre eux les innombrables immeubles du complexe composant la Watchtower Bible and Tract Society. Siège mondial des Témoins de Jéhovah, installé depuis un siècle au pied du Brooklyn Bridge, il constitue une véritable ruche dont les fidèles n'ont jamais besoin de sortir : ils trouvent, à l'intérieur de cet univers amniotique – chauffé l'hiver, climatisé l'été – tout ce dont ils pourraient avoir besoin. La Watchtower : Susan Barnes y vit avec son père, Abigail, et son frère, James, depuis leur retour à New York, le mois de ses quatre ans.

Spécialiste en tours et détours, la jeune femme ralentit le pas, le temps de décider si elle effectue ou non une énième pause à la cafétéria. Elle consulte sa montre, estime qu'il est temps d'apparaître brièvement à son poste de travail. Elle bifurque à droite, croise dix inconnus et un ancien collègue du service fournitures qu'elle gratifie d'un hochement de tête, s'arrête, ouvre une porte. Service logistique, département Europe.

Trois regards féminins d'âge mûr convergent illico vers elle. Sans se démonter, la jeune femme, élancée, belle, détachée, se dirige vers son bureau et s'assied. La chef susurre d'une voix aussi fielleuse que mielleuse :

— Susan, où étais-tu donc passée ?

— Je cherchais le dossier Belarus, voyons !

— Et cela t'a pris une heure ?…

Nulle réponse. Il ne s'agit que d'un jeu. Durant neuf minutes, Susan joue à l'employée, consulte le dossier, crée dix-sept lignes sur son tableur Excel. Puis lance d'un air dégagé :

— Au fait, j'ai une course à faire. Je ne peux pas déjeuner avec vous.

Elle sort. Les trois frustrées ne lui lancent même pas un regard. La chef se contente de siffler à mi-voix d'un air mauvais : « Celle-là, si son père n'était pas son père… »

La jeune femme avance d'un pas décidé tout en extrayant discrètement son portable de sa sacoche en cuir noir, quasiment identique à celle qu'arborent ceux qui s'agglutinent dans le large couloir qui mène vers la sortie. Regard discret vers la droite, puis vers la gauche, elle s'assure que personne ne l'observe avant de cacher le téléphone dans la paume de sa main gauche et d'ouvrir le SMS que lui a envoyé James ce matin. Un smiley s'affiche sur l'écran et lui arrache son deuxième sourire de la journée. Susan a vingt-huit ans aujourd'hui ; James est en mission au Belize, elle ne peut donc fêter l'événement avec personne. Impossible de se confier à quiconque : elle ne peut se permettre de transgresser aussi abruptement les règles premières de l'organisation, qui que soit son père. C'est ce qui rend si précieux le smiley de son frère. Il lui rappelle qu'elle n'est pas seule. Depuis qu'ils ont neuf ans, chaque 23 septembre, James et elle s'arrangent pour organiser ensemble quelque chose de spécial, d'agréable, ou à tout le moins pour envoyer à l'autre un signe, un message secret. James est absent, elle va donc s'offrir un petit plaisir solitaire le temps de déjeuner. Un plaisir qu'elle a préparé en choisissant minutieusement ses vêtements, ce matin. Une tenue étrange, même si la sobriété vestimentaire est de rigueur chez les Témoins de Jéhovah. Jupe longue, chemisier blanc écru à manches longues, imper bleu marine à mi-mollets, et la touche finale qu'elle tire de son sac après avoir largement dépassé le check-point, un béret en feutre vert qui parvient à emprisonner totalement sa chevelure d'un blond nordique dont elle est si fière, héritage de ses ancêtres maternels estoniens.

Dans le métro, l'excitation monte. Elle aime se prendre pour l'agent Barnes, chargée d'une mission d'infiltration à Crown Heights. Elle observe les passagers, Noirs, juifs, Polonais, Chinois : « Vous ne savez pas qui je suis, la vie dangereuse que je mène, vous n'avez pas la moindre idée de ce qui se passe en réalité autour de vous ! » En sortant à Kingston Avenue, elle se demande ce qui arriverait si une émeute se déclenchait brusquement, comme en 1991. Elle s'imagine encerclée par un groupe de jeunes Noirs en furie la prenant pour la femme ou la fille d'un rabbin. La sensation fait courir un frisson le long de sa colonne vertébrale. Il n'est pas vraiment délicieux, ce frisson, mais c'est cela qui lui plaît : la peur. Celle qui les accompagne à chaque seconde de leur vie, son frère et elle, depuis qu'ils ont trois ans et que leur père leur a expliqué que seuls quelques élus seraient sauvés et auraient accès au ciel, au royaume de Jésus. Les autres se divisaient entre ceux qui seraient autorisés à ressusciter et à vivre dans le royaume de Dieu sur terre, et ceux qui resteraient à jamais à l'état de poussière, l'âme aussi détruite que le corps : les *left behind*. Depuis toujours, ces deux mots la plongent dans une angoisse sans nom. Pour s'en extraire, elle s'est forgé un antidote : le danger physique, réel, épicé de la peur spécifique qui va avec. C'est uniquement de cette manière qu'elle parvient à se sentir pleinement vivante. Impatiente d'affronter des dangers concrets, elle s'en invente de virtuels pour occuper le temps.

Cinq minutes de marche et elle est devant le Kingston Pizza Kocher. L'enseigne familière représente un feu de bois aux flammes étrangement bleues. Comme toujours avant d'entrer, elle fixe la photo du dernier rebbe des loubavitch, Menahem Mendel Schneerson, en embrassant discrètement son index. Un rituel qui remonte au jour de ses seize ans où, perdue sans James qui avait quitté New York l'avant-veille pour sa première mission hors la ville, elle marchait sans but dans Brooklyn. Crown Heights avait provoqué un effet apaisant, bénéfique. Ces hommes portant chapeau, ces femmes strictement vêtues soulageaient son angoisse. Et puis elle l'avait vu, Schneerson, et ce fut la révélation. Il était le père, le grand-père, la mère qu'elle aurait souhaité avoir. Un océan de douceur voguait dans ce regard. Toute la bonté du monde. Elle embrassa machinalement la jointure reliant la première et la deuxième phalange de son index, entra, commanda une pizza et se sentit bien comme jamais auparavant. Elle a douze ans de plus aujourd'hui, et cette pizzeria minable demeure l'endroit de New York où elle trouve la paix. Dix minutes de marche et un quart d'heure de métro, uniquement, la séparent de l'univers clos dans lequel elle a grandi. Vingt-cinq minutes pour se transporter dans un monde à part qui possède l'immense avantage de n'être pas le sien. Au cœur de la folie des autres, elle pense échapper à son destin. Elle est persuadée qu'aujourd'hui doit se produire un événement décisif. Surtout si celui qu'elle cherche est là, assis à sa place habituelle, comme elle l'espère.

Elle le repère immédiatement, grâce à son allure de quarterback un peu mou. Comme la plupart des mâles du lieu, il arbore feutre noir, papillotes et tsitsits. Mais sa coiffure est bizarre, plus proche des dreadlocks que des *sidelocks*. Sous sa chemise blanche, par transparence, on devine un tee-shirt orné du portrait vert-jaune-rouge de Bob Marley. Installé à la table du fond, il triture machinalement son tiramisu, le regard perdu dans le vide, exactement de la même manière qu'il y a deux semaines, quand elle est venue ici et l'a vu pour la première fois. Ce jour-là, Ariel, le pizzaïolo à la kippa aux couleurs du drapeau italien, lui avait parlé de ce drôle de hassid, arrivé dans le quartier quelques mois auparavant, ashkénaze du Kansas fricotant avec des sépharades peu recommandables, toujours vêtu d'un tee-shirt rasta sous sa chemise blanche réglementaire. Un drôle de type, vraiment. Ariel, elle le connaissait depuis six ans, quand il avait commencé à travailler chez Kingston Pizza Kocher. Il savait qu'elle n'était pas juive et il s'en fichait. Elle le faisait rire avec son vêtement hassidique de pacotille. Il appréciait qu'elle prît le temps de s'accouder au comptoir pour discuter avec lui pendant qu'il préparait sa pizza, toujours la même – imitation bacon, poivrons verts, tomates et basilic.

Susan ramène subtilement la conversation sur le rasta hassidique. Amusé de l'intérêt que la jolie Témoin de Jéhovah porte à ce juif aussi massif que bizarre, le pizzaïolo lui confie ce qu'il sait sur l'habitué de la table du fond : bien peu de chose, à vrai dire. Il s'appelle Dov et a étudié à Harvard ; mais les raisons de son atterrissage à Crown Heights, en plein Hassidic Park restent opaques. En face du jeune homme, la place se libère, et souriant à Susan, Ariel l'encourage discrètement à s'y installer. Il lui apportera sa pizza quand elle sera prête. Reconnaissante, elle hoche la tête et traverse la salle.

Dov lève les yeux et demeure bouche bée. Alors qu'elle s'approche de sa table, il baisse le regard et continue à triturer son dessert. Sans hésiter, la jeune femme s'installe à la place laissée libre par une dame pressée d'une cinquantaine d'années – jupe longue en jersey gris, perruque auburn – qu'elle imagine travaillant dans le *miqveh* voisin. Pleinement conscient de sa présence, il continue de jouer avec sa cuiller, sans la regarder. Elle en profite pour l'observer.

Elle possède un vrai don pour engager la conversation, vous pousser à révéler ce que vous cacheriez à tout autre qu'elle, et pour employer son récent savoir à orienter vos pensées et vos actions. Elle a hérité cette faculté de son père, qui use avec un doigté sans pareil de la combinaison écoute/persuasion. Abigail Barnes, son géniteur, elle le hait de toute son âme ; si elle accepte cet héritage, c'est pour un jour parvenir à retourner cette arme redoutable contre lui et tout ce en quoi il croit. Cela fait un an aujourd'hui, le 23 septembre, que James et elle ont pris conscience de ce qu'ils tramaient :

cet homme leur avait volé leur substance : leur mère et leur enfance. Ils ne parviendront à une certaine sérénité que le jour où ils réussiront à lui faire perdre la totalité de ce qui lui importe. En cachette, ils s'étaient donné rendez-vous dans un restaurant géorgien de Brighton Beach. Lorsque les serveurs en tenue avaient chanté *happy birthday* dans leur langue puis en anglais, Susan n'avait pas retenu ses larmes. James l'avait serrée dans ses bras, et ils s'étaient promis de découvrir le moyen de se venger et d'être heureux.

Un quart d'heure plus tard, elle connaît le nom de son voisin de table – Jakubowicz – ainsi qu'une partie de son parcours d'enfant brillant, né dans une famille juive laïque de Wichita, Kansas. Après avoir intégré Harvard sans difficulté, il y avait accompli sa *techouva* – son retour au judaïsme – de manière fort inattendue, et d'atterrir, logiquement pour le coup, ici, à Crown Heights. Le récit est lisse, trop lisse, débité d'un ton mi-absent, mi-amusé. L'air de demander : « Tu veux vraiment savoir ? » Bien sûr, elle le souhaite, mais rien ne presse. Alors qu'elle déguste sa pizza, elle lui propose, puisqu'il fait beau et s'il a du temps, de faire un tour de l'autre côté du fleuve, à Central Park, direct par la ligne 3 jusqu'à Columbus Circle. La proposition la plus faussement détachée qu'une fille puisse faire à un gars. Elle ne réfléchit pas à la suite. Elle n'est pas attirée, seulement désireuse de percer le secret qu'elle devine. Pour cela, il faut qu'il quitte Hassidic Park. Le garçon, lui, est intrigué et amusé par cette fille, fausse juive pratiquante tombée du ciel pour le sortir de son ennui. Aujourd'hui, il n'a envie de rien, surtout pas d'aller à la *yeshiva*. Alors, pourquoi pas Central Park ?

Susan tient à sa réputation. Depuis le début de leur conversation, Ariel ne les quitte pas des yeux.

Bienveillant, certes, mais vigilant. Pas question de ressortir avec Dov. Forte de son rôle d'agent Barnes rompue aux règles de l'action secrète, elle l'enjoint d'attendre son départ, puis de commander un café, de le boire tranquillement et de payer, pour enfin la rejoindre sur le quai du métro de la station Nostrand Avenue, en queue de train, en passant par President Street. Vingt-trois minutes plus tard, ils sont assis l'un en face de l'autre. Dans le fracas du trajet, peu de paroles, et c'est très bien. Un temps, une transition. C'est sûr, elle ne couchera pas avec lui. Elle ne sait pas ce qu'elle va faire de ce type, mais il jouera un rôle dans sa vie, c'est certain. Ceux avec qui elle couche, elle ne les garde jamais plus d'un après-midi. C'est curieux, au cœur de ce fatras dans lequel elle a grandi, de ces âneries gluantes dont elle pense s'être extraite, elle ne s'empêche pas de penser en termes irrationnels, de croire aux signes, au destin. C'est ainsi, bien enfoui en elle. Et en ce moment précis, elle a l'intuition que sa vie va changer. La rencontre avec Dov est le tournant qu'elle espère depuis si longtemps, il est à portée de main. Il suffit de bien jouer.

16

Cinq heures. Ahmed dort. Six heures. Ahmed dort toujours. Avant de devenir quasi désexué, il avait lu les mystiques chrétiens : Saint Jean de la Croix, Thérèse d'Ávila. Une fille les lui avait fait connaître. Une mystique sensuelle, qui aimait faire l'amour, prier et pleurer. Ahmed avait éprouvé énormément de plaisir en sa compagnie. En cette fin de sommeil, Catarina se rappelle à lui. Il l'avait surnommée *Catarina sessuale*. Elle lui avait appris ce que signifiait LA NUIT pour les mystiques, avec son troublant accent vénitien légèrement voilé et porteur de douces promesses : « LA NUIT, c'est terrible, tu ne peux pas imaginer. C'est vivre sans Dieu. Tu comprends, Dieu s'est *retourné* de toi. Il regarde de l'autre côté, Il donne la lumière, l'amour et la vie à d'autres. *La luce, l'amore solo per gli altri !* J'accepte qu'il aime aussi les autres. Mais pas qu'il me laisse ! Pas qu'il m'enlève la chaleur de son regard ! *Senza Dio non posso vivere !* Mais pourquoi je te raconte ça ? Toi, avec tes échecs sur l'ordinateur… *Non capisci niente di Dio ! Non capisci niente neanche dell'amore !* Saint Jean de la Croix, c'est le plus grand mystique catholique. Il était juif, tu sais, comme le Christ ! Il a tout connu, même la torture. Tout pour son Dieu. Et sa plus grande souffrance fut de connaître LA

NUIT. *La notte*. De perdre Dieu. D'être seul et indigne, Dieu s'étant détourné pour réchauffer d'autres cœurs !» Catarina se mettait alors à pleurer et Ahmed buvait ses larmes, s'en nourrissait, la consolait. Sa mystique, la sienne, c'était cela : boire les larmes de *Catarina sessuale*. Et ça le transportait autant que la prière pour d'autres.

Les larmes. Brusquement, c'est le cousin Mohamed qui entre en scène : «Rien de plus beau que les larmes qui coulent sur les joues du musulman en prière. Malheureux qui ne connaît pas cette grâce ! Mais n'aie crainte, je prierai pour que tu sois touché à ton tour.» Six heures une. L'atmosphère du rêve s'est modifiée. Ahmed est fâché à présent ! L'amante vénitienne, c'était bien. L'amour suivait toujours les larmes. Mais l'irruption du cousin, quelle déception ! Son inconscient convient de ce manque d'à-propos, et tire de son chapeau le visage de Rachel Kupferstein. Lentement, la jeune femme se penche vers Ahmed, unit ses lèvres aux siennes, pointe sa langue entre ses dents. Il est transporté. Cela fait si longtemps qu'il n'a pas fait l'amour. Si longtemps qu'il n'en a même pas rêvé. Rachel le déshabille, lentement puis plus vite, pressée par le besoin impérieux de le recevoir en elle. Dans un même mouvement, il tire la fermeture Éclair de son jean, le fait glisser, se relève pour le lui ôter, anticipant la sensation de son humidité à elle. Le meilleur arrive : lui dur, elle fondante, la rencontre. Le meilleur… Pfuit, plus de Rachel, plus de rêve ! Le jeune homme se réveille, non pas frustré mais heureux de se sentir vivant. Heureux de n'avoir pas joui en son sommeil. L'idée de se garder pour elle lui plaît. Il savoure, déguste le désir, l'attente. L'inconnu.

Sur le réveil à cristaux liquides, six heures trois. Casserole, eau, feu. Porte-filtre marron sur cafetière en Pyrex. Filtre humecté. Café épandu directement du sachet en trois-quatre secousses. Allez, une cinquième ! L'eau bout, Ahmed a son rituel : l'eau et le café, en s'écoulant, abandonnent trop de marc sur les côtés. Dans un second temps, délicatement, il verse un filet d'eau chaude afin de faire glisser la totalité, qui constitue ainsi une masse compacte et humide – comme le sable dont on fait les châteaux – au centre du filtre blanc. Une image surgit : c'est exactement de cette façon qu'il procède aux toilettes. Après s'être soulagé, il urine sur les traces de matière fécale qui stagnent sur la faïence. Il souhaiterait parvenir à faire place nette ; mais il y arrive rarement et utilise souvent la brosse pour parfaire le travail. L'action de pisser sur sa merde, pour l'évacuer, suscite exactement le même plaisir maniaque qu'il éprouve à verser l'eau sur les traces de café maculant le bord supérieur du filtre. L'association le laisse songeur : faire place nette.

Il se sert un café, beurre quelques crackers. À six heures trente, le petit déjeuner est achevé, la vaisselle faite, prise la douche. Vêtu du jean de la veille, d'un tee-shirt blanc au col en V, de chaussettes bleues en coton, assis sur le jonc de mer, adossé au mur, il est bien. Cette histoire de café et d'excréments l'a nettoyé intérieurement. Il se sent plus léger, son esprit s'évade. Puis des images, des visages remontent. Moktar, Sam. Le nœud de l'affaire niche chez le coiffeur. Un autre visage fait le mort, à la limite de son champ de conscience, à l'endroit où il est resté figé lors du rêve qui a suivi la découverte du cadavre de Laura. En vérité, il le sent bouger imperceptiblement, à la manière d'un

143

mollusque très lent – ou d'un crustacé, d'une étoile de mer – qui s'approcherait d'une tache de lumière vibrant entre les ombres de deux rochers sur une étendue d'eau calme. Ne pas le faire remonter trop vite, sous peine de l'éloigner définitivement.

Ahmed retourne à Moktar, qui le ramène à la petite bande, les 75-Zorro-19. Il se souvient de leur début dans le quartier. Mourad, Alpha, Moktar et Ruben… le neveu de Sam ! Voilà le lien entre Moktar et le coiffeur. La bande s'est reformée et c'est lié à la mort de Laura. Il se rappelle les bavardages de l'hôtesse de l'air auxquels il prêtait peu d'attention. Il était question de la petite sœur de Ruben. Elle subissait une pression familiale énorme ; Laura la poussait à résister, puis elle avait brusquement disparu, sans que personne ne sache où elle était. Pourtant, jusque-là si préoccupée du sort de Rébecca, Laura apparaissait étonnamment peu inquiète de sa disparition, jusqu'à cesser de parler d'elle. Comment savoir ce qui s'était passé ? Interroger ses copines, dont il a oublié le nom ? Il regarde sa montre. Sept heures. Il devra prendre le métro pour arriver à l'heure chez le Dr Germain.

Trente-cinq minutes plus tard, il est installé dans la salle d'attente. Il a couru dans les couloirs pour arriver à l'heure. Courir pour être à l'heure. C'était dans une autre vie. Métro, précipitation, ponctualité. Maintenant, c'est Germain qui le fait attendre. Une pointe d'agacement. Jusqu'au moment où il se rend compte que sa respiration est rapide et que cette pause est bienvenue. L'attente fait partie du processus, de ce fameux « travail ». Libéré de son éphémère colère, il écoute les bruits. La tuyauterie, l'eau qui monte dans les robinets, celle qui redescend vers les égouts. Le ronronnement d'une VMC, qui masque les bruits incongrus et l'odeur délicieuse qui s'échappent d'une cafetière électrique. Germain a eu du mal à se réveiller et une tasse de café s'est révélée nécessaire avant la confrontation avec son premier patient mêlé de près à deux meurtres. Ahmed sourit, allonge les jambes, se laisse aller. Trente secondes plus tard, la porte s'ouvre, il se lève, serre la main tendue, entre dans le cabinet, s'allonge. Posé sur le coussin, le mouchoir est parfumé à l'eucalyptus. Il imagine le praticien, paré de l'aura de sa discipline, de sa connaissance de l'ensemble des écrits de Freud et des dix-neuf livres du séminaire de Lacan, tapotant le divan et le coussin pour effacer l'empreinte laissée par le patient précédent, puis changer le mouchoir en papier. Ça a un côté peep-show, ce mouchoir. Une dimension très intime, très sexuelle. Comme la reproduction du tableau de Dalí représentant Gala, un sein dénudé, accrochée au-dessus du divan. La première fois qu'il s'était assis en face du Dr Germain – il ne s'allongea qu'à la cinquième séance –, Ahmed avait été frappé par la force du tableau et s'était inquiété de l'auteur. Ensuite, il avait fait des recherches et découvert que le peintre était vierge lorsqu'il avait rencontré Gala. Il observe le portrait en silence. Germain lance :

– Oui, alors donc…

– En fait, c'est la toute-puissance, cette image. Gala, la femme mûre, l'initiatrice. Celle qui sait.

– La femme puissante ?

– La femme puissante, oui, que peut faire l'homme face à elle ?

– Eh bien, là, par exemple, que fait-il ?

– Il la regarde, il la peint… Il agit donc, il en fait quelque chose. Et elle attend ça. Elle le regarde faire. Il y a toujours quelque chose à faire, en fait.

Silence.

– Quelque chose à faire ? Oui…

– Moi je ne peins pas, vous voyez, je ne fais rien.
Les femmes sont toujours parties assez vite, parce que
j'étais passif, inactif. En attente, complètement… Parce
que, au fond, j'étais tout seul, entre moi et moi, avec
mes habitudes de vieux garçon. Tenez, ce matin, je me
suis aperçu que j'aimais bien faire place nette avec ma
merde comme avec le café.

Ahmed se tait à nouveau. Le praticien laisse le
silence se prolonger. Sa respiration ralentit, le patient a
l'impression qu'il s'endort. Alors il parle, dit le premier
truc qui lui passe par la tête, juste pour le réveiller. Juste
pour ne pas s'endormir lui aussi. S'endormir chez le
psy !

– À part ça, un tueur hante ma tête, mais j'ai encore
peur de le regarder en face, alors je fais un sacré grand
écart entre le temps long de l'analyse et l'urgence de
ce qui m'arrive.

– Mais cette urgence, justement… Elle n'agit pas
quelque part ? Elle produit bien quelque chose. Ne
serait-ce que votre retour…

– Oui, mon retour, mon retour ici, mon retour à la
vie. Il me faut agir, voir, ne pas me planter. Il me faut
plein de trucs. Cet assassinat que j'ai vu, j'ai peur de
vous le raconter car j'ai peur de le voir à nouveau.
Comme si, en le voyant, même en songe, je me mettais
à découvert. Je me rendais vulnérable, vous voyez.

– …

– C'est un tueur, vous comprenez. Un prédateur, un
chasseur d'hommes. Quelqu'un qui aime ça, assassiner,
provoquer la souffrance.

– Oui…

– Comme… Comme ceux qui ont tué mon père…

– Oui…

146

– Faut que je le regarde en face, pas de biais, pas comme ces images tordues. En face, regarder le mal en face…

– Oui…

– Je vais vous le dire, maintenant, ce que je n'ai pas pu dire avant. La raison de ma présence ici. Et avant ça, de mon internement à Maison-Blanche. Cet assassinat-là, que j'ai vu, de cette fille, Emma…

– Emma, oui…

– Je vais vous le raconter, comme on raconte une histoire qui nous est arrivée. Comme quand on a été témoin d'un accident, vous voyez… Bon… J'étais au dépôt Monsieur Meuble, dans la zone industrielle d'Aulnay-sous-Bois. J'avais pris mon service à vingt heures, au départ des derniers employés de jour. Vers vingt et une heures, je m'étais fait réchauffer une barquette de lasagnes surgelées. Trente minutes plus tard, j'ouvrais mon PC pour jouer au go contre la machine, qui gagna deux fois de suite. Vers vingt-trois heures, alors que j'étais en passe de remporter la troisième partie, j'ai entendu un bruit à l'autre bout du bâtiment. Ça arrivait souvent : des petits grincements, les meubles qui craquent, un mulot qui grignote une housse en plastique… Je suis donc allé voir par acquit de conscience, sans trop m'inquiéter et sans prévenir le central. Surtout, je n'ai pas emporté mon téléphone. Je devais pressentir ce qui m'attendait car je n'ai fait aucun bruit en progressant dans les allées et n'ai pas allumé ma torche. Ce dépôt, je le connaissais par cœur, faut dire. Le bruit se précisait, en provenance d'une zone proche d'une porte latérale. Il ne s'agissait pas d'un mulot, pas de doute là-dessus : froissement rythmique du plastique, respiration haletante. Je m'approchai avec l'intention de les laisser finir et de regarder également.

147

Un tabouret me permit de découvrir la scène sans être vu. Un couple était engagé dans un rapport sexuel sur un canapé d'exposition de couleur crème emballé dans une housse rigide. Mais la jeune femme, la trentaine, des cheveux châtains, les yeux verts soulignés d'un trait de khôl, était bâillonnée avec un ruban adhésif beige et écarquillait les yeux, terrifiée. Vu la position de ses bras, ses mains devaient être attachées derrière son dos. De l'homme je n'ai vu que la nuque, les épaules de déménageur, les cheveux blonds pareils à un joueur de guitare dans un groupe de heavy metal et ses mains énormes autour de son cou à elle. Soudain, il grogna, et l'étrangla. À cet instant précis, elle m'a vu et elle est morte dans un craquement d'os. Le tout avait duré quelque quinze secondes. Je veux dire, la séquence à laquelle j'ai eu le malheur d'assister. Je me baissai et écoutai. Les bruits m'indiquaient les gestes du tueur. Il rajusta son pantalon, avec un «han !» jailli du plexus, posa la fille sur son épaule tel un sac de ciment, et partit d'un pas lourd. La porte claqua, les pas s'éloignèrent. Je demeurai sur mon tabouret trois bonnes minutes, prostré, entendis faiblement un moteur démarrer, une voiture s'éloigner. Un diesel. Je reste persuadé que c'était un chauffeur de taxi. Et, bien que je n'aie pas vu son visage, je suis sûr que je le reconnaîtrais si pour mon malheur ou le sien je le croisais à nouveau. Voilà. Sur le canapé, pas la moindre trace de quoi que ce soit. Putain de plastique, il est vraiment dur ! Comme si rien ne s'était passé. «Je n'ai rien vu à Alnauy-sous-Bois.» Alors je n'ai rien fait. Le non-agir total, mais pas zen du tout ! Cette nuit-là, incapable de dormir. Ni les suivantes. Le regard de la fille était entré en moi et ne me quitterait jamais. J'étais responsable de sa mort. Et vous savez à quoi j'ai pensé à ce moment-là ?

À *Melody Nelson*. Je ne m'étais pas fait dépuceler en écoutant *Melody Nelson*. La fille était là, consentante, mon doigt en elle. Et je ne l'ai même pas déshabillée, je ne savais plus quoi faire. Au bout d'un moment, lasse d'attendre, elle s'est relevée, et on est partis. Ça m'a pris deux ans ensuite...

– Melody...

– Oui, c'est ça, Melody...

– Parlerons-nous de cela la prochaine fois ?

Ahmed se relève, reste assis au bord du divan, pensées éparses, comme après un rêve... La prochaine fois... Oui...

– J'ai réfléchi... Que diriez-vous, tant que vous n'avez pas d'autre ressource que l'AAH, de vingt euros par séance, à raison de deux séances par semaine ?

– Écoutez, il faut que je fasse mes comptes, mais il me semble que je n'ai pas les moyens.

– Peut-être trouverez-vous le moyen...

Ahmed, songeur, ne dit rien.

– Venez lundi matin à huit heures trente. D'ici là, vous aurez le temps d'y penser.

Poignée de main, rideau.

17

Il est déjà neuf heures trente. Jean arrive au bureau, étonnamment heureux. Après la Tsing-tao, il est rentré chez lui. Les HLM en brique rouge qui clôturent Paris. Il était oppressé par son quartier délétère et morbide, particules de haine de soi et de l'autre flottant dans l'air. En pénétrant dans son F2, la nécessité de quitter ce lieu l'avait frappé avec une acuité nouvelle. Sensation libératrice, l'angoisse, enfin, se transformait en action : dès le matin, il en parlerait à Rachel qui le mettrait en contact avec un de ses ex, redoutable agent immobilier. Cette décision l'avait soulagé au point qu'il s'était endormi comme un bébé aux parents non stressés. Au réveil, les idées claires, il s'était souvenu qu'il possédait une mixtape de l'an 2000 des 75-Zorro-19. Sur la pochette, une dédicace offrait un éclairage oblique sur les amies de Laura. Dans son vieil MP3, il avait même conservé le morceau phare de l'album.

Il a rendez-vous à dix-huit heures trente avec le Dr Germain. D'ici là, à quoi va-t-il s'occuper ? Revoir Ahmed ? Les deux copines de Laura, la Noire et l'Arabe, ont-elles rappelé Rachel, se sont-elles vues ? Ce matin, pas de texto sur son portable. Ce qui ne signifie rien. Commencer par un café, tout bêtement, histoire de mettre la machine en marche. Si Rachel n'est pas là à dix heures, il l'appelle. Mercator, de dos, récupère la monnaie de son expresso. Sans se retourner, il questionne :

– Court-sucré, Hamelot ?

– Oui, chef, comme d'habitude.

Bruit, café, sucre, bâtonnet. Mercator prend les deux gobelets et le couloir en direction de son bureau. Jean le suit. Ils s'assoient face à face. Le bureau est propre et vide, excepté la ramette vierge de C de Clairefontaine.

– Je sais que vous avez plongé dans cette enquête ; c'est ce que je voulais. Immersion dans la folie des religions. La grande folie des croyants. Ou plutôt de ceux qui colmatent leur gouffre, leur vide intérieur avec le béton de la certitude. Refermé et plat, on peut alors avancer dans la vie. «Tout va bien», comme disait Godard. Là-dessus je n'ai rien à dire : Kupferstein et vous saurez quoi faire et comment. Par contre une petite chose me tracasse depuis ce matin. Un coup de fil du dix-huit. Mon cher collègue, le commissaire Frédéric Enkell, m'a dit n'avoir obtenu aucun renseignement de ses indics à propos de la cabine téléphonique de la rue Ordener. Il m'a dit exactement : «Non, non, Mercator, personne n'a rien vu, je t'assure.» À l'heure dite, personne n'aurait vu quelqu'un passer un coup de fil de cet endroit. Au fond, pourquoi pas ? Il n'y a pas de raison non plus que ses indics soient tout le temps sur le qui-vive, pourtant, j'ai senti qu'il mentait. Étonnant comme le mensonge s'entendait ! Et ça, Hamelot, c'est parce qu'il s'en fout de me mentir. Il estime que je suis tenu de le croire au nom de la confraternité, j'imagine. D'un esprit de caste. Je ne sais pas si vous l'avez remarqué, mais, passé un certain niveau de pouvoir, les gens mentent très mal. Le mensonge éhonté fait partie des avantages de la position. Ça les fait bander, si vous préférez. Dans le cas qui nous occupe, ce mensonge vaut de l'or : il y a là une piste. À suivre en toute discrétion. Vous ne connaissez pas un officier fiable là-bas ?

– Non, commissaire. Malheureusement, le commissariat du dix-huit est d'une opacité totale. Le bras droit d'Enkell, c'est toujours Benamer, n'est-ce pas ?

Mercator lève les yeux, et se perd dans des méandres de lui seul visibles. Le lieutenant croit son chef en pleine méditation quand il entend :

– Vous vous souvenez de Van Holden ?

– Votre prédécesseur ?

– Oui. Il est à l'IGPN, depuis deux ans. C'est lui qui a fait tomber le commissaire divisionnaire de Saint-Denis. Vous savez, celui qui couvrait les flics racketteurs et violeurs de prostituées de la porte de la Chapelle, une bande de crétins malfaisants. Van Holden a pris son temps, il les a tous fait arrêter. Enkell, lui, n'est pas un crétin. Benamer non plus. Le mal existe, Hamelot, et souvent, il s'organise. Le Mal, Hamelot, vous voyez ?

Ses mots sont à présent taillés dans l'étoffe des rêves.

– … Enkell… « Personne n'a rien vu, je t'assure… » Sous ces mots-là, sous ce « je t'assure » à peine appuyé flottait un parfum de mort…

Mercator se tait, ses yeux quittent le mur où s'agitent manifestement des formes invisibles au commun des mortels, contournent son subordonné, s'absorbent dans un document. À l'angle du bureau immaculé, les deux gobelets continuent de fumer. Sans relever la tête, il conclut :

– N'oubliez pas votre café.

Songeur, Jean regagne son bureau en remuant mécaniquement le breuvage.

Tandis que les paroles du commissaire s'impriment en lui, il prend conscience du caractère anti-humain de cette usine à travailler. Comme une salle d'exposition chez Ikea. Un mot de Rachel lui revient :

– *Ouphilantropon*. Selon Aristote, le non-humain, ce qui s'oppose à l'homme. Comme une notion mathématique, comme le zéro et l'infini. $1/\infty = 0$. Et réciproquement. Il lui faut sortir, vite, reprendre contact avec ses semblables. Aux toilettes, il abandonne son gobelet inentamé sur le sèche-mains électrique, pisse, fixe le lavabo comme un ready-made de Duchamp dépossédé de sa fonction, sort en s'essuyant les mains sur les poches arrière de son jean. Téléphone.

– Rachel, tu dors encore ? On se retrouve au Gastelier pour un petit déj' en amoureux. OK ?

La voix endormie :

– Laisse-moi quarante minutes pour retrouver l'apparence de l'humain et arriver jusqu'à toi. Lis le journal en m'attendant, tu me raconteras la marche du monde.

18

L'esprit encombré d'additions et de multiplications, Ahmed marche le long du canal. Vingt euros la séance, huit à neuf séances, ça va lui coûter cent soixante-dix euros par mois s'il décide de reprendre l'analyse. Il perçoit cinq cents euros d'AAH, son loyer s'élève à deux cent treize euros. La nourriture, l'électricité, les livres, quoi ? Cent cinquante à deux cents. En ajoutant, en soustrayant, il est dedans de trente-trois à quatre-vingt-trois euros. Ce filou de Germain a bien calculé son coup ! S'il veut reprendre, il faut qu'il gagne de l'argent. Travailler… Travailler… Mais où ? Cette question le met mal à l'aise, lui rappelle les moments les plus durs avant l'internement définitif de Latifa. C'était devenu une obsession. Elle tournait en rond dans le studio : « Du travail, il me faut du travail, tout ira bien si je trouve du travail. » Dans son état, personne n'allait l'employer ; en dernier, lorsqu'elle était fleuriste au marché Secrétan, elle avait brusquement quitté son étal, sans prévenir, alors qu'elle était seule à le tenir. Depuis, elle était vraiment devenue la folle du quartier. *Mejnouna…* Ce mot lui rappelle la méchanceté d'Abdelhaq Haqiqi, le plus teigneux de ses « camarades » de classe. Il avait commencé sa scolarité en arabe, à Blida, et avait treize ans en CM2.

Il compensait son retard et sa mauvaise maîtrise du français par son écrasante supériorité physique. Dès la rentrée de septembre, il avait fait d'Ahmed son souffre-douleur. Il l'appelait en riant « *ibn mejnouna* », le fils de la folle. Puis il s'était mis à le traiter de « *'abid* », esclave. Ahmed le répéta à Latifa qui débarqua à quatre heures et demie, à la sortie des classes, telle une furie, et injuria copieusement Abdelhaq en arabe. Ahmed ne sut jamais ce qu'elle lui avait dit, mais à partir de ce moment, son persécuteur l'ignora totalement, et jusqu'à ce jour, bien que vivant dans le même quartier, ils ne s'étaient plus adressé la parole. Soudain, il comprend pourquoi cette histoire lui revient aujourd'hui. Abdelhaq Haqiqi tient la salle de prière fréquentée par Moktar. C'est lui l'imam du petit groupe de salafistes du quartier. Et un autre détail, qui date de la semaine dernière, trois jours avant la mort de Laura : Abdelhaq est allé chez Sam's se faire couper les cheveux. Un salafiste chez un coiffeur juif, ce n'est pas impossible, bien sûr, mais Abdelhaq n'était jamais allé chez Sam. Pourquoi maintenant ? Que signifie cette convergence ?

Ahmed marche et cherche à se débarrasser de la triste figure d'Abdelhaq. Le visage de M. Paul se présente comme un antidote salvateur. Finalement, depuis la mort de Laura, il ne lui reste que le vieil Arménien sur cette terre. Un lien ténu, mais qui existe. Et si c'était lui le « moyen » évoqué par Germain ? Récemment, ne lui a-t-il pas proposé de l'aider à la librairie, de déplacer les cartons qu'il n'arrive plus à porter ? Pourquoi pas ? L'espace d'un instant, Ahmed panique, vacille ; une pensée irrépressible et absurde le submerge, M. Paul et le Dr Germain sont de mèche, ils ont combiné ce plan pour l'obliger à se remettre au boulot. Il se reprend rapidement et songe qu'il a vraiment intérêt à reprendre les séances s'il ne veut pas végéter aux frontières de la paranoïa. Il ira voir le libraire, mais auparavant, il faut qu'il l'annonce à quelqu'un. Rachel. Sans prendre le temps de réfléchir, il s'engouffre dans une cabine téléphonique, armé de la carte France Télécom achetée la veille au soir, compose le numéro.

– Allô…

– Je vous réveille peut-être ?

– Non, mon collègue s'en est chargé il y a cinq minutes… Ahmed… Qu'est-ce qui me vaut l'honneur de ce coup de fil matinal ? Du nouveau, un détail oublié ?

– Non, non, ça n'a rien à voir avec l'enquête, en fait…

– Oui.

– En fait j'ai décidé de me remettre à travailler. Et je ne sais pas, j'avais besoin de le dire à quelqu'un, et la seule personne qui m'est venue à l'esprit, c'est vous. Bon, en vrai, j'avais déjà envie de vous appeler hier soir, lorsque je vous ai vue avec votre collègue en passant devant le Bœuf-Couronné, mais là, je n'avais pas de raison valable. Enfin, voilà, j'avais juste envie de vous entendre, c'est tout.

– Donc vous m'avez vue hier soir, et vous avez eu envie de m'appeler, vous vouliez entendre le son de ma voix, c'est ça ? C'est une sorte de déclaration, ça, non ? Je veux dire, ça ne vous arrive pas souvent, j'imagine, d'appeler une femme pour lui dire ce genre de choses ?

– Jamais, ça ne m'arrive jamais. Excusez-moi si je vous ai dérangée, je ne sais pas, c'est venu comme ça, comme une nécessité.

– Ne vous excusez pas, Ahmed, c'est toujours une erreur de s'excuser. Ça ne me dérange pas que vous ayez envie d'entendre le son de ma voix. Ça ne me dérange pas du tout. Simplement, je suis en train d'enquêter sur un meurtre et vous êtes, disons, euh, un témoin clé dans cette enquête.

– Oui, bien sûr. Bon voilà, je voulais juste vous dire que j'ai repris l'analyse et que comme ça va être payant, cette fois-ci, je vais me remettre à travailler. À la librairie, chez M. Paul. J'avais besoin de me l'entendre dire à quelqu'un, vous comprenez, pour que ça puisse devenir réel… Je sais pas si vous voyez ?

– Je vois très bien. Et je trouve ça très bien aussi. L'analyse et M. Paul, je veux dire. Écoutez, je dois partir maintenant, mais n'hésitez pas à me rappeler, d'accord ? pour me raconter M. Paul ou d'autres choses. Et n'oubliez pas, je veux vraiment le coincer, l'assassin de Laura ! Donc si un souvenir vous revient qui peut faire avancer l'enquête, si vous voyez ou entendez quelque chose ayant à voir avec cette affaire, je suis preneuse. OK ?

Ahmed est tenté, plus que tenté de parler de l'incident d'hier avec Moktar. Juste pour la garder en ligne quelques minutes de plus, juste pour entendre encore un peu sa voix, sentir son souffle. Mais non. Trop dangereux. Accorder une signification particulière aux insultes à base de cochon de Moktar risquerait de laisser entendre qu'il est au courant pour le rôti de porc dans l'appartement de Laura. Et cela, seuls l'assassin et les flics le savent. Alors :

– Moi aussi, je veux le coincer. Je ferai tout pour ça. Dès que j'ai du nouveau, je vous en informe, promis ! Bonne journée, lieutenant Kupferstein !

– Bonne journée à vous, monsieur Taroudant !

Sur le chemin de la librairie, Ahmed se repasse en boucle la conversation. Surtout la fin. « Bonne journée, lieutenant Kupferstein ! Bonne journée à vous, monsieur Taroudant ! » Il adore. Il adore ça, littéralement. Et il veut vraiment avoir quelque chose d'important à lui dire la prochaine fois. Quelque chose qui fasse avancer l'enquête sans le mettre en danger. Et qui justifie un rendez-vous.

19

Chaim Potok High School, quinze mois plus tôt.

Une fois par semaine au moins, Susan vient voir Dov dans le labo de chimie délicieusement sixties qu'il retape dans le lycée juif du Queens. C'est le rabbi Toledano qui lui a trouvé ce boulot, en attendant. Depuis six mois, Susan en a beaucoup appris sur Dov, comblant de rendez-vous en rendez-vous la plupart des trous de sa biographie. À commencer par son séjour en prison pour avoir synthétisé du MDMA dans son labo de Yale et en avoir gratuitement distribué à quelques amis étudiants, d'autant moins discrets que la drogue fabriquée par l'apprenti chimiste s'était avérée surpuissante. En prison, Dov avait très vite compris qu'être un juif rasta intello et quelque peu grassouillet représentait un lourd handicap face à ceux qui faisaient régner l'ordre, surtout quand ils appartenaient à des gangs noirs ou latinos, ou à la rigueur à une famille italienne pas totalement submergée par la relève colorée. Bousculades, débuts de bagarres, menaces. Son avenir prenait la forme d'une longue suite d'humiliations, dont l'acte inaugural devait être un viol collectif dans les douches, qu'on lui avait promis pour le jeudi suivant son arrivée. En prison, tout se sait ; Albert Bénamou, un voleur de voitures originaire de Toronto, eut vent des ennuis qui menaçaient le nouveau détenu, un jeune étudiant juif sans défense. Il n'avait pas froid aux yeux et avait su se faire respecter. En affaires avec le gang de Dominicains qui s'était approprié Dov, il le leur «racheta». Jusqu'à cette rencontre, Dov ignorait tout des sépharades. Il pensait que, comme ses grands-parents, tous les juifs venaient de Pologne, de Lituanie, à la rigueur de Biélorussie, et l'idée qu'il existât des juifs marocains ne l'avait jamais effleuré. Albert n'exigea rien en échange de sa protection. Si ce n'est, presque comme une faveur, d'assister avec lui aux cours de Talmud-Torah dispensés un dimanche sur deux à la bibliothèque de la prison par le rabbi Toledano. C'est ainsi que Dov fit sa *techouva*, plus par ennui que par conviction. Par dépit, aussi, car sa famille s'était montrée plus que distante. Certes, il les avait déçus, certes, Wichita était à des milliers de miles de la prison du comté de Boston ; mais comme le contraste était frappant entre la chaleur humaine, la gentillesse du rabbi Toledano et la froideur des lettres accompagnant les colis de ses parents, qui ne lui rendirent visite, en tout et pour tout, qu'une seule fois en dix-huit mois ! À sa sortie, Dov tira un trait sur son passé, sa famille, et s'en remit entièrement au rabbi, qui lui trouva un logement proche de Crown Heights, l'inscrivit dans sa yeshiva, tolérant ses dreads et les tee-shirts vert-jaune-rouge, à condition qu'il les recouvre d'une chemise blanche, d'un chapeau noir et qu'il laisse pendre ses tsitsits.

Depuis six mois qu'elle fréquente Dov, Susan a appris à rouler des joints. C'est justement ce qu'elle fait pendant qu'il répare un bec Bunsen. Satisfaite, elle observe son œuvre, l'allume, inspire profondément, bloque l'air dans ses poumons, expire. Une deuxième bouffée, puis elle tend le cône à Dov. Sa voix est légèrement altérée, ses yeux brillent.

– Je vais te poser une question bizarre : pourquoi tu ne m'as jamais draguée ?

Dov tire une bouffée, laisse s'installer un silence avant de répondre :

– Et toi ?

– Moi ? Oh, c'est simple ! Je ne couche qu'avec des hommes que je n'aime pas. Comme ça, dès que j'en ai assez, je les congédie, je les oublie. Toi, je ne sais pas, d'abord tu ne me plaisais pas trop physiquement, et puis je crois que je t'ai bien aimé tout de suite, j'ai eu envie que tu aies une place dans ma vie… Qu'il n'y ait pas que James…

Susan ressemble à une toute petite fille à présent. Elle rougit, lance d'une voix fluette :

– À toi maintenant, dis !

– Au début, je me suis demandé pourquoi tu t'intéressais à moi, et j'ai pensé que si c'était sexuel, tu saurais me le faire savoir, vu que tu avais pris les devants. Après, je n'y ai plus trop pensé, le moment était passé… Et puis on a commencé à fumer ensemble et ça, ça me manquait vraiment.

– Mais tu n'as pas de copine ? Tu as déjà eu une copine ?

– Tu veux dire est-ce que je suis vierge, c'est ça ? Ou bien pédé ? Je n'ai jamais eu de copine, je n'ai jamais baisé avec un mec non plus. Ça n'a jamais trop compté pour moi, je crois. Moins que la dope, ou la chimie, ou Bob Marley… Je ne sais pas comment t'expliquer.

– Je comprends. Je comprends très bien, je ne voulais pas… Enfin, je ne sais pas, j'avais besoin de savoir… Je ne sais même pas pourquoi…

– Le rabbi va me trouver une femme.

– Une femme ?

– Oui, une Française, la fille d'une des fidèles de son cousin qui est rabbi à Paris. Une jeune fille bien… Tu imagines, moi, Dov, de Wichita, Texas, avec une juive parisienne !

– Une Parisienne, c'est chic ! Mais vous allez vous marier sans vous connaître ?

– Oui, ils font comme ça. Et maintenant, je suis l'un d'eux. Tu sais, le rabbi Toledano… Euh, le rebbe, je veux dire, je ne suis pas encore habitué, ça fait juste trois mois qu'il a été déclaré rebbe. Le… rebbe, donc, n'a pas eu de fils, et toutes ses filles sont déjà mariées, alors c'est le moyen qu'il a trouvé pour me garder près de lui.

– Te garder près de lui… Il tient donc tant à toi…

– C'est un mystique. Il croit aux rencontres, aux signes. Dès la première fois qu'il m'a vu, il a dit que c'était spécial entre nous, que Dieu était là. Et puis il y a eu ce rêve, c'est bizarre, tu vois, c'était l'avant-veille de notre rencontre à la pizzeria… C'est aussi pour ça que je t'ai suivie à Central Park.

– Un rêve ? Tu ne m'en as jamais parlé.

– Non, mais c'est aujourd'hui le jour pour le faire, car il vient de se réaliser. La première image en était une fille. Je ne l'ai pas bien vue, mais, quand tu t'es assise en face de moi le surlendemain, j'ai eu l'impression de te reconnaître, que tu étais cette fille. Dans le rêve, tu me disais… Enfin, elle me disait quelque chose comme écoute, ou écris, ou regarde… Un truc comme ça. Elle s'approchait d'un tableau noir, prenait une craie et dessinait une formule chimique, puis se retournait vers moi en faisant «chuuut», comme ça, et s'en allait. Le truc de dingue c'est que la formule, je l'ai retenue et je l'ai notée au réveil. Tu veux que je te la dessine ?

– Oui, vas-y !

Dov rejoint le tableau, et trace des traits, des lettres, des chiffres. Susan, fascinée, voit quelque chose prendre forme sous ses yeux. Elle n'y entend strictement rien, mais elle sait que c'est la représentation même de son avenir :

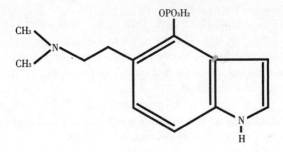

– Voilà, c'est ça qui m'est apparu en rêve. En même temps, j'avais l'impression de connaître cette formule… Au bout d'un moment j'ai trouvé, c'était presque celle de la psilocybine, mais à l'envers, vue dans un miroir, tu piges ? Attends, je te la dessine, tu vas comprendre.

Il dessine à toute vitesse un second schéma en expliquant à une Susan fascinée et de plus en plus perdue.

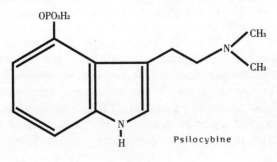

Psilocybine

– Ça, c'est la psilocybine. Exactement la même formule, mais les trois traits avec le N et les deux CH_3 au bout, ils s'accrochaient de l'autre côté, sur l'hexagone, si tu veux, pas sur le pentagone.

– Excuse-moi, Dov, c'est génial, clairement génial, mais pour que je te suive, tu peux m'expliquer ce que c'est, la psilocybine ?

– C'est le principe actif du psilo… Tu connais pas le psilo ? C'est un champignon hallucinogène. Une drogue naturelle trop cool, un peu comme le peyotl ; t'as entendu parler du peyotl quand même ! Les chamans, tu vois, Castaneda ?

– Euh, non, pas vraiment, enfin, les chamans, si, un peu chez les Inuits, c'était le mal absolu pour mon père, ce qu'il fallait fuir et détruire à tout prix.

– Chez les Inuits ?… Mais qu'est-ce que tu faisais là-bas ?

– Un an après la mort de ma mère, les Témoins de Jéhovah ont envoyé mon père au Groenland en tant que missionnaire. Nous l'avons suivi là-bas, alors qu'on savait à peine marcher. C'est Nancy, une nourrice inuit, qui nous a élevés jusqu'à l'âge de quatre ans. Mes premiers souvenirs viennent de Godthåb, la capitale, où nous habitions. Notre père était toujours en voyage. Nancy était Témoin de Jéhovah, bien sûr, mais papa ne lui faisait pas confiance. C'est bizarre, mais les deux choses dont je me souviens le mieux c'est sa douceur à elle, lorsqu'elle nous chantait des berceuses pour nous endormir, et sa violence à lui quand il parlait des Inuits. Il les détestait vraiment… À chacun de ses retours, nous avions droit à de grands discours incompréhensibles où il nous expliquait pourquoi il fallait se méfier d'eux. Il nous parlait surtout de ses ennemis, les chamans, qui étaient pour lui de véritables démons sous l'emprise de la drogue. À l'époque, nous n'y comprenions rien, mais ça s'est imprimé dans nos têtes. Mais vas-y, toi, continue à me raconter le psilo, je préfère ton histoire à la mienne. Ça me rend triste à chaque fois que j'y pense.

– Bon, c'est moins fort que les drogues des chamans, mais c'est déjà pas mal. Tu deviens comme plus grand, tu peux te prendre… je sais pas, moi, pour Captain America ou Harry Potter, tu vois. Donc une dope qui peut être très marrante, mais il vaut mieux être bien entouré quand tu la prends.

Bref, je suis allé voir le rebbe, je lui ai parlé de mon rêve. Il n'a rien dit sur le coup ; il a pris le dessin, est allé prier, lire, faire ses trucs. Le lendemain, il me prend à part à la synagogue, au moment où j'enlève mes *tefillin*, me dit qu'il a passé la nuit dans ses livres, et qu'au matin il a trouvé le signe. Figure-toi que mon rêve aurait été annoncé par Isaac Luria, il y a des siècles de ça. Je ne suis pas très fort en kabbale, je sais juste que Luria, c'est un des grands. Sur ce, il ajoute que tout ce qui sortira de ce rêve sera sanctifié car désiré par le Très-Haut, celui qui ne doit pas être nommé. Et là, je me sens traversé par un souffle, je murmure comme ça… (Il approche ses lèvres de l'oreille droite de Susan, sa voix n'est plus que caresse :) « Godzwill ». Le rabbi me regarde en pleurant et répète avec son drôle d'accent « Godzwill… Godzwill… C'est trop beau, mon fils, c'est trop beau. Tu vas me dire ce dont tu as besoin. On va s'occuper de tout… Trop beau, vraiment ».

Rêveuse Susan murmure à son tour :

– Godzwill, Godzwill… Comme c'est beau… Mais qu'est-ce que c'est ?

– Oh, une substance magique, rien de plus. Juste de quoi donner un bonheur infini à nos frères humains. Le rebbe est très fort, il a réussi à me trouver ce job dans ce labo de chimie qui était en mauvais état mais qui fonctionnait assez pour ce que j'avais à y fabriquer. L'après-midi, quand le lycée est ouvert, je fais mes préparations, le soir, je fais mes essais de fabrication, et le matin je dors. Et voilà. Il y a trois jours, j'ai réussi à stabiliser la molécule et à trouver la formule pour fabriquer en série.

Tel un prestidigitateur, il fait apparaître dans sa main deux pilules d'un très beau bleu nuit. Susan écarquille les yeux :

– Tu l'as essayée ?

– Sûr ! C'est mieux que tout ce que j'ai connu auparavant. Mieux que le MDMA, mieux que la coke, même mieux que la ganja ! Avec ça, tu comprends ce que ça veut dire, « Dieu a créé l'homme à son image », tu deviens comme lui. Tu planes au-dessus de la terre, tu crées des mondes nouveaux à chaque seconde. Tu es hyperlucide, hyperconscient et hyperdéfoncé en même temps. Si tu veux, on essaie tout de suite.

Dans la paume ouverte de Dov, Susan saisit le comprimé entre son pouce et son index, l'élève au-dessus de son regard, ferme les yeux, ouvre la bouche et l'avale. Il l'imite. Puis tous les deux s'assoient côte à côte sur la paillasse à larges carreaux de faïence blanche du labo de chimie de la Chaim Potok High School. Une fausse juive et un hassid repris de justice attendent, yeux fermés dans la douce nuit d'avril, de devenir les dieux de ce monde.

20

À l'accueil, Jean attrape les clés d'une voiture banalisée garée devant le Bunker. Il démarre en douceur et emprunte le même chemin que Rachel la veille au soir. Après le pont de la rue Ordener, il ralentit, observe attentivement les alentours de la cabine téléphonique. Une place Livraisons est libre juste devant. Il s'y gare, allume une cigarette, ne pense à rien. Laisse le lieu le pénétrer. Son regard rôde, s'arrête sur un présentoir où s'alignent, comme à la parade, les mauvais polars qu'il lisait en cachette pour se branler à Saint-Pol-de-Léon. SAS, surtout, parce que c'était facho, raciste et misogyne à fond. Tout ce qui était interdit. Les fantasmes les plus éculés – l'hôtesse de l'air d'Air Afrique qui suce le prince Malko Linge dans l'avion – le faisaient vraiment bander. Et c'était formidable de rester dur longtemps, puisque toutes les deux pages il y avait une scène de sexe ou, mieux, de torture. Oui, les scènes de torture, c'était le plus excitant. Comme pour le chat.

PRESQUE TUER UN ANIMAL
UN ÊTRE VIVANT
JOUIR DE SA SOUFFRANCE

La boutique. Une brocante apparemment. En devanture, livres d'occasion et bibelots divers. L'intérieur, à contre-jour, semble un véritable bric-à-brac. Une ombre, massive et étrangement familière approche du seuil, puis recule dans son antre, suivie trente secondes plus tard d'une deuxième de corpulence normale qui prend le temps de le détailler avant de disparaître à son tour. Difficile d'entrer poser des questions du genre : «Le 18 juin à 21 h 30, vous l'avez vu téléphoner, l'assassin ?» À sa montre, 10 h 45. Non. S'il veut arriver avant Rachel sans utiliser le gyrophare, il lui faut partir.

Au Gastelier – vue sur le funiculaire et le Sacré-Cœur – il commande un pain au chocolat et un double express. *Le Parisien* et *Libé* sont disponibles, mais il n'a pas envie de s'emplir de la rumeur du monde. Il anticipe le plaisir de la première bouchée. Ici, le pain au chocolat est tendre, moelleux sans être spongieux. Le déguster est un plaisir lié à la matière, à la texture autant qu'au goût. À chaque fois qu'il vient, il s'étonne de ce qu'un tel lieu survive, entre un Häagen-Dazs et un bistrot prétendument à l'ancienne. C'était quoi cette phrase déjà ? *Le vrai est un moment du faux...* Ouais ouais.

Rachel arrive en même temps que sa consommation. La jeune femme laisse le garçon servir son collègue, commande la même chose et s'assied. Pas de bise, un sourire silencieux qui éclaire le monde.

– J'ai vu Mercator, il a réussi à me faire peur ! Il a une manière de parler du mal, on dirait l'enfer de Dante... Non, attends, on va commencer par la vie, pas par la mort. Hier soir, j'ai décidé de déménager. Le 12e, c'est vraiment l'horreur : des petits Blancs fachos et des Arabes sous Prozac. Je vais aller dans un quartier vivant. Le 18, le 10, je ne sais pas. Pourquoi pas le 9e nord, tu vois. Un quartier avec des bars de nuit. Des gens, des humains, quoi.

Rachel l'écoute en souriant toujours.

– Il était temps ! Je me demandais vraiment pourquoi tu t'obstinais à habiter cet immeuble sinistre sur ce boulevard morbide. Dès qu'on termine cette affaire, je t'aide à trouver ton chez-toi. Le 10e ce serait bien pour toi, vers chez les Tamouls, par là-bas, entre La Chapelle et gare de l'Est. Je suis sûr que tu t'y sentiras bien. Et je t'emmènerai manger des *masala dosa*, tu verras, c'est délicieux ! Avant que tu me racontes Mercator, j'ai à te parler, moi aussi. Une chose, surtout, qui m'a troublée ce matin.

– Troublée ? Tu as surtout l'air heureux ! On dirait que tu as gagné au Loto ou… non, plutôt rencontré l'homme de ta vie. Tu sais, comme dans la chanson canadienne, quand le type interroge avec son accent québécois : «Prends-tu d'l'eau dans ton whisky ?» et qu'elle répond : «Non, j'le prends seeeeeec… »

– Eh, on t'a déjà dit que t'étais très, très con ?

– Euh, oui… Toi, notamment. Bon, excuse… J'ai envie de dire des conneries ce matin, pour évacuer…

– C'est encore plus difficile maintenant, parce qu'avec ta blague idiote, tu n'es pas tombé loin… Écoute, je vais t'avouer ce que je devrais taire. Alors tu le gardes pour toi et tu évites les commentaires. Simplement, j'ai besoin d'en parler à quelqu'un, et, comme c'est lié à l'enquête, ça ne peut être qu'à toi.

– D'accord. Croix de bois, croix de fer, etc.

– Ce matin, juste avant de sortir, j'ai reçu un coup de fil de Taroudant.

– Et c'est ça qui t'a troublée… Si je comprends bien, Taroudant t'appelle à dix heures du matin et toi, tu es trop contente ! Tu te rends compte que t'es en train de te faire draguer par un Arabe à moitié dingue, suspect dans une affaire de meurtre, sur laquelle tu enquêtes avec ton partenaire ici présent ?

– Oui, je suis au courant.

– On dirait pas. La fille, Laura, on lui a tailladé le sexe avec un couteau dont la lame faisait… dix, quinze centimètres. Lui, il avait les clés de chez elle, il n'a pas d'alibi, il n'est pas hors de cause. Je me demande d'ailleurs pourquoi on ne l'a pas coffré ?

– Parce que, toi et moi, on sait que ça n'est pas lui ! Voilà pourquoi. Il n'a ni la carrure ni le profil. Et on ne va pas perdre du temps sur une fausse piste. Vingt-quatre heures de garde à vue, c'est autant de temps de perdu pour l'enquête.

– J'entends déjà ce qu'on va dire à Mercator. Ça ne peut pas être lui, le lieutenant Kupferstein est amoureuse de lui… Comprenez-nous bien, monsieur le commissaire…

– Stop ! Tu ne m'as pas laissée finir. Tu es jaloux ou quoi ? Il m'appelait pour me dire qu'il avait repris l'analyse et qu'il allait travailler à la librairie avec M. Paul. (Elle fixe Jean dans les yeux. Un regard dur et suppliant à la fois.) Je te parle comme à un partenaire et comme à un ami. Je ne te cache rien parce qu'il ne s'agit pas que de ma vie privée, il s'agit en effet d'une enquête criminelle et j'en suis bien consciente. Oui, ça m'a émue de l'entendre. Surtout quand il m'a avoué que la raison principale de son appel était son désir d'entendre le son de ma voix. Ça m'a troublée, et c'est pour ça que j'ai besoin de toi. Ahmed… Ahmed touche quelque chose de très profond en moi. Déjà hier matin, chez lui, j'ai commencé à vaciller. Le soir, avant de m'endormir, j'ai pensé à lui, j'ai vu son visage, et ce matin, il m'appelle… Voilà, si on veut des mots, on peut dire «amour», je tombe amoureuse, voilà. Le début de ça en tout cas. Le tout, tout début…

Émue, pas très loin des larmes, Rachel se reprend.

– Ce que je te demande, c'est de ne pas me juger, mais de m'aider à garder mon jugement. Être touchée de cette façon… Ça n'arrive pas tous les jours… Il n'est pas question pour autant que ça remette en cause notre enquête. Donc si tu vois que je dérape, tu me le dis. Simplement, s'il te plaît, sois juste!

– Eh ben! Ça va pas être simple! Pour commencer, je suis jaloux, bien sûr. Même si je sais qu'entre nous ça ne peut pas marcher, ça me fait un petit peu mal quelque part, tout au fond. Mais… Je t'aime beaucoup Rachel, je te le dis aujourd'hui, ça ne se reproduira sans doute pas, alors souviens-t'en… Je t'aime infiniment et je ne te ferai jamais de mal. Simplement, sache que ce que tu me demandes est énorme, vraiment. Pour le reste, d'accord avec toi. Effectivement, Ahmed n'a pas le profil du meurtrier, pas une seconde. Pourtant, je vais vérifier, j'irai à ce rendez-vous avec son psychiatre. Après, fais gaffe à toi! Jusqu'à ce que l'enquête se termine, distance maximum. Imagine ce qui se passerait si ça se savait… Imagine, juste…

– Je serai prudente. En fait, je lui ai demandé de m'appeler s'il apprenait quoi que ce soit. Et m'est avis qu'il va tout faire pour avoir une bonne raison de m'appeler et de me revoir. Je… Je saurai faire face.

– Tu me préviens surtout si ça se produit et on va ensemble au rendez-vous.

– D'accord. (Elle s'interrompt, regarde Jean, sourit, murmure un «merci», reprend sa respiration et poursuit.) Passons aux choses sérieuses. Dans la nuit, j'ai reçu un appel de Bintou et Aïcha. Elles m'ont demandé si j'avais Skype, un logiciel pour se téléphoner gratuitement par Internet.

– Je connais Skype.

– Ah, je ne connaissais pas, moi. Elles doivent venir cette nuit vers trois heures pour que l'on se parle par Skype avec Rébecca.

– *Yes !* Ça c'est une nouvelle. Elle est où Rébecca ?

– Je ne leur ai pas demandé pour le moment. Loin, en tout cas… Du coup, j'ai allumé mon ordinateur et il y avait un mail de Gomes qui a réussi à m'organiser un rendez-vous avec un ex-Témoin de Jéhovah de Niort cette après-midi.

– Ahmed, Kevin, tous ces hommes qui sont prêts à tout pour toi…

– Ha ha ha ! À toi maintenant, raconte un peu Mercator.

– Attends. Avant Mercator, j'ai quelque chose à te montrer. Tu te souviens du 75-Zorro-19 ?

– Le groupe de rap des frères de Bintou et Aïcha, avec Moktar et Ruben ?

– Précisément. J'ai retrouvé leur mixtape de l'an 2000. Regarde !

Photographiés devant la rotonde de La Villette, les quatre garçons jouaient les *bad boys* devant l'objectif. Ils dessinaient le même signe : petit doigt joint au pouce, trois doigts du milieu bien écartés.

– Ça signifie Allah en arabe. Ils le font tous, même Ruben. C'était une provocation qui fonctionnait bien auprès des Blancs des collèges du 6e arrondissement. Ceux qui se donnaient des frissons en venant le samedi au marché Malik pour acheter les dernières mixtapes des groupes à la mode dans le « ghetto ». Le plus intéressant est la dédicace : « À nos premières fans, nos petites sœurs, les homegirls Rébecca, Aïcha et Bintou. »

– Tu veux dire que Ruben est le grand frère de Rébecca ?

– Oui. Et figure-toi que je me suis souvenu d'elles lors d'un concert.

– Tu allais aux concerts du groupe ?

– J'y suis allé une fois, pour voir. Elles devaient avoir dix-sept ans. Elles exécutaient une chorégraphie sur scène juste avant leur premier morceau. Hier, je ne les ai pas reconnues car j'avais totalement oublié ce concert. Et puis leur style était complètement différent. Elles cachaient leur féminité dans des joggings un peu trop larges. Mais leur chorégraphie… Elle offrait quelque chose de sauvage, d'indompté… Je récapitule. Tout commence à l'école communale par la rencontre de quatre gamins du quartier : deux Noirs, un Arabe, un juif. Ils deviennent potes, découvrent la vie, les conneries, la musique. Ils se retrouvent au même collège et décident de fonder un groupe de hip-hop : le 75-Zorro-19. Outre Moktar que tu connais, et qui devient le beatmaker, il y a Mourad, le frère d'Aïcha, Alpha, le frère de Bintou et Ruben…

– Le frère de Rébecca.

– *Right !* Quand je suis arrivé dans le coin, ils venaient d'entrer à la fac. Leur nom était tagué sur tous les murs, leurs paroles résonnaient dans toutes les têtes. Deux ans plus tard, en fin de licence, Moktar a décompensé et le groupe n'y a pas survécu. Ce matin, j'ai fouillé partout et j'ai retrouvé, non seulement la pochette de la mixtape, mais aussi un de leurs morceaux sur mon vieux lecteur MP3. Écoute ça ! Le premier à rapper c'est Ruben.

Rachel s'efforce de ne pas avoir l'air trop dégoûté en insérant les écouteurs à la propreté douteuse dans ses oreilles. Une boîte à rythme minimaliste démarre, rejointe par un riff de guitare piqué chez Prince, elle le jurerait, et une voix un peu à la Kool Shen qui attaque :

> *La vie d'un rebeu, la vie d'un renoi,/Ça vaut pas cher, mon frère, ici-bas/Chaque jour, wallah !/La société se venge de ceux qu'elle a mis tout en bas/Tirés comme des lapins, étouffés dans nos draps/Tel est notre sort de parias/Comme si les colonies n'avaient jamais fini/Comme si nos vies mêmes étaient un oubli/Mais nous sommes ici, nous sommes même d'ici/Un indicible ici, une ombre, un non-dit.*

Un break avec une ligne de basse bien lourde, à la AC/DC, et c'est une nouvelle voix qui reprend, plus rauque, plus violente, Rachel enlève un écouteur et lance un coup d'œil interrogatif à Jean qui articule « Mourad ».

> *Alors du fond du puits, je viens lancer ce cri/Le piège on est né d'dans, la peur on l'a tétée/Maintenant rien à perdre, on peut tout faire péter/Nos pères rasaient les murs, attendant le coup de fusil/L'Arabe était l'ennemi, remember l'Algérie/Aujourd'hui c'est le Noir, l'élément dangereux/Le sauvage qui fait peur, impossible à dompter/Avant-hier c'était le juif, du savon pour aryens/Alors je n'oublie rien, le mort en sursis c'est mon cousin/Noirs contre juifs, Arabes contre kahlouches/On se bouffe, on se nique à coups de beignes sur la bouche.*

Nouveau changement de voix, Rachel n'a plus besoin de Jean pour deviner que cette élocution attachante, à la limite parfois du bégaiement, appartient à Alpha.

Ça suffit, c'en est trop, ne te trompe pas d'ennemi/ L'unité je te dis, c'est notre assurance-vie/Ce système est bien prompt à changer de victime/Une seule chose l'intéresse : te charger de son crime/T'enfermer dans une case, au milieu de la cible/Allant pour ça jusqu'à invoquer la Bible/Qu'est-ce que je demande ? Que nos vies aient un prix/Sans haine, je suis, oui, et je vous le redis/N'espérez tout de même pas acheter notre silence/Pour une pièce de cinquante centimes dorée sur tranche.

Rachel ôte les écouteurs.

– Je n'en reviens pas… Comment ont-ils fait pour passer d'une telle conscience politique à l'enfermement dans lequel ils sont aujourd'hui ?… Résultat des courses, Ruben a rejoint les hassidiques marocains, et sa sœur semblait prendre le même chemin jusqu'à sa disparition mystérieuse. Quant à Alpha et Mourad, ils fréquentent la même salle de prière que Moktar, rue Eugène-Jumin. Comment se fait-il que ni Aïcha, ni Bintou n'aient été touchées par le virus fondamentaliste ?

– Et pourquoi auraient-elles été atteintes ? Lors des grandes épidémies, dans les mêmes familles, certains étaient emportés, d'autres non. Ça fait partie des mystères de l'existence.

– Les mystères, oui, peut-être. Mais tu imagines ce que ça doit faire de voir son frère partir de cette manière, devenir un autre ? Quelle étrange sensation !

– Eh bien, tu auras tout le temps de leur poser la question cette nuit, lors de votre petite *Skype party* ! Dis-moi, tu te souviens du nom de l'imam de la salle de prière ? C'est notre ami Abdelhaq.

– Abdelhaq Haqiqi, je l'avais oublié, celui-là ! Son petit frère Hassan… Il a été jugé, au fait ?

– Non, il est encore en préventive. Mais ça me semble une bonne idée de rendre une petite visite à Haqiqi, juste histoire de lui demander des nouvelles de la famille…

Rachel reste silencieuse, puis reprend :

– Trois salafistes, un crypto-loubavitch. Une petite sœur portée disparue, deux autres qui semblent tout sauf fondamentalistes. Leur meilleure amie qui se fait assassiner, avec mise en scène évoquant l'impureté religieuse. Qu'est-ce que ça raconte ? La logique et l'air du temps voudraient que l'on se concentre sur les salafistes, pourtant, il y a cette disparition de Rébecca… Des intégristes musulmans et juifs impliqués dans un même coup, ça ne te paraît pas un peu gros ?

– Je ne vais pas citer à nouveau Goebbels, même si tu m'y incites.

– L'autre versant, c'est l'histoire familiale de Laura. À Niort, le commissaire Jeanteau a rencontré les parents pour leur annoncer le décès de leur fille, puis il m'a rappelé. Leur réaction a été bizarre, comme s'ils n'étaient pas concernés. La femme a parlé de démons, prétendu que sa fille ne venait les voir que pour les salir, leur déverser « la boue du monde ». Il a dû se passer un truc lors de la dernière visite de Laura. Un truc pas très catholique. Les mots de la mère sont trop précis. Peut-être faudrait-il l'interroger seule. D'après Jeanteau, son mari l'a empêchée d'en dire plus.

– Il s'en est passé, depuis hier soir ! Il va falloir s'y mettre pour suivre toutes ces pistes… Ah oui, Mercator au fait… Il soupçonne nos chers collègues du dix-huit, Enkell et Benamer. En gros, il est persuadé qu'Enkell lui ment, qu'il en sait plus sur le coup de fil passé depuis la cabine, mais qu'il lui cache délibérément l'info. Quand je lui ai demandé si Benamer était toujours le bras droit de Frédéric Enkell, il m'a sorti, texto : « Le mal existe, Hamelot, et parfois il s'organise. » Il a aussi parlé du parfum de la mort. À ce moment-là, j'ai cru étouffer. Il fallait que je sorte, que je te voie dans un endroit vivant, pas chez nous.

Rachel pâlit et laissa échapper :

– Benamer…

– Quoi, Benamer ? Raconte !

Elle secoue la tête lentement avant de se décider à parler.

– Benamer… Brève rencontre. Une sensation de sale m'en est restée. Il a animé un séminaire à Cannes-Écluse lorsque j'y étais élève officier. Il possédait un magnétisme qui m'a attirée tout de suite. J'ai voulu me le faire comme on se tape le moniteur de ski en colo. Je n'ai pas perçu que magnétique rimait avec maléfique. Ça, je m'en suis rendu compte à la fin du stage. L'air de rien, insidieusement, il nous avait présenté les pires horreurs comme absolument normales. Pour lui, la seule question qui se posait était technique : comment obtenir des aveux ? Peu importait que la personne soupçonnée soit coupable ou pas. La baise aussi était très technique. Il était infatigable. La première fois, il m'a fait jouir. Ensuite, j'ai senti que si je ne faisais pas semblant, il n'arrêterait jamais et que… Je ne sais pas, il m'a fait peur, je crois. Il a senti que j'avais simulé et m'a jeté un regard d'un tel mépris ! Il me testait, en réalité. Et j'étais soulagée de ne pas avoir réussi le test. Au fond, il me faisait penser au diable…

La jeune femme se tait, ferme les yeux, s'ébroue enfin :

– Allez viens, on bouge ! Si on allait voir Haqiqi pour se mettre en jambes ? Non, laisse ! C'est moi qui paie.

21

Abdelhaq Haqiqi, imam autoproclamé de la salle de prière semi-clandestine Srebrenica, est soûlé au-delà de l'imaginable. Cela fait deux heures, montre en main, soit depuis la fin de la prière d'*al fajr*, que ces bons à rien dissertent à l'envi sur la dernière prestation de Dieudonné à la télévision. Ils s'écoutent parler, répètent cent fois la même chose, ivres d'être d'accord. Ses fidèles développent une fâcheuse tendance à confondre la salle de prière avec le café du coin. Et en tant que guide de leur communauté de vrais croyants, il se retrouve dans la position du bistrotier qui ne peut virer le supporter aigri qui passe sa matinée à refaire le match, ou le chômeur lepéniste et alcoolisé pour qui tout est de la faute des Arabes et des Noirs (… et des juifs, mais cela, il ne le dira qu'en petit comité). Impossible de mettre dehors la collection de bras cassés et de loosers pas célestes pour deux sous qui constituent sa clientèle, sa couverture. Ils l'entraînent avec délectation dans leur logorrhée où surnagent, telles des fèces d'hippopotame, quelques mots, toujours les mêmes : la CIA, les juifs au courant pour le 11 Septembre, Dieudonné interdit d'antenne par les sionistes aux commandes des médias, le recteur de la mosquée de Paris vendu aux francs-maçons, le halal pas halal… Abdelhaq s'accroche comme il peut à une branche, sur la rive boueuse. Ça lui fait bizarre, pourtant, car il n'y a pas si longtemps il pensait comme eux et se baignait dans la même eau trouble dont il appréciait la tiédeur amniotique. C'était avant de rencontrer Aïssa et de s'intéresser pour la première fois de sa vie à la matérialité du monde. En fait, il pense toujours comme eux. Mais il s'en fout. Ses objectifs sont maintenant bien plus terrestres que célestes. Et ça change tout.

Il y a là les habitués du matin, Mahmoud, Brahim et Robert, le pire de tous, bien sûr.

– Et t'as vu quand il dit…

– Et puis, non mais, les juifs quand même, les médias, quoi…

– Ah ouais, mais laisse tomber, ils contrôlent grave !

– Mais ouais, mais vas-y, c'est dar ! Tout de suite c'est ça, quoi. Il se déguise en feuj, il est antisémite. Genre vite fait, direct, quoi. T'as vu !

Abdelhaq tente de s'abstraire et fait ses comptes. Merde ! Au moment où tout marche comme sur des roulettes, Aïssa veut qu'ils arrêtent tout. C'est à cause de cette fille (il n'a toujours pas compris en quoi elle représentait un danger, mais Aïssa a l'air de savoir ce qu'il fait…). En tout cas, si ça a dérapé il n'y est *presque* pour rien. Il a juste commis une légère erreur de casting en envoyant ce soir-là ses trois meilleurs éléments au rendez-vous chez Sam. Seul Moktar n'avait pas flanché. Le temps pressait, Sam s'était affolé et avait bricolé un plan B en mettant le psychotique salafiste sahélien en binôme avec un tueur psychopathe alsacien. À partir de ce moment, l'opération entière était partie en freestyle. Bref, à l'heure actuelle, on patauge, on perd du temps, et c'est pas bon. Il y avait un côté divin dans le plan tel qu'il se déroulait jusqu'à cet incident. Mais l'heure de transiger est arrivée… C'est peut-être ça qu'on appelle les épreuves… En plus, il va devoir faire patienter son monde, pas toujours facile à calmer. Et les autres imbéciles qui ne lèvent toujours pas le camp. Islamistes érémistes vivant chez les parents sans rien foutre ! Putain, vivement qu'un gars comme Sarkozy prenne le pouvoir. Pas de boulot, pas de thune ! Ces trois-là seraient même pas fichus de réussir un attentat-suicide. À quoi ils servent, franchement ?

– Eh, Abdelhaq ! Sans déconner, les feujs, ils abusent, non ?

– Tu sais, Robert, le Prophète – que la paix et la bénédiction de Dieu soient sur lui – disait qu'ils étaient tous des menteurs. *Inch Allah*, lorsque le *dawla islamya* sera rétabli, ils retrouveront leur place de *dhimmi*. Mais la plupart, j'en suis sûr, suivront, comme toi, le chemin qui mène à la vérité.

– Mais j'ai jamais été juif, moi !

– Non, Robert, non, et le Prophète lui-même – que la paix et la bénédiction de Dieu soient sur lui – avait certainement, parmi les gens du Livre, une petite préférence pour les chrétiens. Je veux juste dire que tu as trouvé le chemin, tu as ouvert ton cœur à la lumière. Et qu'eux feront de même, certainement…

Répondre ainsi lui est naturel. C'est ce qu'il pense depuis toujours. Depuis qu'il sait qu'il pense. Pourtant, il ne supporte plus d'aligner ces âneries. Au moment même où il les énonce, il devine le regard narquois de Aïssa : « Tu crois pas que tu vaux mieux que ça, Abdelhaq ? Qu'est-ce que t'en as à branler des juifs, des chrétiens, des crétins ? Tu partirais au Djihad, toi ?

Tu irais te faire exploser pour tuer cinq soldats irakiens et un cul-terreux du Kansas ? Tu crois vraiment que ça a un sens ? Et me répond pas que chacun a sa place dans ce grand combat, que tous n'ont pas la chance d'accéder au statut envié de martyr… Je le vois dans tes yeux que t'y crois plus. Les vierges, les rivières, les fruits délicieux et les maisons en briques d'or… Tu les as tellement désirées que tu n'as absolument plus l'intention d'attendre le paradis maintenant ! »

– Eh Abdelhaq, t'as vu ! Les bonbons à la gélatine de *halouf*. Ils en ont parlé à cause de la vache folle, mais sinon, ils nous faisaient bouffer du porc exprès depuis toujours. C'était ça leur plan, nous faire venir ici pour nous faire bouffer du porc. Pour qu'on devienne comme des porcs. Putain, je te jure, je vais me casser un jour. *Inch Allah*, j'irai à La Mecque ou à Médine. J'te jure, mon frère !

– *Inch Allah* Brahim, *inch Allah*…

Combien de temps va t'il devoir supporter ces conneries, et y répondre ? Combien de temps ? Oh, putain, Aïssa ! Quel plan t'es en train de me faire, là ?

C'est évidemment le moment que choisit le téléphone pour sonner. Mohand.

– Allô, je peux passer, là ?

– *Salam aleikoum ya khouïa*. Tu fais bien de m'appeler, j'étais tellement occupé que j'en avais presque oublié notre rendez-vous. Je te rejoins comme prévu chez Onur.

– Chez Onur, vas-y… je devais passer là ! J'suis pressé !

– *Barikallah ou fik*, mon frère, à tout à l'heure.

Sourire de circonstance sur les lèvres, Abdelhaq se retourne vers les trois fidèles. Assis ou à moitié allongés sur les tapis de prière, ils portent l'uniforme de rigueur : calotte, kamiss blanc qui descend jusqu'aux mollets, pantalon court de jogging Nike ou Le Coq sportif, baskets des mêmes marques. « Mais comment ils font pour se payer ça avec leur RMI ? C'est vrai qu'ils dépensent rien vu qu'ils vivent chez les parents. Putain, mais pourquoi je suis né arabe ? J'aurais été tellement bien au FN ! »

– Mes frères, j'ai un rendez-vous. Un frère qui s'engage sur le chemin sans être tout à fait prêt. Je dois fermer la salle pendant deux heures. Je serai de retour pour diriger la prochaine prière… treize heures cinquante-sept, aujourd'hui.

Dix minutes plus tard, Haqiqi arrive devant chez Onur. Il sourit au patron tout en faisant signe à un jeune homme assis en salle devant un verre de thé. Vingt-cinq ans, jean bien repassé, mocassins Burlington, polo Lacoste, Mohand le rejoint dehors ; ils se dirigent de concert vers le parc de la Villette. L'imam et son supposé frère sur le chemin de la foi avancent au milieu des badauds dans l'allée centrale du parc. Puis Mohand attaque au moment où ils longent la Grande Halle.

– Pourquoi tu as changé le lieu de rendez-vous ?

– Il y avait trois imbéciles qui ne décollaient pas. La salle de prière est devenue le bistrot du coin… Et puis il y a un changement. On arrête tout pour le moment.

– Comment ça, on arrête tout ? Tu me prends pour un con ou quoi ? J'ai des commandes, moi, des clients qui attendent.

– Il y a eu un problème d'approvisionnement. Pour le moment je n'ai rien. Un problème, disons, à la source.

Mohand s'apprête à attraper Abdelhaq par le col.

– Mon frère, tu ne vas pas porter la main sur un homme de Dieu ! (Il le fixe bien dans les yeux, son sourire s'est fait menaçant.) Tu ne ferais pas une chose pareille, n'est-ce pas ?

22

Ahmed est assis devant un mug fumant rempli de café. M. Paul boit en faisant du bruit comme un vieux qui s'en fout. Ahmed finit par l'imiter. Enfin, le libraire se décide.

– Tu as besoin de combien par mois, pour reprendre tes séances ?

– Ben… Entre cent cinquante et deux cents…

– Bon ; et comme tu dois payer en liquide, il te faut du cash. Pas de paperasse, hein ?

– Non.

– Très bien, très bien, je n'aime pas les papiers… Tu peux venir une à deux heures par jour, déplacer des livres, peut-être garder un peu la boutique, ce genre de choses ?

– Oui, oui, pas de problème.

– Parfait, parfait.

Silence. Celui qui vit avec la mort depuis si longtemps qu'il a tout son temps. Ahmed l'observe à loisir. Lorsque, l'été de ses treize ans, il lui a acheté son premier Horace McCoy, M. Paul appartenait déjà à la catégorie troisième âge ; aujourd'hui, c'est autre chose. Il semble dans l'autre monde, avec un petit côté Clint Eastwood ou Morgan Freeman. La classe du type qui a vécu, qui sait que la fin approche et qu'au fond elle a toujours été là. Celle de celui qui aime la vie parce qu'il regarde la mort en face. Ce n'est pas à quatre-vingts ans que ça s'apprend. Ahmed sera comme lui s'il atteint cet âge. M. Paul le sait, c'est leur lien. Le jeune homme déguste bruyamment une nouvelle gorgée. Il est comme un vieux. Il est vieux. Ça lui plaît. Il se tait.

– Et Laura… Ça vient de là, non, ton réveil ?

– Oui. Ils l'ont tuée. Et, je ne sais pas, j'ai pensé que j'aurais pu l'aimer, que je l'aimais à ma manière. J'ai imaginé la vie qu'on aurait eue ensemble… Jusqu'aux enfants et au divorce… Surtout, il fallait que je fasse quelque chose. Pour elle. Pour moi aussi, par fidélité à ce que l'on n'avait pas vécu. Et pour ne pas tomber dans leur piège.

– Comment l'as-tu senti, le piège ?

Ahmed n'est pas surpris. M. Paul sait beaucoup.

– Des regards, des mots. Sam, Moktar, Ruben…

– Bien, tu as compris certaines choses. Tu es prêt à te battre. À utiliser ta faiblesse comme une arme. Tu sais qu'ils ne te considéreront pas comme un danger, qu'ils pensent pouvoir s'amuser avec toi. C'est un bon début. Et les flics ?

– Je…

Ahmed ferme les yeux, revoit la visite des deux policiers, la veille. Tout s'est imprimé en lui. Les sensations remontent au ralenti. La robe imprimée de Maggie Cheung… La chevelure rousse de Rachel… Lentement, pour l'éternité. Il ouvre les yeux.

– La femme a dans les trente-cinq ans. Juive ashkénaze, belle, les mêmes taches de rousseur et les mêmes yeux qu'Esther, la première fille que j'ai embrassée au lycée. (Il se surprend à ajouter:) Je suis amoureux d'elle. (Et, comme pour se rattraper:) C'est une lectrice d'Ellroy. Son préféré, c'est *White Jazz*.

Comme moi… En fait, j'ai toujours été convaincu que je ne pourrais aimer véritablement qu'une amatrice d'Ellroy, tout en pensant que cela n'existait pas. En tout cas, pas parmi les séduisantes.

M. Paul ne dit rien, boit le fond de son mug, enregistre, attend. Très léger sourire.

– L'homme aussi aime les polars. Plus classiques. J'ai vu son regard s'arrêter longuement sur *Un linceul n'a pas de poches,* de McCoy. Comme si ça lui rappelait des souvenirs. C'est bizarre, je ne m'étais pas rendu compte que j'enregistrais ces détails. Même âge qu'elle. Pas Juif, Breton peut-être, avec son visage délavé… J'ai retenu leurs noms aussi : Rachel Kupferstein et Jean Hamelot…

– Rachel, fille d'Aaron Kupferstein, fourreur. Il avait son atelier tout près, rue des Carrières-d'Amérique. Originaire de Wilno, la Jérusalem du Nord, sans doute la plus grande ville juive d'Europe, avant guerre. Heureusement, il en était parti gamin, en 1938, avec sa famille. On l'a mis à l'abri en Seine-et-Marne au moment même où ses parents étaient embarqués pour le Vel d'Hiv. Ils sont morts, il a survécu. Longtemps célibataire, il s'est marié sur le tard avec Alicia, une juive roumaine, fille de rescapés de Buchenwald qui ont fui dès qu'ils ont pu l'antisémitisme communiste qui sévissait à Bucarest. Rachel est née en soixante-neuf, je l'ai vue grandir. Hamelot, lui, est un fils de communistes bretons. Arrivé dans le quartier il y a six ans, c'est sa première affectation. Il vient de temps en temps chercher un vieux Hammett. Il parle peu, comme toi.

– Mais comment…

– Oh, j'étais là. Les nazis n'avaient rien contre les Arméniens, j'ai donc passé la guerre ici, tranquillement, enfin presque… Aaron, je l'ai connu gamin. J'ai assisté à certaines choses, disons. Qui renvoient aujourd'hui de drôles d'échos… Rachel, je l'ai vue naître, tu sais, quasiment, quoi… Ahmed et Rachel… Oui, ça me plaît bien, votre histoire. Ça me plaît.

Le jeune homme sent que ce n'est pas le moment de poser de questions. M. Paul le regarde et rit.

– Toi, tu as besoin d'une bonne coupe de cheveux !

C'est la première fois qu'Ahmed l'entend rire, un rire un peu éraillé, travaillé en profondeur par les cigarettes et le café. Le tournant étrange que prend leur relation le déstabilise. Il avait bien décidé ce matin d'aller chez Sam's, sans idée préconçue, humer l'air de la gueule du loup, jouer au con, sentir la situation.

– Eh oui ! Tu vas jouer au con. Ils te prennent pour un ahuri inoffensif, c'est pour ça qu'ils veulent te faire porter le chapeau. Sam, c'est un malin idiot. Il a l'intelligence mécanique d'un joueur de dominos. Ça fait trente ans que je le vois agir, depuis qu'il est arrivé de Tiznit. Toujours pareil : un coup après l'autre, tac tac tac tac ! Et ça marche, bien sûr, dans ce quartier. Les autres, ils sont occupés à survivre, à garder un peu d'espace pour respirer entre les difficultés d'argent et les chefs religieux qui les étouffent. Qu'est-ce qu'ils vont calculer les coups de Sam ? Il joue seul, en fait… Mais là, c'est un autre genre de partie. Là, il a vu un peu gros pour lui. Un peu… gros.

– Sam. Il est vraiment impliqué ! C'est pas juste moi qui délire dans mon coin ? Mais qu'est-ce qu'il lui voulait, à Laura ?

– Oh, lui, rien ! Il ne lui voulait rien du tout. Mais, comme tu l'as senti, il est dans cette histoire, avec ceux dont tu m'as parlé, Moktar, Ruben… Et quelques autres. Les motifs ? Les vrais tireurs de ficelles ? Je ne les vois pas encore de manière claire. Mais il y a des choses bizarres qui se passent chez les juifs comme chez les musulmans. Des choses pas très kasher, ni halal. Tu sais, le mal, on ne peut pas le regarder en entier et d'un seul coup. Ça va se mettre en place. Ça va s'assembler sous nos yeux, tu vas voir. En attendant, tu ne dois pas trop traîner par ici… C'est la bonne heure pour aller au salon de Sam. Il sera très content que tu sois son premier client, très content ! En plus, c'est shabbat ce soir… Tu écoutes, tu regardes, t'es con. Ah oui, n'oublie pas de dire qu'à partir de maintenant tu m'aides à la boutique. Après, tu appelles Rachel pour lui faire ton rapport. Et tu lui transmets mes amitiés.

23

Avenue C, Alphabet City, Manhattan, un an plus tôt.
La pièce est vide, quasiment. Leur refuge. C'est la
première fois qu'un étranger y pénètre. Dans la tanière
de James et Susan. Les trois dragées bleues sont sur
la table.

GODZWILL

James avait été séduit par le nom. Il y avait vu leur
avenir. Radieux. Trois *magic pills*, trois conjurés.
Susan a présenté Dov à son frère la semaine dernière,
au Starbucks à l'angle du First Avenue Loop. *Chai
latte* au lait de soja pour lui (il avait mangé une pizza
au pastrami au Kingston Pizza Kocher juste avant de
prendre le métro et, depuis sa *techouva,* il respecte
scrupuleusement les règles de la kashrout ; il devait donc
s'abstenir de consommer tout produit laitier durant les
huit heures qui suivait l'ingestion de la viande) mocha
pour eux. Le courant était passé immédiatement entre
les deux garçons et Susan avait poussé un ample soupir
de soulagement intérieur. James savait qu'il n'y avait
rien de sexuel entre Dov et elle, sinon, le rendez-vous
n'aurait jamais eu lieu tant l'idée de rencontrer les
amants de sa sœur le révulsait. C'est ainsi qu'elle avait

pris l'habitude de jeter ses mâles au bout d'une demi-journée. Pas de risque d'attachement, d'histoires qui s'effilochent. James, pour sa part, ne parlait jamais de sa sexualité, elle pensait d'ailleurs qu'il n'en avait pas, *no life*, passant la plupart de son temps sur l'ordinateur. Pour son travail, mais également pour organiser l'existence future et parallèle qui les attendait. Ne manquait que le gros coup qui leur permettrait de se venger de leur père en même temps que d'abandonner derrière eux la fausse vie qu'ils menaient. Le gros coup dont ils allaient discuter maintenant, avant de gober les beaux comprimés bleus.

Pour l'occasion, Dov a troqué le Borsalino pour une *yarmoulka* vert-jaune-rouge. James ouvre un paquet de Lays Flamin Hot garanties sans porc, débouche une bouteille de Seven Up, remplit les gobelets en plastique et prend la parole.

– OK. Je résume. On a le produit, je ne l'ai pas expérimenté, mais Susan m'a exposé son effet : le potentiel commercial apparaît remarquable. Il nous faut juste le marché. Lointain, de préférence, pour qu'il soit impossible de remonter jusqu'à nous. Tu as les contacts pour la distribution à Paris et à Anvers. À nous de trouver le moyen de le transporter jusqu'en Europe. C'est là que Susan intervient, elle a tous les talents : Salomé, Judith ou Bethsabée – selon la situation –, pour puiser dans nos références communes. En ce moment, un responsable étranger des Témoins de Jéhovah est de passage au siège. Hier, notre père, tout gonflé de son importance, nous l'a présenté comme un ami français venu pour un stage d'une semaine. « Un ami promis à une brillante destinée », ce sont ses mots exacts. Susan lui a décoché son sourire le plus charmeur. Et le regard qu'il lui a jeté manifestait sans conteste que malgré son apparente adhésion sans faille aux stricts préceptes de l'organisation, il est mûr pour tomber dans nos filets. Après, ce n'est plus qu'une question de logistique. Je m'en occupe.

James s'interrompt aussi abruptement qu'il a commencé à parler. Dov embraie :

— Le rebbe m'a affirmé que l'organisation se mettait progressivement en place à Paris. D'ici sept à huit mois, le réseau de distribution sera opérationnel sur la France, la Belgique et la Hollande. À partir de là, avec un prix de vente en gros de vingt-cinq dollars par cachet, en un semestre, on peut facilement atteindre nos objectifs. (Il se tourne vers la jeune femme :) Hum, Susan, je t'aime bien… Comment dire, tu es sûre que tu veux jouer ce rôle-là ? On peut peut-être s'y prendre autrement…

Susan sourit, gaie comme une jeune fille.

— Ça m'amuse, tu sais. C'est gentil de t'inquiéter pour moi mais je n'ai jamais fait quoi que ce soit que je ne désirais pas. Et puis… Il est un peu vieux, c'est sûr, mais ça ne me déplaît pas. Pour dire la vérité, j'adore les pervertir, ces anciens qui se croient au-dessus de tous et de tout ! Sauvés d'avance. Et moi, je suis là pour leur faire le croche-pied qui les empêchera de trouver la paix… À jamais. Un plaisir, hmmm ! Incomparable… Bon, on s'est tout dit, je crois. On le prend ?

Recueillement. Les trois conjurés avalent leur comprimé avec une gorgée de Seven Up. Une cérémonie privée, d'autant plus magique qu'elle baigne dans le prosaïque. Chacun trouve sa place pour attendre l'ascension. Dov s'assoit par terre, adossé au mur d'un blanc un peu sale, les jumeaux Barnes sur des chaises en plastique jaune canari. Quelques phrases éparses, plus ou moins dénuées de sens, s'échangent pour garder le contact. L'étrange s'immisce. Sensation nouvelle pour

James, joie de retrouver un état de surpuissance pour Dov et Susan. Deux espaces se superposent. C'est cela l'incroyable : être en même temps les jumeaux Barnes dans ce monde et dans l'autre. Rien de commun avec les acides, où la défonce est trop profonde pour parvenir à communiquer. Pas plus qu'avec la coke, qui procure la sensation d'être plus malin que tout le monde. Non. Vous êtes complètement, absolument présent dans ce studio pourri, la bouteille de Seven Up et les gobelets en plastique blanc crénelés à la main. Et vous êtes un dieu. Non, vous êtes *Dieu* : c'est une drogue monothéiste. Chrétienne, de fait, puisqu'ils sont trois à être Dieu. Ou juive des premiers temps, avec YHWH, Adonaï et Elohim. Ils se partagent les rôles. Susan est Elohim et le Saint-Esprit, c'est une femme, elle est plurielle et espiègle, ça colle. En bon hassid, Dov est YHWH, l'innommable, le tétragramme, l'incarnation de l'esprit de la Kabbale… et Jésus, car, quelles que soient ses préventions, il ne va pas laisser cette place à un goy. James est Adonaï et Dieu le Père, ce qui correspond bien à son côté *no life*.

Double vue. Double vie. En haut, en bas, partout. Parfaite communion. L'un commence une phrase que l'autre achève, sans que personne ait fait mine d'ouvrir la bouche. Beauté, plénitude, satiété. La création bifurque, Eden prospère dans l'innocence de ses jardiniers. L'ennui céleste.

ÊTRE DIEU C'EST D'ABORD COMPRENDRE LA NÉCESSITÉ DU MAL

Sans libre arbitre, une éternité monotone. Sans mal, pas d'action, pas de récit. Dieu a créé l'homme à son image. Meurtre, envie, adultère, vol. Dieu a créé l'homme pour ne pas s'ennuyer. Tous les trois, tous les six comprennent cela. Ils sont Dieu ! Ils savent ! Ils ont avalé le fruit de l'arbre de la connaissance. Ils sont Dieu, ils savent. Ils sont hommes et femme, ils savent.

FAIRE LE MAL C'EST FAIRE LE BIEN

C'est faire que Dieu ne s'ennuie pas. Faire que tout soit mouvement pour supporter l'éternité. Une infinité d'années où il ne se passe rien. Absolument. Leur plan est divin. Ils savent que Dov / YHWH / Jésus était inspiré en rêvant cette drogue. *The tree of the fucking knowledge*. Et ils se voient. Humains, tellement humains. Avec leurs bulles à soixante-quinze cents les deux litres, leurs Lays et leurs désirs de petits bonheurs terrestres. Piscine, ganja, écrans TFT, skateboard, DVD interdits, broadband, *whatever*. Et ils rient.

Ils rient.

24

Depuis pas d'heure ce matin, Mathilde Vignola est en écholalie. Comptine morbide d'un seul vers fredonnée inlassablement : « La petite traînée, morte et enterrée… La petite traînée, morte et enterrée… La petite traînée, morte et enterrée… La petite traînée, morte et enterrée… » Grande et sèche, tout en os, elle aurait dû être belle, mais ses traits sont figés dans sa haine infinie du monde. Terrorisé autant que fasciné par la folie pleinement révélée de sa femme, Vincenzo erre d'une pièce à l'autre de la maison en pierre. Dès qu'il entrevoit Mathilde, il tressaille, incapable de dissimuler sa panique alors qu'il sait que ce qui la déclenche toujours, c'est son effroi d'homme. Cette peur sourde qui menace de s'emparer totalement de lui, exactement comme la folie a pris possession de sa femme. À sept heures trente, quand il s'est réveillé, elle était assise droite sur le lit dans sa chemise de nuit bordeaux en viscose. Quand il tenta bêtement de lui expliquer que Laura était morte, certes, mais pas encore enterrée, Mathilde vrilla ses deux yeux d'épervier dans les siens jusqu'à susciter une sensation de brûlure à l'intérieur de son crâne. Puis elle baissa lentement son visage vers lui. À trois centimètres, elle articula lentement :

LA – PETITE – TRAÎNÉE – MORTE – ET – ENTERRÉE

Haine, ail, bile. Jusqu'au non-humain. À ce moment précis il comprit que la peur de cette femme avait déterminé son destin. Sans elle, fort de son diplôme obtenu dans une école de commerce de La Rochelle, il serait aujourd'hui chef-comptable à la MAIF, voire directeur administratif à la MATMUT. En lieu et place de cette carrière toute tracée, il était devenu, sans avoir jamais quitté la France (sinon pour des stages réguliers à Brooklyn), l'habitant d'un univers parallèle régi par ses propres lois. Et il y avait récolté bien des avantages, notamment l'exercice d'un pouvoir démesuré sur les autres prisonniers de ce monde étrange dans lequel elle l'avait fait basculer dès leur deuxième rendez-vous. Il s'était terminé non pas chez lui (variété italienne, asti spumante, couvre-lit en satin mauve) comme il l'avait naïvement espéré, mais dans une salle du Royaume. Depuis cette soirée, il avait gravi les échelons jusqu'à devenir le numéro un de la secte dans la région Poitou-Charentes. Les adeptes vivaient sous son emprise : vacances au camping, animaux domestiques, courses à Auchan, manière de faire l'amour… Aucun recoin de leurs existences ne lui échappait. Mais l'homme puissant, lui, se pliait à toutes les volontés de sa femme. Celle-là même qui lui crache à la figure son haleine pestilentielle et sa folie.

Il est onze heures et demie. Vincenzo Vignola, chef du conseil des anciens, tourne en rond sans oser sortir de sa maison, tant il sait que dans son délire Mathilde perçoit le moindre de ses gestes. Tel un animal, elle attend, pour lui sauter à la gorge, le moment exact où il tentera d'appeler une ambulance. Vincenzo la sait capable de tout pour ne pas retourner à l'hôpital. Plus il essaie d'avoir l'air naturel, plus ses gestes sonnent faux, plus l'esprit de sa femme est proche de l'incandescence. Pourtant, même les psychotiques ont des besoins. Mathilde se lève sans cesser sa litanie, se dirige vers les toilettes, y entre et ferme le loquet. Immédiatement, Vincenzo attrape ses clés de voiture, son téléphone portable et sort. Sans un bruit. Une fois engagé dans la circulation, il compose le numéro d'urgence : un véhicule sera sur place dans dix à douze minutes. Avenue de La Rochelle, rue du 24 Février, rue de la Gare, avenue Charles-de-Gaulle, avenue Louis-Pasteur, avenue de La Rochelle. Dix-huit minutes plus tard, il se gare à trois maisons de chez lui. Le SAMU est là, gyrophare allumé. Deux infirmiers encadrent le brancard à roulettes sur lequel ils ont sanglé Mathilde. La joue droite de l'un d'eux est zébrée d'une balafre écarlate. Lorsqu'elle voit Vincenzo s'extraire de sa berline, la devenue folle, éructe : « Démon, le signe de la bête... Boue, fange... Laura... Même sang... Maudit... » Bave. Mutisme. Dans le ciel, un nuage glisse, libérant le soleil et son sourire miraculeux, si pur, si aimant. Le sourire du premier jour, d'où coulent ces mots doux comme le miel : « Tu vas mourir, Vincenzo. Tu le sais, n'est-ce pas, que tu vas mourir ? C'est ton tour, c'est comme ça. » Un deuxième nuage, noir, obscurcit l'astre et son visage illuminé. « La petite traînée, morte et enterrée... La petite traînée, morte et enterrée... La petite traînée, morte et enterrée... La petite traînée, morte et enterrée... »

Vincenzo a réglé les formalités ; il est de retour dans son salon, confronté à l'éternité. Les paroles de Mathilde forment une sarabande autour de lui. « Tu vas mourir… Mourir… Tu le sais, n'est-ce pas ? Tu le sais ? Tu le sais ? » Il aimerait croire qu'elle a voulu lui rendre la vie amère, se venger de la folie qui l'emporte hors du monde. L'empêcher de goûter sa liberté nouvelle. Il aimerait. Pourtant, une petite voix susurre : « Elle a raison, Vincenzo, elle a raison. Elle sait… Tu comprends ? Elle sait. » Ses larmes coulent, des sanglots le secouent. Depuis trente ans, il gagne sa vie en instillant savamment la peur de la fin du monde, Armageddon, l'Apocalypse, dans les cœurs naïfs des adeptes qui constituent son troupeau. Et l'effroi abyssal le fait basculer, lui. Projeté dans le vide des espaces infinis. Seul et nu au milieu du rien.

La crainte primaire, primitive, se greffe sur l'inquiétude concrète liée à l'opération en cours. Ceux qui devraient être repartis depuis une heure avec la cargaison n'ont donné aucun signe de vie. Toutes les quarante-sept secondes, Vincenzo consulte sa montre. Dehors, le soleil, ironique, brille. Sur la table vitrée, son Sagem noir vibre. Numéro masqué.

– Oui.

– Tu es sur place ?

Vincenzo reconnaît la voix de celui qu'il n'a vu qu'une fois. Mauvais présage.

– Que se passe-t-il ? J'attends comme un imbécile.

– Calme-toi, ne bouge pas, d'ici deux heures ce sera bon.

– Deux heures ! Mais j'ai à faire, moi. Je ne peux passer mon temps à attendre ! Ça ne devait pas se passer comme ça !

– C'est pourtant comme ça que ça se passe. Tu le sais, n'est-ce pas ? Tu le sais que tu ne contrôles rien.

Alors tu es gentil et tu attends tranquillement ; c'est pas compliqué. Si ?

– Samedi, je serai là. On va parler. Samedi.

– Samedi, hein ? Très bien, samedi, nous parlerons.

On a raccroché. Vincenzo se renverse en soupirant. Il voit clair. Son destin, et qu'il n'a pas d'autre possibilité que de s'y soumettre. Il n'a toujours été que cela : un instrument, un rouage. Il sait qu'il aurait dû continuer à servir les ambitions paradoxalement aussi folles que raisonnables de Mathilde. Mais il a accepté de se soumettre à une maîtresse autrement plus exigeante, plus dangereuse. Mathilde, dans sa nuit, voit clair. Bien sûr qu'elle sait ce qui va se passer. Lui, que peut-il faire pour changer ce qui est écrit ?

Il prend le billet de TGV posé sur la table, à côté du téléphone. Lit :

Départ Niort 11 h 37

Arrivée Paris-Montparnasse 14 h 00

Comment changer ce qui est écrit ?

25

Ça fait vingt minutes qu'Ahmed est assis chez Sam's, attendant son tour. Plongé dans *Auto hebdo*, il s'efforce de suivre la conversation entre le coiffeur et Albert, un vieux juif égyptien flottant dans un impeccable costume crème, qui depuis trente ans ressasse inlassablement la même histoire. Tailleur à Zamalek, un quartier du Caire particulièrement prisé des étrangers et de la vieille bourgeoisie postottomane nostalgique du roi Farouk, il avait réussi, en adaptant son style, à acquérir une clientèle de fonctionnaires nassériens à qui il confectionnait des tenues élégantes quoique obéissant strictement aux canons révolutionnaires. Il fermait les yeux sur les retards de paiement de ses clients souvent peu solvables et faisait tourner la boutique grâce aux diplomates occidentaux. En retour, et sans que cela ait jamais été explicité – c'eût été une véritable faute de goût aux yeux du tailleur –, Albert espérait bénéficier d'une protection en cas de coup dur. Las ! Nous étions en 1967, le coup qui se préparait serait bien plus que dur, non négociable. Le seul privilège dont il bénéficia lors du déclenchement de la guerre des Six Jours fut d'être prévenu quelques heures avant les autres de l'expulsion imminente de tous les juifs étrangers. Pléonasme : quasiment tous les juifs égyptiens

possédaient une nationalité européenne, britannique
ou française, et ce depuis l'époque ottomane, lorsque
les minorités non musulmanes étaient « protégées »
par une puissance chrétienne – France, Angleterre
ou Russie (fort heureusement pour Albert, les Russes
ne protégeaient que les orthodoxes). Le tailleur juif
disposa donc d'une demi-journée pour mettre en ordre
ses affaires avant de quitter pour toujours la seule terre
où il eût jamais vécu. Il n'était pas riche, il travaillait
pour les riches. Le maigre pécule qu'il rassembla lui
permit juste d'ouvrir un petit atelier rue Riquet. À
peine installé, il prit de plein fouet l'essor du prêt-à-
porter.

– Tu comprends, Sam, la guerre des Six Jours,
bon, j'y ai survécu finalement, et je ne l'ai pas faite.
Je n'étais ni égyptien ni israélien. J'étais français. Je
ne m'en étais jamais aperçu auparavant que j'étais
français, mais… *maalesh*, quand je vois ce qui s'est
passé ensuite, je me dis que ce n'est pas si mal d'avoir
quitté cette région de fous. Non, ma vraie guerre des
Six Jours, celle qui m'a mis par terre, c'est cette saleté
de prêt-à-porter. Ça, mon vieux, c'est pire que les
chars, pire que les bombardements, pire que tout.
Une machine que tu ne peux pas arrêter. Imagine que
des machines se mettent à faire ton travail ! Imagine,
Sam, *ya sahabi !* Une machine avec des rayons laser,
comme ils ont maintenant pour la découpe des patrons.
On peut faire pareil sur la tête d'un homme ou d'une
femme. Qu'est-ce que tu fais, toi, le jour où on installe
ça partout ? Au Monoprix, à côté du photomaton et de
la photocopieuse, une cabine avec toutes les coupes qui
s'adaptent à ta tête ; tu choisis et après, les ciseaux, la
tondeuse, tout se fait tout seul. Toi t'es assis, tu choisis
même la musique que tu veux écouter : il y a Dalida,

Maurice El Medioni, Enrico Macias, Lili Boniche, tout… Tu fais quoi, toi, ce jour-là ?

— Mais je m'en fous maintenant, Albert, *ya khouya* ! Je pars à la retraite dans un an et Sholem, mon fils, il est à Brooklyn depuis longtemps, à la yeshiva de Toledano, tu sais, celui qui vient de se faire proclamer rebbe par ses fidèles, le cousin de notre rabbi. Il va devenir rabbi, mon Sholem, pas coiffeur. Et franchement, qu'est-ce que je peux demander de plus à Dieu, hein ?

— Dieu, oui… Et ben moi, ma guerre des Six Jours du prêt-à-porter, elle m'a assis par terre et j'ai finalement décidé de ne pas me relever. La France, elle est généreuse…

— Et le Fonds social juif unifié aussi. Et nous qui travaillons, on a payé ton inactivité. Mais c'est pas grave, parce que tu viens chez moi et tu me rembourses une partie de mes cotisations. Ça fait sept euros cinquante.

Sam ôte d'un geste sec tous les accessoires, et Albert se lève. Le coiffeur encaisse et serre la main de son élégant client sur le pas de porte.

— *Shabbat shalom !*

— Ah oui, c'est vrai, c'est shabbat ce soir, j'allais oublier. Tu fais bien de me le rappeler.

— Comme si ce n'était pas pour ça que tu es venu chez moi. Comme si je n'allais pas te retrouver à la synagogue, tout mécréant que tu es, en train de faire le beau auprès du rabbi et des juifs pieux qui te viennent en aide. Ah, vous les juifs d'Égypte ! Nous, les juifs du Maroc, on est peut-être des sauvages à vos yeux, mais vous, vous êtes de sacrés malins ! Allez, mon frère, à ce soir. Maintenant, assez parlé, c'est le tour de mon fils Ahmed qui est fatigué de nos histoires de vieux juifs. Allez, viens, mon fils, viens te faire coiffer par ton vieux père.

Le ton sonne légèrement faux. Alors que le vieux coiffeur referme la porte derrière Albert, Ahmed se lève, l'air pensif. Lui revient soudain le titre d'un livre qui traînait chez le Dr Germain, *L'Imposture perverse*. Sam le pervers. Sam s'acharnant sur Laura ou plutôt regardant le sale boulot en train de se faire. Sans effort, Ahmed voit la scène. Un espace vide – un entrepôt peut-être –, de dos le boucher qui opère et Laura bâillonnée. Jambes écartées, attachées. Yeux écarquillés. L'horreur. Pas l'atroce au second degré des bandes dessinées bondage japonaises. Juste le fond de l'âme humaine. Dante, Pasolini. Sam debout sur le côté. Extrême et contenue, l'excitation marque ses traits. Et puis le boucher semble vouloir se retourner. Ahmed ferme et ouvre les yeux très rapidement pour éliminer la vision. Ce n'est ni le lieu ni le moment de se retrouver face au meurtrier. Il l'a vu de dos, sait qu'il le connaît sans pouvoir mettre un nom sur ces épaules larges et tombantes. Aura-t-il le courage de lui faire face, le moment venu ? Si proche. Un morceau de rap non identifié échappé d'un coupé Mercedes immatriculé dans les Hauts-de-Seine aux vitres fumées entrouvertes lui revient soudain :

Chaque fois qu'on passe devant ton block
Dis-moi pourquoi tu louches ?
Tu parl'ras moins avec un Glock dans la bouche !

Un Glock, un flingue. C'est ça qu'il lui faudrait. Comment en trouver un ? Plus tard. Pour le moment, faire bonne figure ! Jouer l'idiot habituel, le décalé chronique. Ahmed connaît Sam depuis l'enfance. Sa mère l'y amenait se faire couper les cheveux tous les deux mois parce que c'était à côté et parce qu'il était marocain. Elle lui parlait en arabe, ça la détendait. Le gamin ne comprenait rien. Ahmed se rend compte que c'était le seul endroit où sa mère parlait sa langue. Avec lui, dès le début elle avait employé le français. De quoi pouvaient-ils donc bien parler, le coiffeur juif et la jeune ex-mao, fille d'un chef religieux, en rupture de ban ? Pas la moindre idée… Il se souvient aussi de Sholem, le fils de Sam. Ils étaient ensemble en CM2, sans quasiment s'adresser la parole. Bizarrement, Sholem était très copain avec Haqiqi à l'époque. C'est drôle, l'un est devenu salafiste et l'autre est parti à Brooklyn, la Mecque des juifs ultra-orthodoxes. Ahmed le sait, même s'il vit hors du monde depuis longtemps, impossible de grandir dans ce quartier sans entendre parler au moins une fois de Schneerson, le rebbe des loubavitchs qui œuvrait à l'arrivée du Messie, là-bas, de l'autre côté de l'Atlantique… Sholem installé auprès du cousin du rabbi hassidique du quartier. Ahmed ne sait pas pourquoi, mais le rapport à Brooklyn le titille. Forcément. Comment en parler à Rachel sans laisser entendre qu'il est au courant pour le rôti de porc ? Comment ? Il faudrait trouver une information sur Sam pour y relier le reste. D'habitude il est peu loquace, mais il décide de faire un effort pour entretenir la conversation, pour glaner un renseignement, un indice, une confirmation. Pas trop, ça se remarquerait. Juste de quoi relancer, si nécessaire.

Pas dit que ça le soit. Sam est pressé d'attaquer.

– Alors, mon fils, ça fait longtemps. Comment ça va ? Toujours pas repris le boulot ?

– Ça va, comme d'habitude. Le docteur a dit que ce serait pas mal si je recommençais un peu à travailler. Alors je crois que je vais aider M. Paul à la boutique.

– Tiens, tu vas aider Paul. Ce cher Paul… Mais c'est bien ça, mon fils. *Mabrouk!*

Sam se tait. Vaporise la chevelure d'Ahmed. Fait schtik schtik avec ses ciseaux longs, effilés. Le jeune homme essaye d'imaginer le crime à coups de ciseaux : ça ne marche pas. Trop fins. Ç'aurait été parfait pour crever des yeux, un autre type de meurtre. Sam perçoit une vague lueur dans les yeux d'Ahmed. Il se raidit légèrement. Attention ! Attention à ne pas se laisser deviner ! Ahmed se remet en mode standby.

– Et ta maman ?

– Maman ? Elle est toujours à l'hôpital. Ils ont dit que ça ne s'arrangerait pas.

– Tu la vois ?

– Ben, ça fait quelque temps…

Ahmed se tait. Son intelligence de joueur de go s'éveille, lui fait sentir le danger de l'«attaque Meursault». L'Étranger de Camus condamné à mort parce qu'il n'a pas pleuré à l'enterrement de sa mère. Sam ne le sait pas, mais le fils de Latifa est paré de ce côté-là. La dernière fois qu'il l'a vue, il y a quatre ans, elle a essayé de l'étrangler. Il a fallu deux infirmiers pour l'arracher à son fils. Par la suite, le Dr Germain lui avait conseillé de ne plus aller la voir. «C'est trop destructeur pour vous, et vous ne pouvez rien pour elle. Latifa est définitivement hors d'atteinte à présent. Vous n'êtes plus à ses yeux qu'une rémanence, l'image résiduelle de son malheur. Normal qu'elle tente de vous éliminer.» L'incident avait été noté dans la main courante de l'hôpital, mais mieux vaut laisser Sam croire ce qu'il veut. Le jeune homme se tait, laissant le vieux coiffeur remplir le silence.

– Tu sais, Ahmed, je peux te parler comme un père, je t'ai vu grandir. Rien ne remplace une mère.

Même si c'est dur, parfois, il faut toujours garder le contact. C'est Dieu qui nous commande d'honorer notre maman plus que tout. Enfin, bon, si tu ne peux pas pour le moment... Mais un jour tu iras, n'est-ce pas ?

– ...

– Et cette fille, là, qui a été tuée, c'était ta voisine, non ?

Nous y voilà.

– Oui, elle habitait au-dessus de chez moi.

– C'est pas d'elle dont tu m'as parlé une fois ?

– Moi ?

Ahmed n'en revient pas. Jamais il n'a parlé à Sam d'autre chose que de la longueur de ses cheveux et – très peu – de sa mère. Il commence à comprendre la tactique du coiffeur.

– Oui, toi. Oh, avec les médicaments, tu ne te souviens peut-être pas de tout, mais moi, j'oublie pas... Juste au-dessus, hein ? C'est horrible, cette histoire. Qui pouvait vouloir la tuer ? C'est incroyable, non ?

– Euh...

Ahmed sent le regard inquisiteur du coiffeur sur sa nuque. Il commence à trouver la situation franchement désagréable. Mais le malaise qu'il ressent est nécessaire. C'est ainsi que Sam croira le tenir à sa merci.

– Tu as vu les flics, ils t'ont parlé ?

– Oui, ils m'ont posé des questions.

Sam rit comme une porte qui grince.

– Tu n'es pas suspect au moins ?

– Non ! Pourquoi ? Tu crois que...

Ahmed se sent de plus en plus mal. Des gouttes de sueur glissent sous ses aisselles et le long de sa nuque. Le vieux enchaîne, impitoyable, un ton en dessous.

– T'as pas fait de connerie, au moins ? Tu les prends toujours, tes médicaments ? Pas d'absences, de trous de mémoire ?

L'attaque est frontale. Ahmed transpire à grosses gouttes.

– Oui, je les prends, mes cachets. Et… je crois me souvenir de tout. En fait, je lis tout le temps. Sinon, je bois du thé, du café, je mange et parfois je cours le matin le long du canal.

L'air de rien, Sam éponge la sueur sur la nuque de son client avant de passer la tondeuse.

– Un peu d'alcool aussi de temps en temps, je te vois revenir avec tes courses du Franprix. Il faut faire attention aux mélanges, tu sais… De toute façon, cette fille, je ne sais pas si elle était si claire que ça. Elle s'est peut-être mise dans des histoires bizarres. Elle était hôtesse de l'air, non ? Est-ce qu'elle n'en profitait pas pour faire du trafic ? Qui sait ? On ne se fait pas tuer pour rien, tu ne crois pas ? Ou alors elle a excité un homme qui a fini par craquer. Elle te plaisait à toi, non ?

Ahmed déglutit. Il ne s'est jamais senti aussi mal de sa vie. Avec ce vieux coiffeur pervers qui lui tourne autour, un rasoir à la main, en le poussant, l'air de rien, à endosser un meurtre abominable.

– Oh, moi, les femmes…

Sam aiguise son rasoir et s'attaque aux pattes.

– Les femmes ? Tout le monde aime les femmes, mon fils ! Moi, tu vois, je suis les commandements, pourtant, je ne peux pas m'empêcher de les regarder. C'est Dieu qui me donne la force de résister. Et puis, avec l'âge, on s'assagit. Et celle-là, elle était belle… Mais elle, est-ce qu'elle aimait les hommes, hein ? On voit tellement de trucs aujourd'hui.

– Laura, elle aimait les orchidées. C'est tout ce que je sais d'elle au fond. Elle aimait les orchidées. Et moi je l'aimais bien pour ça, je crois. Parce que, les femmes, franchement, avec les médicaments... J'ai vraiment pas la tête à ça.

La voix d'Ahmed s'étrangle. Il décide de partir maintenant. Il en sait assez, et il veut que Sam interprète son affolement comme un aveu potentiel. Il se regarde dans le miroir. Se reprend un peu.

– Bon, ça va là, je crois. C'est bien coupé, merci.

– Mais attends, il me reste à passer le rasoir sur la nuque !

La voix d'Ahmed est encore altérée, juste ce qu'il faut pour laisser croire au coiffeur qu'il tient sa proie. Il se lève sans laisser le temps à l'autre de réagir.

– Non, je t'assure, ça va comme ça... Bon, salut... Je reviendrai quand ils auront repoussé...

– Salut, mon fils. Et n'oublie pas, si tu as des ennuis, viens me voir. Si tu as le sentiment d'avoir fait une connerie... Eh bien, ton vieux papa Sam est là. Je connais beaucoup de gens. Des gens qui pourraient t'être utiles. Même des policiers... Allez, *slama ya walid... Barikallah ou fik.*

Hagard et trempé de sueur, Ahmed paie, laisse Sam se demander vaguement s'il n'a pas juste prononcé trois mots de trop et file sans demander son reste. Il lui faut bouger pour revenir à la vie. Direction le parc de la Villette, ses rastas, ses joggeurs. Et ses cabines téléphoniques.

26

Avenue C, Alphabet City, Manhattan, trois mois plus tôt.

Hors d'haleine. Vincenzo Vignola ouvre la bouche, la ferme sans parvenir à inspirer. Son bassin semble animé d'une vie autonome et furieuse alors qu'il achève de se vider en sa partenaire. Sa peau est fripée, rêche. Songeuse, Susan contemple son visage, alors que, yeux fermés, il est renversé sur le matelas recouvert d'un drap blanc à rayures vertes, et tente de reprendre progressivement son souffle. C'est ça, les vieux beaux, songe-t-elle : habillés, ça passe, mais une fois nus… Et pourtant, ça lui plaît de coucher avec lui. Une sensation qui la transporte et l'émeut. Le désir de le faire chuter, bien sûr, mais pas uniquement. La fragile humanité qu'il dévoile dans la jouissance, l'abandon final qui le mène à chaque fois comme aux frontières ultimes de la vie. Pas une seconde il ne pense à elle durant l'acte. Ça la fascine et lui donne tout loisir d'observer des détails nouveaux à chaque fois qu'il s'échine sur elle en position du missionnaire : les rides sous le cou, la goutte de sueur qui perle sur la lèvre supérieure avant de venir s'écraser sur son menton, un poil gris qui sort de son oreille droite, une tache de dépigmentation juste en dessous du téton gauche. Autant d'images qui lui apparaissent détachées, pures, riches de sens, grâce à l'herbe jamaïcaine apportée par Dov un peu plus tôt dans la matinée.

Ils avaient partagé un joint, penchés côte à côte à la fenêtre, dominant la ville et le monde. Dov, surtout, avait parlé : il était troublé, inquiet. Le rebbe lui avait appris que ses fiançailles étaient reportées alors qu'il devait prendre l'avion pour Paris trois jours plus tard pour la cérémonie. Les explications de Toledano étaient floues, mais, en laissant traîner ses oreilles, en cuisinant Sholem Aboulafia, le jeune Parisien arrivé depuis peu, il avait fini par comprendre que la fiancée avait disparu et qu'ils mettaient tout en œuvre pour la retrouver. Il commençait à trouver que l'histoire sentait mauvais : si la fille était heureuse de l'épouser, pourquoi avait-elle fugué ? Ce mariage ne lui disait plus rien. Il aimait le rebbe, l'être le plus profond, le plus spirituel qu'il lui ait été donné de rencontrer. Mais l'idée qu'il ait envisagé de lui donner une fille qui en réalité ne voulait pas de lui le troublait. Il sortit une photo de son portefeuille en prononçant le nom de sa promise à mi-voix : « Rébecca ». Susan contempla en silence la jeune femme, belle, sérieuse, dans ses habits hassidiques. Presque trop sérieuse.

– Je ne sais pas, mais un truc ne colle pas dans cette photo. Elle ne ressemble pas aux jeunes femmes que l'on croise à Crown Heights. On dirait qu'elle joue un rôle. Mais ce qui se passe dans sa tête, c'est une autre histoire. Parle à Toledano, dis-lui que tu ne veux plus te marier. Que ce n'est pas grave, que ce qui compte pour toi, c'est lui, le rebbe, ce qu'il a fait pour toi, ce que tu fais pour lui et pour le groupe. Si la fille ne veut pas de toi, eh bien, tu ne veux pas d'elle, c'est tout. Où est le problème ? Qu'ils l'oublient ! Surtout, qu'ils ne se lancent pas dans une chasse à la jeune fille. Il ne faut absolument pas attirer l'attention en ce moment !

Susan le regarde, il est au bord des larmes, désemparé.

– Tu es triste ? Tu es triste, hein ?

Lentement, presque maladroitement, sa main s'élève pour lui caresser la joue. Jamais elle n'avait eu de gestes de tendresse pour un autre que son frère.

– Il t'a déçu… Écoute, Dov, quand l'opération aura marché, tu ne seras pas obligé de rester avec ton rebbe. Viens avec nous ! James, toi et moi, sur l'île, on sera bien, tu verras… On aura plus d'argent que nécessaire. Dis-moi juste : tu peux lui faire comprendre qu'il faut se tenir tranquille, rester discret pour ne pas mettre en danger l'opération ?

– Oui, il comprendra. Ne t'en fais pas.

Il lui sourit, tristement, déposa un baiser sur le haut de son crâne et sortit du champ de conscience de Susan qui était déjà dans son rôle de Témoin de Jéhovah dévoyée. Elle tira une dernière bouffée de son joint puis jeta le mégot d'une pichenette sur les taxis, les bus et les passants de l'avenue C.

Susan observe Vincenzo qui se rhabille. Slip kangourou blanc, chaussettes bleues en polyamide. Costume insipide, serviette en cuir noir. Prise d'une impulsion subite, elle enfile à toute vitesse sa tenue de camouflage : 501, Pumas, sweat à capuche LAPD.

– Je t'accompagne à Grand Central.

Vignola décolle de Newark à dix-sept heures trente, il a juste le temps de prendre le car pour arriver à l'heure à l'aéroport.

– Non, non, ce n'est pas la peine, vraiment.

– Si, si. Tu vas tellement me manquer. Quand est-ce que tu reviens ?

– Je ne sais pas. Ce n'est pas encore programmé.

– OK. Je vais m'en occuper. Et en attendant, je t'accompagne. Une demi-heure de plus avec toi, c'est toujours ça de pris.

En chemin, elle s'assurera que Vincenzo a bien retenu la marche à suivre. Le premier chargement vogue déjà vers l'Europe. Il sera à Niort dans quinze jours. Lors de son passage à Roissy, Vignola doit rencontrer les deux responsables français pour les derniers détails. Dans le taxi, il est nerveux, mal à l'aise. Ses sourires s'achèvent en rictus. Comment aurait-il pu deviner que la fille d'Abigail Barnes, un des dirigeants les plus respectés des Témoins de Jéhovah, était un pur démon ? Un diable en string dont il ne peut plus se passer. Il se sait maudit, totalement à sa merci. Il a beau tenter de comprendre comment les événements se sont enchaînés, il lui manque l'étape située entre l'innocent sourire de la jeune femme réservée qui s'était assise en face de lui à la cafétéria, dix jours auparavant, et le moment où il a cru mourir en la chevauchant comme le damné qu'il est devenu, à peine quarante-huit heures plus tard. Vingt-quatre heures de plus, et il était son complice dans un trafic de drogue international utilisant comme couverture l'organisation à laquelle il a consacré son existence. Et lorsque Susan lui susurra « Godzwill », le nom de la substance qu'il allait aider à propager, alors qu'il peinait à reprendre son souffle, un frisson le parcourut. Son corps, qui n'était que jouissance quelques instants auparavant, ne fut plus que terreur absolue.

Pris d'un mauvais pressentiment, il ne veut pas que sa maîtresse descende du taxi, mais elle tient à l'accompagner jusqu'au car. Un dernier baiser, la porte se ferme. Un dernier baiser observé par deux jeunes femmes qui achètent une bouteille d'eau et un journal. L'une d'elles, en uniforme d'hôtesse de l'air, en reste bouche bée.

27

La salle de prière est fermée. Nul Haqiqi en vue. Ils abordent ce moment de l'enquête où tout s'échappe et se rassemble en un même mouvement. Des faisceaux d'indices épars, des noms, des visages. Des mauvaises vibrations qu'il va bien falloir utiliser. Jean tourne et retourne ces cartes imaginaires dans sa tête. Il les mélange, les distribue. « Haqiqi, Mourad, Moktar, Alpha, Ruben… » Sans s'en apercevoir, il a prononcé tous ces noms à voix haute. Rachel l'écoute en silence, puis s'entend prononcer « Sam ». Elle embraie :

– Sam, bon sang ! J'ai failli oublier la partie la plus importante de la conversation avec les princesses ! Au moment de raccrocher, Aïcha m'a lâché le nom de Sam, comme ça, l'air de rien, en prétendant que l'on devrait s'intéresser à lui. Je lui ai demandé s'il s'agissait bien de Sam le coiffeur, elle a confirmé, sans m'en dire plus. Il était clair, en tout cas, qu'elle ne parlait pas à la légère. Allons-y !

Quelques minutes plus tard, Jean et Rachel pénètrent dans le salon de coiffure. Sam fume un cigarillo Café Crème. Il voit arriver les deux flics qu'il connaît pour discuter de temps en temps avec eux lorsqu'ils enquêtent sur un vol commis dans une rue avoisinante. Les coiffeurs, c'est un peu comme les concierges, ça entend des choses. Jean et Rachel doivent faire preuve de doigté, ne pas laisser percevoir à Sam qu'il pourrait faire partie des suspects – de quoi, d'ailleurs, ils ne le savent même pas… Une simple visite de routine de plus. Jean s'apprête à démarrer en douceur, mais Sam le précède.

– Bonjour, lieutenant, laissez-moi deviner… Vous êtes venus pour le meurtre de la petite, là… Laura, c'est ça ? Vous vous êtes dit, allons interroger le coiffeur, les coiffeurs, c'est au courant de tout… Je me trompe ?

– Non, c'est bien ça. C'est exactement ça.

Rachel reste à distance. Technique de base : faire interroger le juif par le Breton. Noter chaque détail, chaque réaction. Sam joue parfaitement son rôle. Sa mécanique bien huilée de Sépharade serviable et légèrement hâbleur ne se grippe jamais. Mais il suffira d'un battement de cil, d'un tic – l'épaule qui se soulève, l'index qui gratte la tempe, le pouce qui vient se loger dans le passant de la ceinture – pour alerter la flic. À elle, alors, de faire mine de n'avoir rien vu… Alors qu'elle vagabonde du regard et de la pensée, son collègue meuble le silence :

– Donc, sur Laura Vignola, vous pouvez nous dire quoi, comme ça ?

– Une belle jeune femme, inspecteur, franchement. Je la voyais passer devant le salon, avec son uniforme impeccable et sa petite valise à roulettes. Une jeune femme simple, qui prenait le RER pour se rendre au boulot. Sauf que, ses trente-cinq heures, elle les effectuait dans le ciel. Après, de sa vie, je ne connaissais rien. Je suis coiffeur pour hommes, vous savez. Pour vieux hommes juifs, principalement. Les jeunes femmes goys, ce n'est pas vraiment mon rayon…

214

Sam appuie un tout petit peu trop sur son silence. Un vrai, celui d'un concierge dans un livre de Simenon. Jean ne peut que faire mine de s'y laisser prendre, c'est la règle du jeu.

– Rien de rien, Sam ? Même quelque chose d'anodin, une réflexion lâchée comme ça par un client... À ce stade, tout peut nous être utile vous savez. Et vous, vous connaissez tout le monde ici...

Rachel observe le coq qui se rengorge. Ça la stupéfie toujours de voir à quel point la flatterie opère. Notamment sur les personnes les plus méfiantes.

– Bon, inspecteur, je n'aime pas dire sur les autres. Et puis là, il s'agit d'un proche, comme mon fils, même. Et puis je sais qu'il ne peut commettre le mal. Enfin, vous avez déjà dû le rencontrer, Ahmed, et vous faire votre idée. Un bien gentil garçon, mais pas toujours facile. Sa mère était ma confidente, vous savez. La pauvre, sa vie n'a pas été rose. Aujourd'hui elle est à l'hôpital psychiatrique, bien seule... Bien seule, vraiment...

Jean reprend la main.

– Et Ahmed, donc...

– Ahmed, il y a aussi fait un séjour. Mais ce n'est pas la question. Écoutez, je peux vous dire une chose entre nous, en secret ?

– En secret, mais pourquoi ? Si vous avez des informations sur un meurtre, Sam, vous êtes tenu de nous les donner.

– Ce n'est pas grand-chose, juste une anecdote. Pas une vraie information, comme vous dites. Mais un témoignage officiel sur Ahmed, non, je ne pourrai jamais. C'est la famille, vous comprenez, n'est-ce pas ?

Jean consulte Rachel du regard. Elle ferme les yeux et opine.

– Bon, allez-y.

Sam sourit à Rachel.

– Une fois, il y a deux mois, lors de sa précédente coupe, Ahmed était assis dans ce fauteuil. Laura est passée dans la rue habillée en hôtesse. Il l'a vue au travers du miroir et son expression est devenue bizarre, comme s'il avait mal quelque part. Je crois bien qu'il a prononcé son nom tout bas : « Laura, Laura », mais je n'en suis pas sûr. Vous voyez, c'est pas grand-chose, mais je préfère vous le dire, on ne sait jamais. C'est drôle, il était ici ce matin justement. Vous avez dû vous croiser, il était parti depuis trois minutes lorsque vous êtes entrés.

– Il vous a reparlé de Laura ?

– C'est moi qui lui ai demandé si ça allait, avec ce meurtre au-dessus de chez lui. Il n'a rien répondu mais je l'ai senti oppressé, pas à l'aise. Faut dire qu'il y a de quoi. Un crime pareil, c'est un choc !

– Oui, un choc, comme vous dites. Mais Sam, vous qui connaissez Ahmed depuis toujours, vous le pensez capable de…

– Non, non, je n'ai pas voulu dire ça. Il ne ferait pas de mal à une mouche… dans son état normal. Mais pourquoi ils l'ont enfermé, hein ? Je n'ai jamais su. Sa mère, et lui ensuite… Il y a quelque chose dans cette famille…

Rachel, durant ce temps, scrutait le salon. Un objet attire son regard, une lampe Art déco en fer forgé surmontée d'un bulbe vert d'eau. Elle interrompt la logorrhée de Sam.

– Tiens, c'est drôle, je cherche une lampe de ce style. Je peux vous demander où vous l'avez dénichée ?

Très maître de lui jusque-là, le coiffeur ne peut empêcher son pouce et son index d'aller attraper le col élimé de sa chemise style western, de le soulever et de le laisser retomber.

– Euh… Je ne sais plus trop, ça fait un moment que je l'ai, celle-là. Il me semble… Aux puces sans doute… (Il reprend son calme.) Désolé, mais, ça fait longtemps que j'ai arrêté de chiner, je ne sais pas trop comment vous aider à trouver la même… (Puis il se retourne vers Jean.) Oubliez ce que je vous ai dit. Ce n'est qu'un souvenir isolé. Ce pauvre Ahmed serait incapable de commettre un tel crime. Sincèrement, j'espère que vous trouverez l'assassin. Une chose pareille dans le quartier, c'est horrible.

– Horrible, oui. Bonne journée, Sam, nous reviendrons peut-être vous voir. Vous vous souviendrez peut-être d'autre chose…

– Bonne journée à vous. *Shabbat shalom*, inspecteur.

La salutation rituelle du coiffeur sonne comme une cloche fêlée. À peine sortie de la boutique, Rachel se ravise, repasse la tête dans l'entrebâillement de la porte.

– Au fait, depuis 1995, on dit lieutenant, Sam. Il n'y a plus que Colombo qui se fasse encore appeler inspecteur. *Shabbat shalom!*

Une fois tourné le coin de la rue, Jean se tourne vers sa collègue.

– Quel faux cul! Qu'est-ce que c'est que cette histoire avec Ahmed? Qu'est-ce qu'il veut nous faire croire?

– Il tente simplement de nous servir un suspect sur un plateau. La question est: pourquoi? Qui veut-il couvrir? Que nous cache-t-il? Et qu'est-ce que les filles ne m'ont pas dit? On ne peut pas attendre cette nuit pour le savoir. Il est midi moins le quart, j'ai rendez-vous avec l'ex-Témoin de Jéhovah à quinze heures. Je les appelle pour les voir dès que possible. J'irai seule, ça vaut mieux, je pense.

– Pas de problème. Et pour Ahmed, même si l'accusation de Sam est fumeuse, peut-on l'ignorer ?

– Tu vois son psy ce soir, non ? On verra ce qu'on fait en fonction de ce qu'il te dira. Pour le moment, pas la peine de nous épuiser sur une fausse piste. Plus ça va, plus j'ai le sentiment qu'on est dans une course contre la montre.

Rachel s'apprête à dégainer son portable. Jean l'interrompt :

– Au fait, j'allais oublier, tu peux m'expliquer pourquoi tu lui as parlé de sa lampe ? Ça l'a déstabilisé, mais moi je n'ai rien compris…

– J'ai vu la même hier soir en rentrant chez moi. Chez le brocanteur pervers.

Regard interrogateur de Jean.

– D'accord, je développe. Devant la cabine téléphonique d'où on nous a prévenus du crime, il y a une brocante tenue par un pervers…

Rachel raconte à son collègue sa visite au broc' et conclut :

– Plus j'y pense, plus il me rappelle un attoucheur en série que j'avais rencontré à la fin de ma formation. La manière de parler, la démarche, les regards. Il a vraiment tout du pervers sexuel. Sam et lui ont cette lampe Art déco en commun. Plutôt hasardeux comme hasard, non ?

– Plutôt, oui. C'est drôle, j'ai failli y faire un tour ce matin, dans cette brocante. (Il s'interrompt, le temps qu'une ombre traverse son visage.) Pas très malin, à vrai dire. Je me suis garé devant la cabine, le temps de m'imprégner du terrain, de l'atmosphère, en fumant une cigarette. J'ai eu l'impression qu'il y avait deux types à l'intérieur de la boutique. L'un, massif et craintif, a disparu dès qu'il m'a vu. L'autre devait être ton brocanteur. Il a pris son temps pour bien m'observer. Après nos deux visites, il va être sur ses gardes. Léna, qui en côtoie un certain nombre, me dit souvent que les pervers sont comme les schizophrènes, ils sentent tout.

– Si Léna le dit !

– Oh bon, ça va ! En tout cas, on ne dispose pour le moment d'aucun élément à charge, ni contre lui, ni contre Sam. Juste un tuyau peut-être percé. On se rappelle après ton Témoin de Jéhovah.

– Ex-Témoin !

– Oui, c'est ça, ex…

28

Aïssa Benamer est seul. Coupe de légionnaire, yeux verts, carrure de judoka, polo Lacoste blanc cassé, pantalon Gap, à pinces, beige, impeccablement repassé, jambes allongées, mocassins de bateau Timberland bleu ciel croisées sur son bureau vide. On pourrait croire un ex-milicien phalangiste libanais reconverti dans la gestion d'un club nautique vendéen, ou un ancien officier israélien devenu responsable de la sécurité d'un hypermarché à Plan-de-Campagne. Mais non. Benamer est le fils d'un paisible couple d'hôteliers kabyles de Saint-Chamond, entré dans la police en 1983 (l'année de la marche pour l'égalité et contre le racisme qu'il suivit distraitement à la télévision sans se sentir le moins du monde concerné, bien que Lounès, son frère, en fût l'un des porte-parole), après sa licence en droit obtenue à l'université Lyon-III et sa formation à l'école des officiers de police. Aujourd'hui, commissaire central adjoint du 18e arrondissement, il approche du sommet.

Mais ce qu'il vise est ailleurs. Benamer méprise trop les autres pour s'intéresser aux honneurs. Ou à l'ordre, ou au bien. Ou même à l'argent. Non, sa raison d'exister, c'est la puissance. La détenir, l'exercer sous toutes ses formes. Par chance, sa première affectation l'a conduit à servir sous les ordres de Frédéric Enkell, qui reconnut immédiatement en lui le disciple qu'il avait toujours attendu. Bien que parfaitement athée, Enkell était, à sa manière, un mystique. Le mal était le visage qu'il donnait au néant. Après trois mois d'observation, l'Alsacien s'arrangea pour faire commettre au jeune Kabyle une bavure mortelle. Pour le couvrir. Le meurtre initiatique remplit parfaitement son office : donner à l'élève prometteur le goût du sang, et plus encore, celui du crime impuni, véritable domaine d'excellence d'Enkell qui multipliait depuis vingt-cinq ans (dont vingt avec Benamer à ses côtés) les trafics et les assassinats sans jamais avoir déclenché ne serait-ce que le début d'une enquête de l'Inspection générale de la police nationale. En outre, il n'avait cessé de grimper dans la hiérarchie au gré de ses affectations, toujours dans des quartiers difficiles. D'Aulnay-sous-Bois, au 15e arrondissement de Marseille, de Vénissieux au soixante-quinze-zéro-dix-huit. Partout, Benamer l'avait suivi, apprenant à ses côtés tous les métiers du crime : proxénétisme, recel, trafic d'armes, de drogue, d'influence, chantage, rien ne manquait à leur répertoire. Leur force : ils sentaient toujours le moment où il est nécessaire d'abandonner une activité et d'effacer les deux ou trois civils, jamais plus, qui leur avaient servi d'intermédiaires. Et aussi : quand ça sentait vraiment le roussi, Enkell parvenait toujours à empêcher le démarrage des investigations. Benamer ne savait pas qui le protégeait, ni pourquoi. Il supposait que c'était lié à sa participation à quelques éliminations sur commande durant cette période un peu trouble, à cheval sur les années Giscard et les années Mitterrand, juste avant leur rencontre. Peu importe. Mieux vaut ignorer, parfois, certains détails de l'histoire.

À l'heure actuelle, pour la première fois, une sorte de mauvais œil s'acharne sur eux. Ça a débuté avec la fille Vignola qui a vu ce qu'elle n'aurait pas dû, ce qui a imposé de la faire taire définitivement. Enfin, le mauvais œil… Tout vient de ce qu'ils ont pour la première fois dérogé à leur prudence habituelle en acceptant d'intégrer un collègue dans leur entreprise. Accepter n'est pas le mot. Francis Meyer, dit le Gros, leur a forcé la main. Il disposait d'informations très précises sur une bonne partie des actions que leur duo avait menées depuis une dizaine d'années. Des informations qu'il ne pouvait avoir glanées seul. Enkell connaissait de réputation le père de Francis Meyer. «Le beau Roger» avait été mêlé à tous les mauvais coups de la police parisienne de 1942 à 1973 et, quoique âgé de quatre-vingt-dix ans, il continue de faire bénéficier son fils de protections bien solides. Pas moyen, donc, de se débarrasser discrètement du trouble-fête. Et puis, l'affaire qu'il leur amenait – grâce à Sam Aboulafia, un coiffeur juif du dix-neuf – était en or. Dès le départ, Enkell avait été clair sur la règle du jeu : élimination des complices non policiers pouvant remonter jusqu'à eux, à commencer par Sam. Le gros adorait l'idée : dans cette affaire, hormis un Témoin de Jéhovah égaré, il n'y avait que des Arabes et des juifs, qu'il se ferait un plaisir d'effacer, enfin, de faire effacer. Car Francis Meyer avait «oublié» de prévenir Enkell et Benamer d'un détail : il avait pour habitude de confier les éliminations à son petit frère, Raymond, injustement recalé à son examen d'entrée dans la police, malgré ses indéniables compétences dans le maniement des armes blanches. Le problème était que Raymond adorait les drogues de toutes sortes. Et son grand frère, qui ne lui refusait jamais rien, lui avait fourni quelques-uns de ces si jolis comprimés bleus qui devaient faire leur fortune. Résultat : alors que Laura était supposée disparaître sans laisser de traces, Raymond, sous l'influence du Godzwill, avait fait de l'assassinat de la jeune femme une véritable œuvre d'art conceptuelle. Et rendu l'affaire impossible à étouffer.

La veille, debout au milieu des touristes du Sacré-Cœur, face à un Enkell blanc de colère qui venait de le convoquer après la découverte de la mise en scène grotesque autour du cadavre de l'hôtesse de l'air, le Gros ne s'était pas démonté : « Ça lui fait tellement plaisir, et puis, il faut bien qu'il s'occupe, c'est un garçon qui aime se rendre utile… » Le commissaire central n'avait pas jugé utile de répondre, se jurant intérieurement, qu'aussi bien protégés soient-ils, il aurait la peau des deux frères en temps et en heure, et avait chargé son adjoint de « gérer ce merdier. »

Gérer le merdier. Benamer soupire et récapitule. La livraison en Hollande a bien été effectuée par Ruben qui est allé ensuite récupérer le dernier stock à Niort, chez Vignola, avant de le planquer dans un entrepôt de produits kasher boulevard MacDonald. Un entrepôt qui communique avec un autre, bien plus secret, par une porte dont Enkell et lui sont les seuls à connaître l'existence et à avoir la clé. En cas de besoin, ils pourront y dissoudre les cachets en quelques minutes et en toute discrétion. Pour le moment, Ruben et ses copains hassidiques sont opérationnels. L'innocence même. D'autant qu'ils sont persuadés que les caisses qui s'entassent à l'arrière de leur Boxer Peugeot ne contiennent que des tefillin, des *mezuzot* et quelques rouleaux de la Torah. Ils pourraient transporter n'importe quoi, tant leurs barbes, leurs papillotes et leurs chapeaux les rendent insoupçonnables. Qui a peur

223

de Rabbi Jacob ? De toute façon, l'Américaine a ouvert une nouvelle filière d'approvisionnement par Anvers. En attendant que les choses se tassent, la vente au détail va se limiter à la Belgique et à la Hollande. Pour Paris, on verra plus tard. Il avait envisagé d'éliminer d'un coup Vignola, Sam et Haqiqi. Imprudent, alors que la mise en scène délirante du frère Meyer attirait l'attention sur les juifs et les musulmans, en sus des Témoins de Jéhovah étant donné l'identité de la victime. Sam et Haqiqi attendraient donc : rien de tangible ne les reliait à Laura. Et puis, sans eux, impossible de réactiver la filière après cette interruption forcée : le coiffeur juif contrôle Ruben et les transporteurs hassidiques, le prédicateur salafiste gère le réseau de revendeurs. Il en allait tout autrement de Vignola, qui ne servait désormais plus à rien et ne tiendrait pas quatre-vingt-dix minutes face à Rachel dans une salle d'interrogatoire. Il fallait donc le faire sortir en douceur du circuit, dès son arrivée à Paris, demain.

Le téléphone sonne, c'est Sam. « Le sursitaire », pense Aïssa en esquissant son premier sourire de la matinée.

– Oui.

– On peut se voir ?

– Trente minutes.

– OK.

Une demi-heure plus tard, dans l'arrière-salle d'un couscous rue de l'Aqueduc, Sam fait le malin.

– Ce matin, c'était le défilé : d'abord Ahmed le rêveur, puis tes collègues du dix-neuf : la juive et le Breton. Ahmed, il est parti avant la fin de sa coupe. Il transpirait. Je lui ai fait sentir qu'il était le suspect idéal. Je pense pas qu'il tiendra face aux flics, surtout s'il est en manque de médicaments : ils pourront lui faire avouer n'importe quoi.

Aïssa n'a jamais aimé Sam, l'imbécile qui se croit plus malin que tout le monde ; pourtant, il lui est difficile de ne pas laisser transparaître son mépris pour son manque de discernement : croire qu'il peut vendre un suspect idéal à Kupferstein et Hamelot, voire imaginer que lui, Benamer, pourrait convaincre ses collègues que c'est bien Ahmed le coupable, allez, votre affaire est résolue, merci, au revoir. Tout en faisant mine de l'écouter avec une attention soutenue, presque respectueuse, il réfléchit à la manière dont il va le tuer. Un truc simple, une balle dans la nuque, mais avec un petit discours d'abord, pour se venger de ces longues minutes passées à lui laisser croire qu'il était intelligent. Sans imaginer une seconde les pensées de Benamer, le coiffeur achève sa logorrhée autosatisfaite.

– Pour finir, j'ai laissé entendre à Hamelot et Kupferstein qu'Ahmed avait parlé de manière suspecte de Laura lors de sa coupe précédente. Pour le reste, tu sais déjà. Qu'est-ce qu'on fait maintenant ?

Aïssa esquisse l'ombre d'un sourire.

– Toi, pour le moment, tu te contentes de ne rien faire, ce sera déjà pas mal.

29

Allongé sur l'herbe, Ahmed divague au son du djembé d'un rasta blanc installé derrière le talus. En sortant de chez Sam's, ébranlé par ses attaques vicieuses, il avait erré dans le parc de la Villette avant de se décider à allumer son joint sous le ventre du dragon-toboggan géant hors service jusqu'à nouvel ordre pour cause de vandalisme. Il lui fallait s'éparpiller, libérer sa pensée. Il vogue à dix mille pieds sur Thaï Airways, fasciné par la programmation vidéo dont il est le héros unique et omniprésent. Canal 1 – comédies romantiques : Rachel et lui s'avancent l'un vers l'autre au ralenti. Il lui offre un bouquet de roses couleur parme, elle ses lèvres. Canal 2 – films noirs : vêtu d'un trench-coat sous la pluie froide de novembre, il s'engage, index sur la gâchette de son Glock, dans le tunnel de la porte des Lilas. Une Porsche semble l'attendre, arrêtée, feux de détresse allumés, sur la file de droite. Pris d'un mauvais pressentiment, il se cache dans un renfoncement du mur. Une balle siffle à ses oreilles. Il arme et tire au jugé. Canal 3 – snuff movies : Sam est attaché à son fauteuil de coiffeur. Ahmed s'approche de lui, un sourire sadique aux lèvres. Bâillonné, l'autre le supplie du regard. L'air faussement désolé, Ahmed fait non de la tête et entreprend de le larder posément de coups de ciseaux, shlack, shlack, shlack, le sang gicle sur son visage. Canal 3, deuxième film : le balcon de Laura. Elle est déjà morte. L'assassin, de dos, achève de la ficeler comme un rôti. L'effort fait saillir les muscles sous son tee-shirt vert olive. Ce dos... Ce dos. Depuis que trente-six heures plus tôt elle lui est apparue en rêve, le temps d'un éclair, Ahmed craint de revoir la face du tueur ; là, c'est son dos plein écran qui le fait vaciller. Il sait déjà ce que vient confirmer le plan suivant. L'entrepôt d'Aulnay-sous-Bois, la scène qu'il s'est si souvent repassée. Le dos du tueur. Le même dos. Le même tueur. Depuis avant-hier, il refuse de laisser pénétrer cette vérité qui se promène aux lisières de sa conscience : Emma et Laura ont été victimes du même homme. Qui à présent se retourne vers lui sur l'écran de sa défonce, après avoir étranglé une énième fois sa jeune victime d'il y a cinq ans.

FACE À L'ASSASSIN

Un visage pas fini, une brute blonde absurde, dont l'expression oscille entre folie et idiotie. L'esprit d'un jeune garçon méchant âgé d'une douzaine d'années dans le corps d'un homme solidement charpenté de quarante-cinq ans. Monstrueux. Un frisson court le long de sa colonne vertébrale. Quelque chose s'écoule hors de lui. Depuis cinq ans, il est possédé par ce tueur sans visage dont le dos avait fini par représenter l'incarnation de sa peur immémoriale. Un concentré de toutes les douleurs de son père, de tous les tourments de sa mère. Le mal dans sa banalité : un dos de fort des Halles emballé dans un polo à rayures. C'est cette image qui l'a expulsé du monde et en a fait un fantôme durant cinq ans. Voir enfin cette face qu'il craignait par-dessus tout le libère. Enfin il sait contre qui, contre quoi il se bat.

PEUR HAINE VOLONTÉ

Voyager, respirer. S'éloigner de l'image du tueur pour mieux l'apprivoiser. Son esprit s'envole sans savoir vers où se diriger, maintenant que le désert, le lieu de ses origines, lui est interdit. Il change alors de dimension, prend le chemin du passé. Les moments rares et précieux de sa petite enfance lorsque Latifa déroulait la chaîne de sa généalogie jusqu'à la treizième génération. Et, bien qu'il n'y ait plus pensé depuis des années, les noms de ces aïeux lui reviennent naturellement : « Tu es le fils de Latifa, fille d'Ibrahim, fils de Mohamed-Ansar, fils d'Ethman, fils de Mansour, fils d'Abdallah, fils d'Omar, fils de Souleymane, fils d'Anouar, fils d'Ethman, fils d'Ibrahim, fils de Seïf al-Islam, fils de Nour ed-Dîn, le fondateur de la dynastie des Ahel-dîn, venu de l'autre côté du désert, dans les montagnes de Kinawaïn. » Il ne peut dire où elles se trouvent, ces montagnes. En Mauritanie, au Mali peut-être ? Pas si loin du pays des ancêtres de son père, quelque part entre Mopti et Gao. Ces aïeux inconnus et enchaînés, dont le nom s'était perdu depuis des siècles durant la traversée du désert. Le nom, mais pas le don – la malédiction ? – dont il a hérité : la capacité de voir ce qu'il aurait mieux valu ne pas voir. Généalogie, religion et pouvoir du côté de sa mère, pouvoirs qualifiés de magiques par ceux qui en sont démunis pour héritage paternel. L'histoire de ses parents l'ancre dans un monde lointain, impensable. C'est sans doute pourquoi il ne l'a racontée à personne, excepté au Dr Germain.

Pour la première fois, il prend conscience du poids de ce silence, qui le ramène à Laura.

Il l'imagine en train de l'écouter, passionnée. Yeux mi-clos, allongée sur l'herbe et sur les nuages, il la voit ouvrir ses grands yeux, boire ses paroles qui la font voyager bien plus loin qu'un long-courrier Air France. À des années-lumière de ce monde étouffant dans lequel elle a grandi et dont elle a tant de mal à se libérer. Entre deux étages, Laura avait plus d'une fois raconté sa jeunesse à Ahmed. L'horreur de grandir avec des parents Témoins de Jéhovah. Il s'était contenté de l'écouter patiemment, sans rien dire. Cela avait suffi à la jeune femme. Soudain, un souvenir récent surgit, telle une révélation. Cela se passait dans l'escalier, à peine dix jours plus tôt. Laura rentrait de Niort. Durant un quart d'heure, elle avait raconté à Ahmed qu'elle avait traité son père de menteur, d'imposteur. Lui qui avait empoisonné son enfance à force d'interdits absurdes, lui qui se mêlait de contrôler la vie sexuelle des autres. Lui, l'irréprochable, avait une maîtresse à New York qu'elle avait vue de ses yeux et qui avait le même âge qu'elle, sa fille ! Elle avait tout déballé à sa mère, sur le perron de la maison familiale désormais interdite. Mathilde Vignola l'avait traitée de menteuse, de traînée. Avait hurlé, voulu la griffer. Son père avait fini par s'interposer, prononçant ce verdict sans appel : « Fille impudique ! Tu vas regretter ton insolence. Amèrement. Dans ce monde-ci, pas dans l'autre ! » Sur le coup, il n'y avait pas prêté attention. Comme à chaque fois, il s'était contenté d'écouter poliment sa voisine sans réagir, moitié présent, moitié absent. Ce n'est qu'aujourd'hui, libéré de sa prison, l'esprit stimulé par les substances inhalées, qu'il comprend enfin le sens de cette phrase. Le père de Laura avait explicitement menacé sa fille.

Cela en faisait un suspect de premier ordre. Mais quel rapport entre lui et Sam ? Peu importe, c'est le moment d'appeler Rachel.

Un jour, il ne sait plus où, il a lu qu'en yiddish on utilisait le suffixe «lé» comme diminutif affectueux. Rachel, Ra-che-lé.

RA-CHE-LÉ

30

Lincoln Center, Manhattan, treize jours plus tôt.

Dix minutes qu'il la suit dans les rayons sans qu'elle s'en aperçoive, tant elle est absorbée par sa quête des ouvrages figurant sur une liste imprimée. Frantz Fanon, Malcolm X, W.E.B. Du Bois, Toni Morrison, V.Y. Mudimbe. Dov observe le moindre de ses gestes, enregistre le titre de chacun des livres qu'elle place dans son panier. Puis il regarde la photo, puis il la regarde. Et encore.

La photo : perruque châtain clair, jupe longue, manteau en laine. Fausse humilité.

En vrai : cheveux bruns frisés lâchés sur les épaules, jean, caraco. Tranquille assurance.

Et pourtant : mêmes lèvres pleines et légèrement boudeuses, même grain de beauté entre la pommette et l'œil droit, même regard perçant gris électrique. Aucun doute possible.

Dans le panier *Black Skin, White Masks* rejoint *Beloved*. Alors que Rébecca s'installe dans la queue, Dov se poste sur le parvis, trois mètres après la sortie. Qu'attend-il ? Qu'elle lui explique pourquoi elle n'a pas voulu de lui, le gros juif hassidique américain ? Inutile ! Il l'a parfaitement compris en l'observant bouger, respirer, vivre durant dix minutes. Elle n'a rien – mais rien ! – d'une ultra-orthodoxe. Susan avait raison, Rébecca, sur la photo, était en représentation. Pourquoi ? *Who cares ?* Il pourrait s'en moquer, disparaître à jamais de son existence dans laquelle il n'aura représenté rien de plus qu'une image fugitive et la laisser se diriger vers un destin dans lequel il n'a manifestement aucun rôle à jouer. Il reste pourtant. Juste lui dire : «Je suis là, j'existe, je ne suis pas non plus celui de la photo.» Un orgueil de gosse. Ça l'a blessé, cette histoire.

La voilà, son sac en plastique rempli des livres au programme du département de *Black Studies* de l'université de Boulder, Colorado. Il s'approche.

– Rébecca !

Surprise, elle lève les yeux sur cet inconnu qui l'appelle par son nom dans cette immense ville où elle ne connaît personne. Jean traînant sur ses Converse vertes, tee-shirt Marcus Garvey d'où l'on voit à peine dépasser les tsitsits, kippa vert-jaune-rouge. Jamais de sa vie elle n'a rencontré un tel phénomène : un juif orthodoxe rasta bâti comme un rugbyman grassouillet. Et qui lui sourit. Dans un recoin de sa tête, tout au fond, une petite lumière s'allume qu'elle aimerait éteindre.

– Oui ?

Sans un mot, il lui tend la photo. Rébecca pâlit comme si elle avait vu un fantôme. Renonçant à nier l'évidence, elle s'empare du cliché, l'examine attentivement puis relève les yeux vers ce drôle de bonhomme. Ses lèvres articulent une question muette «Dov ?» Il confirme tout aussi silencieusement.

Il aurait été empoté, renfrogné, dans son uniforme hassidique comme sur la photo que lui avait donnée Ruben, elle aurait su comment réagir. Moquerie, esquive. L'affaire était pliée en deux minutes. Là, elle est désemparée. Certes, il arbore kippa et tsitsits, mais on voit immédiatement que quelque chose cloche. Il est aussi peu ultra-orthodoxe qu'elle. Qu'est-ce que ça signifie ? Qu'est-ce que c'est que cette histoire ? Comment deux juifs manifestement plus attirés par la culture noire que par la Torah ont-ils pu en arriver au bord du mariage par arrangement, comme au temps du *shtetl* et du *mellah* ? « *What the fuck ?* » Elle a prononcé ces derniers mots à voix haute. Dov lui fait écho, pensif.

– *What the fuck,* oui ! Viens ! On s'assoit au Starbucks et on parle. On se doit bien ça.

Une demi-heure plus tard, Dov a raconté son parcours de Wichita à Brooklyn en passant par Harvard et la prison, omettant seulement de préciser que grâce à ses talents de chimiste il a fabriqué une nouvelle drogue qui commence à inonder le marché français par le biais d'une filière de distribution dans laquelle Ruben, son propre frère, joue sans le savoir un rôle important. Cette union souhaitée par le rebbe Toledano était un mariage d'affaires, en quelque sorte. Il matérialisait la solidité des liens transatlantiques entre les deux branches du mouvement hassidique sépharade qui allait, c'est sûr, connaître un essor fulgurant grâce à l'argent rapporté par la vente du Godzwill. Cela, il le tait. Il en a, pour la première fois, un peu honte. La sincérité de la jeune femme l'atteint dans un espace neuf. Il est presque gêné de la sentir touchée par son histoire. Car son récit concernant la coupure avec sa famille, et la façon dont il s'est senti totalement démuni en prison émeut profondément Rébecca. Pour couper court à cette inhabituelle effusion de sentiments, il lui demande comment il s'est fait qu'elle se retrouve photographiée en juive hassidique afin de conclure un mariage arrangé.

Elle entreprend alors de lui expliquer comment sa mère – rapidement suivie par Ruben, qui supportait très mal l'éclatement de son groupe de hip-hop – s'est raccrochée à la religion lorsque son mari l'a quittée. À deux pas de chez eux, une synagogue ultra-orthodoxe venait d'ouvrir, dirigée par le rabbin Haïm Seror – un Marocain, comme eux. En quelques mois, la famille entière était dans son orbite, Rébecca comprise, qui ne voulait pas rompre le lien avec les deux êtres qu'elle aimait le plus au monde, en dehors de ses copines. Elle a modifié sa façon de s'habilller, observé autant que possible le shabbat, en continuant d'aller au lycée, puis à la fac. Durant près de quatre ans, on l'avait laissée tranquille alors que dans la communauté les jeunes filles de son âge s'étaient casées les unes après les autres. Puis on avait commencé à lui parler mariage. Elle avait temporisé, prétendu vouloir terminer sa licence, ne pas être prête… Sa mère insistait, Ruben aussi, et sa résistance s'était érodée. Elle sait qu'elle a cédé par amour pour eux. Confrontée à leur tristesse, elle se sentait désemparée, le monde s'effondrait. Son mariage était devenu le centre de leurs préoccupations, de leur existence, comme s'il allait effacer la fuite du père, inverser la course du temps. La sœur du rabbin s'est aussi mise de la partie en leur parlant d'un jeune juif de Brooklyn – ashkénaze, certes, mais formé à Harvard –, protégé du rebbe Toledano. Comme ils s'illuminaient, ces juifs marocains et tunisiens du 19e arrondissement de Paris, quand ils évoquaient Brooklyn et le rebbe ! C'était le Messie et la nouvelle Jérusalem. Et elle avait fini par dire oui, pour voir enfin sa mère sourire. La photo avait été prise ce jour-là.

Pourtant, cela s'effaça littéralement de son esprit. Elle n'en parla même pas à ses copines à qui elle racontait tout et qui s'inquiétaient sérieusement depuis qu'elle avait suivi ou fait mine de suivre – on ne savait trop tant elle était devenue fuyante – sa mère et son frère dans cette *techouva* familiale, ce fameux retour à la « véritable » religion juive. On ne lui reparla plus du sujet pendant trois semaines, puis, quelques jours après ses partiels, sa maman rayonnante lui annonça que Dov arrivait à Paris six jours plus tard pour les fiançailles. Ce fut l'électrochoc. La Rébecca d'antan ressuscita et appela ses copines.

Un conseil de guerre eut lieu chez Laura, avec Bintou et Aïcha. Décision immédiate et unanime : exfiltrer Rébecca par le premier vol sur lequel travaillait Laura. Ironie du sort : la destination en était New York. Coup de chance, son passeport était encore valable depuis un voyage en Israël effectué quatre ans plus tôt. Le jeudi matin, après avoir laissé un mot à sa mère et à son frère, elle quittait, sans se retourner, l'appartement, l'immeuble, la rue dans lesquels elle avait grandi. Chez Laura, elle se changea, renoua avec elle-même. Seize heures plus tard, les deux copines descendaient du bus de Newark à Grand Central.

– J'étais tellement heureuse ! Ces gratte-ciel autour de moi ! Je me sentais libre comme jamais. Et... tu m'excuses, hein ! D'autant plus libre que c'est cette ville qui m'avait été assignée pour lieu d'enfermement... (Elle le fixe, étonnée, avant de poursuivre.) Et aujourd'hui nous sommes assis dans ce Starbucks à en parler... C'est tellement étrange... En te voyant, j'aurais dû fuir en courant. Pourtant, je t'ai suivi. C'est ahurissant ! On se croirait dans une histoire de *dybbuk*. Brrr ! Mais depuis mon arrivée, c'est comme ça. Lorsque nous sommes descendues du bus à Grand Central, on s'est attardées cinq minutes pour acheter une bouteille d'eau et un paquet de mouchoirs à un vendeur pakistanais. Tout d'un coup, Laura est devenue blanche comme un linge, son regard est devenu fixe. Je l'ai vue articuler « papa ». J'ai suivi la direction de son regard : une belle jeune femme blonde embrassait avec passion un homme grisonnant, la cinquantaine, mal à l'aise. Il ne nous vit pas, monta dans son bus pour l'aéroport et disparut. Mon amie était pétrifiée. Arriver à New York pour tomber sur son père, un Témoin de Jéhovah ultra-orthodoxe en train d'embrasser une fille du même âge qu'elle, c'était trop !

– Ta copine est Témoin de Jéhovah ?

– Non, elle en est sortie, son enfance et son adolescence ont été un enfer… Son père dirige une branche locale de la secte dans une province française.

Rébecca se perd dans ses pensées. Lorsqu'elle renoue avec le moment, elle s'aperçoit que Dov est blême.

– Qu'est-ce qu'il y a ? C'est mon histoire qui te fait cet effet ? On dirait que tu as vu un fantôme !

Il se reprend, esquisse difficilement un sourire et regarde sa montre.

– Non, non, je… je me suis aperçu que j'étais en retard pour un rendez-vous important. Je suis désolé, Rébecca, mais je dois partir tout de suite. On peut se revoir ?

– Je quitte la ville demain. Écoute, Dov, je ne sais pas si je veux te revoir. J'ai tourné la page. Donne-moi ton numéro ; si j'en ai envie, je t'appellerai. Mais toi, je t'en prie, n'essaie pas de me retrouver. Je peux te faire confiance ?

– Oui. Ne t'en fais pas, je te laisserai en paix.

Cinq minutes plus tard à trois rues de là, statufié devant un passage piétons, Dov contemple son téléphone. Sur l'écran figure l'entrée « Susan » de son répertoire. Le regard vague, son pouce hésitant tourne autour de la touche d'appel. Ses yeux se ferment, il appuie. Parfaitement conscient des conséquences.

31

Les filles sont debout devant le Point Éphémère. Comme une métaphore de l'existence en général et de la leur en ce moment particulier. Tendues, rongées, elles attendent Rachel. Tous leurs espoirs, toute leur confiance se sont étrangement portés sur cette femme flic. Elles souhaitent bien sûr que les assassins de Laura soient punis. Elles veulent aussi aider leurs frères aimés à sortir de l'ombre dans laquelle ils se sont égarés. C'est encore un mystère à leurs yeux. Pourquoi eux et pas elles ? À quel moment ont-ils commencé à naviguer vers le côté obscur ? Durant l'enfance, l'adolescence, elles admiraient leurs grands frères plus que tout. À l'époque du 75-Zorro-19, c'était comme une transe permanente. Bintou, Aïcha et Rébecca ne manquaient aucun concert, taguaient le nom du groupe partout dans le quartier. Jusqu'à cette fin d'après-midi mémorable et unique où elles étaient montées sur scène pour effectuer devant un public du quartier la chorégraphie qu'elles répétaient depuis des mois, inspirée du prologue de *Do the right thing* de Spike Lee. Cinq minutes d'énergie et de bonheur à l'état pur. Comme si, à ce moment-là, précisément, elles avaient fait leur entrée officielle dans l'existence. Puis elles s'étaient concentrées sur la préparation du

Bac. Oubliant le hip-hop et leurs frères durant quelques mois. Puis, il y avait eu ce moment étrange, lors de la folie de Moktar. Hawa, la mère de Bintou disait que tout était venu de là. Il faut dire qu'elle détestait Codou, la mère du beatmaker. Dès qu'elle parlait d'elle, son visage se fermait, sa bouche se durcissait, des petites rides apparaissaient aux commissures. « C'est elle, c'est Codou ! Je la connaissais déjà au pays. Elle a toujours été jalouse, envieuse. Même son fils, elle ne voulait pas qu'il réussisse. Alors elle a jeté un sort au groupe entier. Résultat, Moktar traîne d'un carrefour à l'autre avec sa kamiss ridicule, Ruben porte un chapeau bizarre comme un gangster. Quant à Alpha et Mourad, ils passent la moitié de leur temps libre dans cette salle de prière minuscule avec cet imam de pacotille. Mais chaque jour, je prie pour qu'ils s'en sortent. Et ils s'en sortiront, vous verrez. Car ce sont tous mes enfants. Je les ai nourri, je les ai vu grandir. Quant à cette Codou, je vous le dis ! Elle ne l'emportera pas au Paradis. » Aïcha et Bintou croient moyennement aux sorts, aux prières, aux protections magiques, à toutes ces histoires du bled. La glissade progressive de leurs frères demeure un mystère. « Pourquoi eux et pas nous ? » À vrai dire elles le savent, même si elles ne l'ont jamais exprimé à haute voix. Cela vient de leurs parents, de leur manière d'être, de bouger, de parler. Des mots, des gestes, des regards qu'elles ont voulu s'approprier et à côté desquels leurs frères sont en partie passés, plus portés vers la reconnaissance extérieure. Tenus aussi de mobiliser leur énergie pour contrer le regard mauvais porté par une partie de la société sur les « garçons musulmans », nouvelles classes dangereuses de la République post-coloniale. Tentés, souvent, de retourner le stigmate. De brandir comme une fierté cette religion qu'on ne cesse de leur reprocher.

Bintou et Aïcha ne s'étaient jamais senties concernées par cette guerre contre l'islam. Elles s'en fichaient, tout simplement. Ça n'influait pas sur leur manière de se situer dans l'univers. Un rapport au monde qui, chez Aïcha, était largement influencé par son père. Arezki avait effectué toute sa carrière de pâtissier chez Dalloyau, en face du jardin du Luxembourg. Un homme juste qu'elle n'avait jamais vu faire le mal ni médire de quiconque. Un homme tranquille qu'elle n'avait jamais vu prier ni jeûner ni dire quoi que ce soit à propos Dieu. Certes, elle adorait sa mère Khadidja, une femme raisonnablement pieuse, mais c'est de son père dont elle se sentait proche. Dans ses pas qu'elle marchait. Naturellement, sans se poser de question. Le modèle de Bintou était plutôt Hawa, sa mère. Une femme énergique qui portait, imprimées dans sa chair, ses propres raisons d'être en révolte contre un ordre du monde qu'elle estimait largement périmé, même si elle n'en parlait jamais. Sauf une fois, à sa fille. Une conversation qui était restée imprimée pour toujours dans la mémoire de Bintou.

Le lieutenant Kupferstein avance à grandes enjambées vers les deux jeunes filles. Rachel ressemble exactement à ce qu'elles souhaiteraient devenir « quand elles seront grandes ». Pas flic, non, juste une femme debout. Qui marque une pause en arrivant à leur niveau, les regarde chacune dans les yeux, puis indique le quai d'un mouvement de tête. Pas le temps de se poser avant son prochain rendez-vous, juste d'arpenter un bout de canal ensemble. Ça suffit largement pour tout se dire. Ou presque.

Bintou prend sa respiration, comme elle faisait en CE2, avant de plonger dans l'eau bleue aux lignes qui tremblent, puis se lance.

– On était là, au coin de la rue, ils sont passés devant nous sans nous voir, les uns à la suite des autres. Il était quoi ? Une heure du matin. Il faisait chaud, on n'arrivait pas à se quitter. Besoin de parler encore. D'être ensemble toutes les deux. On venait de passer une heure sur Skype avec Rébecca, Laura était absente. Elle devait rentrer le lendemain matin de Los Angeles, après notre départ pour la fac. On n'imaginait pas qu'on ne la reverrait jamais. Comment aurait-on pu ? Comment aurait-on pu se douter que son destin était en train de se jouer là, sous nos yeux ?

Bintou s'arrête de marcher, baisse la tête. Lorsqu'elle la relève, ses yeux sont pleins de larmes. Rachel accuse le coup, relance en douceur, de biais :

– Vous avez essayé de la voir après son retour ?

– On l'a appelée, mais son portable était fermé. Lorsqu'elle faisait de très longs vols avec un important décalage horaire, on n'insistait pas, elle avait besoin de récupérer. Du coup, on ne s'est pas inquiétées.

Rachel entraîne à nouveau les deux jeunes femmes.

– Et donc, cette nuit-là, au coin de la rue, qui avez-vous vu apparaître ?

– Le 75-Zorro-19 au complet. C'était irréel. Moktar, avec son pantacourt Adidas un peu long, sa kamiss et sa calotte, suivi trente secondes plus tard par nos frères Alpha et Mourad en tenue d'informaticiens lambda. Enfin, au bout de cinq minutes, c'est Ruben, sa kippa et ses tsitsits qui faisaient son entrée chez Sam. On croyait rêver. Pourtant, toutes les deux, on voyait la même chose. On s'était cachées, par réflexe, dès que l'on avait aperçu nos frères. Depuis quatre ans qu'ils suivent Moktar à la salle de prière de Haqiqi, ils sont dans un autre monde et on a perdu le contact. Ils ont bien essayé de nous convertir à leur truc, mais ça n'a pas marché, et ils ont laissé tomber. Depuis, on n'a presque plus rien à se dire et on évite de trop se croiser. Quand Ruben est entré dans le salon de coiffure, il s'est installé à côté de Sam et a salué les autres de la tête. Ce n'était pas chaleureux mais ça faisait tellement longtemps qu'ils ne s'adressaient plus la parole… On les a laissés là, et on est reparties, très troublées. C'était tellement bizarre, que sur le coup on n'en a pas parlé. Mais depuis que Laura a été retrouvée morte on n'arrête pas d'y penser, de retourner ça dans tous les sens : il y a un truc qui cloche. Pourquoi d'anciens amis devenus ennemis se revoient-ils de cette façon ? Et pourquoi chez Sam ?

– Vous leur avez posé la question ?

– On n'a pas osé. On voulait savoir ce que vous en pensiez. On veut savoir qui l'a tuée, vous comprenez. On ne veut pas qu'il arrive du mal à nos frères, mais on veut savoir.

Bintou fixe Rachel, les larmes roulent sur ses joues. Le lieutenant Kupferstein prend sa main dans la sienne et la serre fort.

– Vous ne voulez pas qu'il leur arrive du mal, mais vous voulez la vérité. Je pense qu'il va falloir choisir, hélas. Je dois partir maintenant. Je vais réfléchir. À ce que je peux en faire. Merci de m'avoir parlé. Pour Laura et pour vous également.

Elle touche très légèrement le dos d'Aïcha, s'éloigne, se retourne.

– Je vous attends à deux heures du matin. Il y aura du café.

Que faire à présent ? Interroger les frères risque d'alerter Sam. Pour l'instant, Jean et elle ne détiennent rien de tangible. Laisser mûrir, rassembler ses idées, respirer, se mettre en condition pour aborder le transfuge des Témoins de Jéhovah qui lui a fixé rendez-vous dans une brasserie à République. Le téléphone sonne, c'est Ahmed, elle le sait à cause de l'indicatif. Personne d'autre ne l'appelle jamais d'un numéro en 01.

– Ahmed, je suis un peu pressée. C'est pour le son de ma voix ou pour autre chose ?

– Euh, le son de votre voix ne gâte rien, mais c'est pas pour ça. Un souvenir m'est revenu. J'étais allongé sur l'herbe au parc de la Villette et il y avait ce joueur de djembé, et euh… bref… J'ai une piste pour Laura, le mobile, je veux dire. Le mobile du crime.

Ahmed lui résume en quelques phrases les menaces proférées par le père lorsque Laura a révélé l'avoir vu avec sa maîtresse à New York. Rachel pâlit, se tait. Puis :

– Ahmed ?

– Oui.

– Merci infiniment de m'avoir appelée. Je dois contacter Niort immédiatement. On peut se voir à seize heures quinze au commissariat ?

– Euh…

– D'accord, pas au commissariat, mais Jean doit être là… Au café du MK2, quai de Seine, ça va ?

– J'y serai.

Rachel raccroche, rappelle dans la foulée.

– Commissaire Jeanteau.

– Lieutenant Kupferstein, j'allais vous téléphoner.

– Ah, il s'est passé quelque chose ?

– La mère de votre jeune victime est à l'hôpital psychiatrique. C'est Vincenzo Vignola qui a signé la demande d'internement.

– Commissaire, lors du dernier voyage de Laura à Niort, il y a dix jours, il semble bien que son père ait proféré des menaces explicites à l'égard de sa fille. Je vais en avoir la confirmation dans moins de deux heures mais, entre-temps, il faut absolument localiser Vincenzo Vignola et l'empêcher de s'évanouir dans la nature.

– Je vous rappelle.

Assis à la terrasse du Thermomètre, un homme attend le lieutenant Rachel Kupferstein. Trente-trois ans environ, chemise blanche impeccablement repassée, veste noire, barbe bien taillée, il la regarde sans sourire. Devant lui, un Perrier-rondelle à moitié bu et le journal *Le Monde* soigneusement plié en quatre. Elle lui serre la main, s'assied, hèle le serveur, commande une noisette et passe à l'attaque.

– En d'autres temps, j'aurais voulu tout savoir de l'organisation des Témoins de Jéhovah, mais j'ai une urgence, que pouvez-vous me dire sur Vincenzo Vignola ?

Pendant que potterlover666 commence à lui raconter comment celui qui avait pris le contrôle de son existence l'a détruit à petit feu, Rachel rédige un SMS à Jean.

« MK2 quai de Seine 16 h 00. Du nouveau sur père Laura, Sam et 75zorro19. »

– Ça a commencé au début de l'été 1999, juste avant mes congés, je travaillais à la poste de Niort à l'époque. J'avais économisé cinq mille francs pour me payer des vacances de rêve en Andalousie. Et à la fin d'une réunion à la salle du Royaume, devant tous les autres, Vincenzo Vignola m'a demandé comment je pouvais dépenser cet argent pour moi alors que je n'avais rien prévu pour Jéhovah. Il m'a traité d'égoïste, m'a demandé si je voulais faire partie des *left behind*, il disait toujours ça en anglais avec son drôle d'accent. «Tu veux entrer au royaume de Jéhovah ou redevenir poussière comme les autres *left behind*?» J'ai craqué, j'ai donné les cinq mille francs à Jéhovah, je veux dire à Vignola.

Il s'interrompt, vidé. Sept étés plus tard, il ressent la même amertume. Raté sa vie. Il n'a pas trente-cinq ans et son existence lui semble déjà fichue, perdue en route. Mais Rachel n'a pas le temps de compatir.

– C'est donc un manipulateur professionnel?

– On pourrait le décrire ainsi. En fait, il ne faisait qu'appliquer le règlement. Jéhovah doit passer avant tout. Lui, c'était une sorte de chef de service dans une grande entreprise. Et nous, les moutons, on se faisait tondre et on finissait par aimer ça. Par être contents. Par exemple, soixante-dix heures par mois, on devait distribuer *Réveillez-vous!* Eh bien on le faisait, on y allait. Trois fois par semaine, je faisais le pied de grue à la gare de Niort pour ramener d'autres malheureux…

– Vous connaissiez Laura?

– Je l'ai croisée au début. Elle a quitté sa famille le jour de ses dix-huit ans, alors que j'avais rejoint la secte depuis six mois à peine. À partir de là, il nous a été interdit de prononcer son nom. Comme si elle n'avait jamais existé. On en a un peu parlé, en cachette, puis avec le temps, plus rien. Elle était jolie, je me souviens, et très discrète. Je ne crois pas lui avoir jamais adressé la parole.

– Son père n'a rien dit, il ne l'a plus jamais évoquée?

– Non.

– Avez-vous jamais vu Vincenzo Vignola avoir un comportement violent?

– Non. La parole était son arme. Il vous assassinait avec les mots, c'est tout.

– Je vais reformuler ma question. Vous l'imaginez pouvoir tuer quelqu'un ?

– Non. Mais que s'est-il passé au juste ? En tchat, votre collègue m'a parlé d'un crime tout en restant très vague. C'est Laura, c'est ça ? Il lui est arrivé quelque chose ?

– Oui, c'est ça. Vous pensez son père capable de cela ?

– Vincenzo Vignola, tuer sa fille… Non, je ne le vois pas… Non… Mais… je ne sais pas pourquoi je vous dis ça… Je ne suis pas sûr que ça lui ferait quelque chose si quelqu'un d'autre s'en occupait… Cet homme est… comment dire… froid. Rien qu'en repensant à lui, je frissonne. Bon, c'est tout, vous avez encore besoin de moi ?

– Non, merci… Ah ! une question purement personnelle, si vous me permettez ?

– Posez toujours.

– C'est quoi le sens de votre pseudo : potterlover666 ?

L'ex-témoin sourit tristement.

– Potter c'est pour Harry Potter. On n'avait pas le droit d'aller au cinéma. Mais les films les plus interdits étaient ceux d'Harry Potter. L'irrationnel, la magie made in Hollywood entrait en concurrence avec le monde fantastique dans lequel on nous faisait vivre, peuplé lui aussi de démons. Alors : potterlover. Et puis 666, le nombre de la bête, pour faire bonne mesure. Pour me dire que j'avais choisi mon camp : celui des démons. Vous savez, en quittant les Témoins j'ai été pris d'un besoin absolu de transgression, pour me prouver que j'en étais bien sorti. Mon premier repas, ça a été du boudin noir.

– Du boudin ?

– Oui, il me fallait manger du sang, puisque c'était strictement interdit.

– Le sang, vous voulez dire, comme pour les transfusions ?

– Oui, il est interdit de faire entrer un sang étranger dans son corps. Par quelque moyen que ce soit… C'est étrange, vous voyez, en reparlant de ces interdits, je le revois, Vignola. Et, cinq ans après… eh bien… c'est dur à avouer, mais il me fait encore peur.

32

Vincenzo Vignola s'est arrêté net. Une voiture de police est garée devant chez lui, tandis que le commissaire qui l'a interrogé la veille sonne avec acharnement. Il était juste sorti faire un tour pour se remettre les idées en place après le départ de Ruben avec sa cargaison de Godzwill. Et les flics reviennent le harceler. Par chance, il est sorti avec son portefeuille, sa carte de crédit et son téléphone portable. Par chance ? Il suffit qu'il retire de l'argent et qu'il passe un appel pour qu'on le repère immédiatement.

Jeanteau abandonne la sonnette, revient vers la voiture bleu-blanc-rouge, glisse un mot au policier installé derrière le volant et part à pied. Vignola le laisse s'éloigner puis s'engouffre dans une rue transversale. Cinq minutes pour rejoindre le distributeur du Crédit Agricole. Il retire deux mille euros, le maximum, avant de traverser la rue pour aller au tabac acheter une carte de téléphone. En sortant, il éteint son mobile, en retire la carte SIM et les jette dans deux poubelles différentes.

Rejoindre Paris par des chemins détournés. La police surveille certainement la gare de Niort et les arrivées à Montparnasse, mais guère plus. Il prendra le car pour Poitiers, le train pour Orléans, puis un autre pour Étampes, et enfin le RER C jusqu'à Paris.

Susan. Il sent bien qu'elle le perdra. Il le sait jusqu'au plus profond de lui-même, mais il désire être avec elle une dernière fois. Et si c'était son rêve le plus intime : mourir de sa main ? Sur le chemin de la gare routière, il avise une cabine téléphonique, compose le numéro qu'il connaît par cœur. Elle répond au bout de deux sonneries, écoute son récit des derniers événements, puis lui suggère de trouver un nouveau lieu de rendez-vous, le Concorde Lafayette n'étant plus un endroit sûr à présent. Il se souvient d'un café, porte de Clignancourt, près d'une salle du Royaume où il a assuré un intérim l'an dernier. Un poids écrase sa poitrine ; Vincenzo lance une phrase qu'il ne se serait jamais imaginé prononcer.

– *Susan, do you still love me ?*
– *But, of course, Vincenzo ! Why would I cross the Ocean tonight if I didn't ?*
– *You'll never leave me, will you ?*
– *Never. I'll be with you till the end, my love. See you tomorrow. I've got to go to the airport now…*
– *All right, Susan… See you tomorrow.*

Un quart d'heure plus tard, le fugitif arrive en vue de la gare routière. Deux policiers patrouillent. Visibles à un kilomètre. Il parvient à monter dans le bus pour La Crêche, la station suivante en direction du nord-est. De là, il prendra un TER pour Poitiers. Sa dernière vision de Niort est celle du siège de la MAIF, là où il se trouverait aujourd'hui s'il n'avait un jour rencontré Mathilde et basculé dans le monde parallèle où il a bâti sa vie et son modeste empire. Pourtant, il ne regrette rien. Il a le sentiment d'avoir fait ce qu'il fallait en suivant et en défendant Jéhovah.

Une galerie commerciale Auchan, un grill Courtepaille, un Castorama, un Monsieur Meuble. Une station-service Total. Des champs de maïs. Des vaches. Il pense à Susan. Incapable de lui en vouloir. Elle l'a fait chuter, a commandité l'assassinat de sa fille. Pourtant il n'attend rien d'autre que de la retrouver, poser sa tête sur son épaule, respirer son odeur. Comme si cela allait tout effacer, tout réparer. Comme s'il était possible de revenir en arrière. Avant le moment où il avait quitté le statut d'élu pour redevenir un *left behind*. Un membre de la multitude qui restera poussière pour l'éternité et ne verra jamais le royaume de Jéhovah.

33

Meyer, le Gros, est avachi dans sa chaise, boots noires sur son bureau noir, chewing-gum vert mâché inlassablement. Barbe de trois jours. Un téléphone sonne que personne ne décroche. Celui de Rachel. Au bout de quinze secondes, et alors qu'aucun des deux autres officiers naviguant dans les parages ne semble s'intéresser à l'appel, il se lève, traverse l'open space et répond.

– Lieutenant Meyer, j'écoute.

– Bonjour, lieutenant, vous ne répondez jamais dans votre commissariat ? J'allais raccrocher ! Je suis le commissaire Jeanteau de Niort, le lieutenant Kupferstein n'est pas là ? J'ai essayé son portable et je suis tombé sur le répondeur.

– Elle est sortie, laissez-moi un message, je lui transmettrai.

– Dites-lui de me rappeler de toute urgence. Son suspect s'est envolé.

Meyer ne peut retenir une exclamation :

– Vignola !

– Oui, Vignola. Elle vous en a parlé ?

– Oui, bien sûr… Évidemment. Ne vous en faites pas, je lui transmettrai. Au revoir, commissaire.

Meyer transpire. Il a beau être épais, il sait qu'il vient de commettre une erreur qu'Enkell ne lui pardonnera

251

pas. Il sait ce qu'ils lui feront, lui et Benamer. Gagner du temps. Les occuper. Mentir, ne pas se couper cette fois-ci.

Un SMS et quarante minutes plus tard, le Gros est assis avec le commissaire adjoint du 18e arrondissement dans le funiculaire de Montmartre. Il lui raconte le coup de fil de Jeanteau en omettant de préciser que c'est lui qui a prononcé le nom de Vignola. Benamer sent la faille, ne dit rien, distribue les tâches.

– On entre en phase de nettoyage. Tu t'occupes de Haqiqi, moi de Sam et de Vignola.

– Mais il a disparu.

Aïssa Benamer ferme les yeux une seconde, pousse un léger soupir, poursuit.

– Bon, on va commencer par le plus simple : ton frère fait le brocanteur. Il l'a sous la main, ça va être facile. Simplement, tu restes avec lui du début à la fin. Tu t'assures qu'il opère correctement. Il s'agit d'un crime de junkie, tu as compris. Pas d'une mise en scène de clown sous acide.

Regard d'acier du Kabyle aux yeux verts.

« Ton frère et toi, ce sera notre récompense à Enkell et à moi. Le petit plaisir final de cette affaire de merde. Qui que soient vos protecteurs, ils ne peuvent plus rien pour vous… »

Arrivés au pied de la ridicule pièce montée qui trône au sommet de Montmartre, ils se séparent.

Meyer s'engage dans l'allée qui descend vers la rue Muller à travers le jardin sur la Butte. Au lieu de rentrer au commissariat, il va se passer les nerfs sur le brocanteur. Ce connard qui se croit à l'abri parce qu'il héberge son taré de frère depuis des mois. Ce fouineur qui jouit des confidences du tueur qui vit chez lui et pense qu'il peut s'en tirer. Il va comprendre sa douleur. Encore qu'il aura droit à un traitement de faveur à cause des instructions de Benamer. Les junkies ne torturent pas à mort. Ils tuent à l'arme blanche, certes, mais rapidement. Après avoir retourné la boutique pour trouver deux cent cinquante euros, les jours de chance. Arrivé rue de Clignancourt, Meyer sourit. En s'engageant rue Labat, il rit tout seul. Ça faisait longtemps.

Dans l'arrière-salle de la brocante, Raymond, vêtu d'un marcel à la propreté douteuse et d'un pantalon de jogging d'une couleur indéfinissable, est assis sur le matelas en mousse qui lui sert de lit depuis qu'il a quitté l'Alsace pour revenir sur Paris, trois mois plus tôt. Le brocanteur, en face de lui, pose un neuf de pique et proclame d'un air martial : « Bataille ! » On frappe au carreau. Toc-toc… Toc. Le code. Georges se lève, traverse la pièce principale, ouvre la porte vitrée puis le cadenas de la grille.

– Salut, le Gros, ça va ? Quoi de neuf ? On tapait le carton en attendant.

– En attendant quoi ?

– Ben en attendant, quoi.

Dans une demi-obscurité, ils traversent la salle encombrée de présentoirs, de tables chargées d'objets hétéroclites datant du troisième quart du XXe siècle. Plus quelques ventilateurs et lampes sur pied qui acquièrent dans la pénombre une inquiétante personnalité. Francis Meyer se cogne dans un coffre-fort posé à même le linoléum jauni.

– Putain de brocante de merde !

– Brocante de merde ? T'es sympa ! Ça fait combien de temps que j'héberge ton frangin dans ma brocante de merde ?

La voix se fait glaçante.

– Toi, tu la fermes !

Les deux hommes rejoignent l'arrière-boutique. Raymond s'apprête à débiter les banalités d'usage, croise le regard de son frère, se tait. C'est l'un de ces instants définitifs qui font basculer. Dans le meurtre. Une parcelle d'éternité. Tuer est un acte métaphysique.

SUSPENDRE
LE
TEMPS

Francis, bras croisés, immobile, s'interpose entre la porte et Georges. De l'autre côté, Raymond, tous sens en éveil, a la main droite agrippée à un laguiole sorti de nulle part.

– Mais pourquoi ? Pourquoi ? Je suis votre ami. Je vous ai toujours aidé. J'ai toujours été de votre côté, des vôtres. Pourquoi ? Pourquoi ?

Désespérément, Georges tente d'attraper le regard de l'un ou l'autre frère. Peine perdue. Il est passé de l'autre côté. Bœuf, mouton, poulet… Un truc de ce genre. Il a quitté l'espèce humaine et sa litanie ne dérange pas plus les deux frères que les cris d'un goret ne gênent le tueur des abattoirs.

– Crime de junkie. Pas de connerie cette fois, dit Francis à son frère.

– OK, pas de problème. Des coups de couteau désordonnés. Ventre, cou, thorax, et cœur par hasard pour finir ?

– Voilà, parfait.

Georges adorait écouter Raymond lui raconter ses assassinats. Il voulait toujours en savoir plus, se délectait des détails : et comment tu lui avais lié les poignets ? Et le papier collant sur la bouche, il faut lui faire faire le tour ? Et combien de coups de couteau ? Et où ça ? Et celle de l'entrepôt, tu l'as étranglée au moment même où tu jouissais, c'est ça ? C'est son tour, à présent. Il le sait. Il le sait tellement que toutes ses maigres forces l'ont quitté. Il n'a jamais su se battre, Georges. Juste jouir de la souffrance infligée à d'autres par d'autres. Alors, défendre sa peau… Il en est incapable ; il glisse lentement au sol, se recroqueville en position fœtale et entame une longue plainte inarticulée, mélopée immémoriale du mourant sur son grabat. Raymond lui expédie un coup de pied dans le bas du dos. Pas trop fort, juste ce qu'il faut pour le forcer à se déplier. Vif comme l'éclair, il le contourne et le poignarde une première fois dans le ventre. Hurlement. Deuxième coup de couteau dans le cou, puis thorax et cœur. Ça n'a pas pris neuf secondes, que Francis – qui avait enfilé ses gants en peau de chamois – a utilisées pour commencer à saccager les lieux, renverser les boîtes de Nescafé, de lait en poudre, de biscuits LU, éventrer les paquets. Une fureur de toxicomane qui ne trouve pas de quoi payer sa dose… Faut vraiment être un junkie stupide pour cambrioler Georges le brocanteur. CQFD.

Il ne s'est pas écoulé cinq minutes, et la scène du crime est parfaite. Raymond, le regard brillant lève les yeux vers son frère.

– T'as vu, j'ai fait comme j'ai dit. Tac-tac-tac-tac. Ventre, cou, thorax, cœur. T'es content de moi, dis, t'es content ?

– Oui, Raymond, c'était très bien.

– Tu me redonneras un Godzwill ?

– Pas tout de suite, Raymond, pas tout de suite.

34

Avenue C, Alphabet City, Manhattan, treize jours plus tôt.

Susan, seule, fume un joint à la fenêtre. Elle songe à cette jeune femme qu'elle ne connaît pas, sur laquelle elle détient un pouvoir de vie et de mort. Elle ne ressent rien. Une chose doit être faite, elle va la faire. Ça s'arrête là. Mais ce n'est pas anodin.

LE PASSAGE

Ce premier meurtre, sans y avoir jamais réfléchi, elle l'attendait. L'acte lui-même ne l'intéresse pas. D'ailleurs, il va se produire à des milliers de kilomètres. Mais le pouvoir qu'il lui donne, oui. C'est une sensation particulière, nouvelle, qui la ramène à l'expérience du Godzwill. Qui la met au niveau du Dieu méchant sous le regard duquel elle a grandi. Elle réalise brusquement que sa mère est morte au même âge à peu près que cette Laura. Un lien existe. Le sang de cette jeune femme contre le sang de sa mère, lorsque son père a refusé la transfusion. Elle se souvient du jour où James et elle ont découvert le dossier médical ; ils avaient neuf ans et demi. Et de ce qu'ils s'étaient promis après avoir tant pleuré : ne plus croire en Jéhovah, célébrer leurs anniversaires en cachette, ne jamais se séparer, se venger de leur père et de la secte.

Une larme coule sur sa joue. Est-elle triste ou heureuse, elle l'ignore, mais elle se sent vivante. Plus que jamais vivante. Nancy, avec son drôle d'accent inuit, parlait souvent des mangeurs d'âme. Avec une peur mêlée de respect.

LA PUISSANCE

Durant toutes ces années, elle a haï son père d'avoir tué sa mère pour obéir à Jéhovah. Aujourd'hui, au moment d'appuyer sur la touche verte qui scellera le destin de Laura, elle comprend enfin. C'est de ce premier meurtre qu'il a tiré sa force. Lui qui a passé sa vie à traquer les « démons » en est devenu un au moment exact où il a dit au médecin que sa foi lui interdisait d'accepter d'introduire dans le corps de sa femme le sang d'un autre être humain. Le salut éternel plutôt que la vie ici-bas. C'est ce geste-là qui le transforma et fit de lui un missionnaire hors pair remarqué par le Collège central. C'est grâce à ce meurtre initiatique qu'il devint cet être étrange, capable de présenter son meilleur visage aux Inuits parvenant ainsi à les toucher et à les convertir alors même qu'il les haïssait tant. C'est ainsi qu'il traça son chemin jusqu'au sommet de l'organisation.

Elle le hait toujours autant. Et pourtant elle se sent proche, très proche de lui. Sur l'écran du téléphone s'inscrit un numéro débutant par 01133, l'indicatif des appels internationaux vers la France. Elle aspire une dernière bouffée, écrase le joint, regarde sa montre, calcule qu'il est deux heures du matin là-bas, et appuie sur la touche verte. Au bout de quatre sonneries, on décroche.

– *Hi, Aïssa, it's Susan. I'm afraid we have a serious problem. I need your help to solve it… How should I say? Definitely…*

– *Hi, Susan, sure.* Expliquez-moi ça.

Cinq minutes plus tard, elle se sert un verre de Seven Up, respire lentement. Elle a attendu ce moment toute sa vie. Elle va appeler James et Dov pour leur donner rendez-vous au Starbucks du First Avenue Loop. Elle a une envie terrible d'un brownie accompagné d'un frapuccino. En leur compagnie. Elle est heureuse comme jamais.

35

Ahmed est repassé chez lui pour prendre une douche et se changer avant de retrouver Rachel… et Jean. Devant la loge, Fernanda prend le soleil. Elle le hèle :

– Monsieur Taroudant, il y a un jeune homme qui est là pour vous. Il est monté vous attendre sur le palier.

– Je n'attends personne…

– Je l'ai déjà vu, il est venu l'automne dernier. Votre cousin, si je me souviens bien.

– Mohamed… Ah… D'accord… Merci.

Il avait complètement oublié la lettre où son cousin lui annonçait qu'il venait passer l'été à Paris ! C'était quand, déjà, ah oui, hier, je l'ai reçue hier… Il n'a pas traîné ! Qu'est-ce que je vais faire de lui ? En sortant de l'ascenseur, il le voit qui déambule dans le couloir, jean, chemisette imprimée à fleurs, sourire, accolade, salutations.

Dix minutes plus tard, devant un café, Mohamed raconte les huit mois écoulés. Il s'est bien adapté à la vie bordelaise et a validé son année sans difficulté. La France lui plaît bien, il se sent tranquille, loin de la famille. Il respire. Une seule chose le tracasse : sa mère, Ourida, refuse de comprendre qu'il ne veuille pas rentrer au pays. Il a eu beau lui dire qu'il veut découvrir Paris, ça ne passe pas car Ourida a décidé de le fiancer : pas question de le laisser vivre sa vie de l'autre côté de la mer sans lui attacher un fil à la patte. On sait ce qui se passe chez les *nçara*, les « Nazaréens » : licence, master, et, une fois que tu t'es adapté, tu rencontres une Française et on ne te revoit plus. Un de plus de perdu… Ahmed écoute en surveillant l'heure. Quelque chose sonne faux dans le récit de son cousin. Peu importe pour le moment : il doit sortir dans quinze minutes et il lui faut expliquer à Mohamed que sa vie contemplative est soudain devenue extrêmement mouvementée.

– Écoute, il s'est passé quelque chose de grave : ma voisine du dessus a été assassinée. Laura, tu sais, j'allais m'occuper de ses orchidées.

– L'hôtesse de l'air qui était amoureuse de toi ?

Le visage d'Ahmed s'assombrit.

– Amoureuse de moi… Peut-être, oui… Mais comment sais-tu cela, toi ?

– C'était évident pour tout le monde, sauf pour toi… Même la gardienne le savait, on en avait parlé une fois. Laura… C'est triste. C'était une fille bien, ça se voyait. Pourquoi l'a-t-on tuée ? On a retrouvé l'assassin ?

– On ne sait pas pourquoi, et on ne l'a pas retrouvé. En fait, je pourrais être le premier suspect car j'avais ses clés, mais les deux flics qui sont sur l'enquête semblent avoir compris que ça ne pouvait pas être moi. Je ne sais pas, on s'est reconnus, il s'est passé quelque chose d'étrange. Et puis, Rachel… Bref, je dois aller les retrouver. Je me suis souvenu d'une chose que m'avait raconté Laura. Il faut que je leur dise. J'ai décidé de m'impliquer dans cette histoire. De les aider à retrouver le tueur, je ne peux pas reprendre ma vie d'avant. Si je n'avais pas été à côté de l'existence, Laura serait encore vivante, tu comprends. Maintenant, écoute-moi bien ! Être avec moi en ce moment, c'est dangereux. D'autant que j'ai le sentiment désagréable que des gens du quartier me veulent du mal. Qu'ils sont mêlés au meurtre d'une manière ou d'une autre et veulent faire de moi le principal suspect. Mort ou vif. C'est vraiment dangereux, Mohamed, tu comprends ? Ça me fait très plaisir de te voir, mais ce n'est pas prudent que tu restes ici…

Très ému, Mohamed serre le bras d'Ahmed.

– Je suis là, cousin, si tu as des bonheurs, je les partage, si tu as des malheurs aussi. Et tes ennemis me trouveront à tes côtés sur leur chemin.

Puis dans un sourire :

– Rachel, hein ?

La terrasse du MK2 quai de Seine est bondée, Jean et Rachel sont installés au fond de la salle. Ahmed s'assied, ne dit rien. La flic lève les yeux. Elle est sombre. Si sombre et douloureuse. Puis elle prend pleinement conscience de sa présence et son visage s'éclaire d'un sourire qui chasse toutes les peines, tout mal. Le cœur d'Ahmed s'emplit d'elle. Un autre sang coule dans ses veines. Un mot s'imprime dans son cœur qui contient tout l'amour du monde.

RA-CHE-LÉ

C'est Jean qui finit par se lancer. Son expression est douce-amère. Il ne peut s'empêcher d'être jaloux, de ressentir une part de leur bonheur. Et puis il pense à Léna qu'il verra dans deux heures, sourit à son tour, se reprend, fait son boulot.

– Ahmed, hmm, Ahmed… Nous avons peu de temps. Tout s'accélère, prend forme et se dérobe au même moment. Vous aviez des choses importantes à nous dire.

Le sourire d'Ahmed diminue d'intensité sans se fissurer pour autant.

– Oui, je vais faire vite…

Il raconte en quelques mots l'échange qu'il a eu avec Laura dix jours plus tôt. Jean prend note.

– Pourquoi ne pas nous l'avoir dit hier ?

– Hier, je n'y ai pas pensé. J'étais encore loin dans ma tête. Ça m'est revenu ce matin, et j'ai immédiatement appelé Rachel… Euh, le lieutenant Kupferstein pour le lui dire.

– Vous pouvez m'appeler Rachel, pas de problème.

Le sourire à nouveau. Jean ne relève pas, s'apprête à poursuivre sur sa lancée lorsque le téléphone de sa collègue sonne.

– Allô.

– …

– Mais à qui avez-vous parlé ?

– …

– Non, il ne m'a pas transmis le message. Que vous a-t-il dit au juste ?

– …

– D'accord, merci, commissaire.

Elle se tourne vers Jean.

– C'était Jeanteau, le commissaire de Niort. Le père de Laura a disparu. Et puis il s'est passé un truc bizarre : mon portable était sur messagerie, apparemment, du coup Jeanteau a appelé au Bunker et c'est Meyer qui a répondu. Dès que le commissaire lui a dit que le suspect s'était échappé, le gros Francis a lâché « Vignola ! »

Rachel s'interrompt, Jean pâlit.

– Qu'est-ce que c'est que ce bordel ? Comment Meyer peut être au courant d'un truc pareil ? Nous sommes les seuls à le savoir, et depuis à peine deux heures !

Il se retourne vers Ahmed, lui parle comme un policier à un suspect. Pour la première fois.

– Tu l'as dit à quelqu'un d'autre ? Avec qui es-tu en contact à part nous ? Tu connais d'autres flics ?

La voix de Hamelot s'est faite menaçante. Le visage d'Ahmed se ferme. Rachel le sent partir loin, très vite. Calmer le jeu d'une voix douce et ferme.

– Jean, si Ahmed ne m'avait pas appelée, nous n'aurions eu aucune raison de soupçonner Vignola. Ahmed, je veux juste être sûre d'une chose : personne d'autre que nous n'est au courant de cette conversation entre Laura et vous, n'est-ce pas ?

Ahmed déglutit, respire un grand coup. Il regarde Jean.

– Ça va, pas de problème, c'est normal que vous me posiez cette question. Non, personne d'autre n'est au courant. Je n'en ai parlé ni à M. Paul que j'ai vu ce matin, ni à Sam, ni même à mon cousin Mohamed qui vient de débarquer de Bordeaux pour les vacances. Quant à Laura, en dehors de moi, il est possible qu'elle en ait parlé à Bintou et Aïcha, mais je ne sais pas, je ne pense pas. Elle était plutôt du genre à les protéger qu'à chercher leur protection.

Rachel reprend.

– Sam ? Tiens, ça me rappelle que Sam nous a parlé de votre visite ce matin…

– Bien sûr… Il a dû laisser entendre que j'étais assez dingue pour avoir tué Laura… C'était la pire coupe de cheveux de ma vie. Il tournait autour de moi avec son rasoir et tentait de me convaincre que je pouvais être l'assassin. Il se croit vraiment très fort. Et il me prend vraiment pour un idiot.

Jean relance.

– Sam voudrait vous faire passer pour l'assassin ? Mais pourquoi ?

– Je ne sais pas, depuis quelques jours, il se passe des trucs bizarres dans le quartier. Déjà avant la mort de Laura, je le sentais. Je pense qu'il y a un lien entre Sam et Moktar. Ça va vous paraître bizarre, vous allez penser que je suis à moitié fou, ce qui n'est pas faux. Mais les demi-fous sentent ce genre de choses… Rien d'autre à faire que de les sentir, les choses.

– Moktar, le 75-Zorro-19…

– Moktar, devenu salafiste après son voyage forcé au bled. Après qu'il a dû renoncer à l'amour… Hier, je l'ai croisé dans la rue, il m'a insulté, dit que je puais le Blanc, mais ça faisait des années que l'on ne s'était pas parlé. Depuis Maison-Blanche, justement.

– Maison-Blanche ?

– Oui, nous y avons été internés au même moment, mais pas pour les mêmes raisons. Je ne comprends pas pourquoi il s'en prend à moi gratuitement cinq ans plus tard alors que l'on se croise une ou plusieurs fois par mois dans le quartier sans rien nous dire. Au bout de quelques mètres, je me suis retourné, il n'était plus dans la rue, je suis quasiment sûr qu'il est entré chez Sam's… Voilà, ça vaut ce que ça vaut… Des intuitions de lunatique.

Rachel regarde Jean.

– Ça se recoupe avec ce que nous ont confié les filles… Les anciens membres du 75 qui se retrouvent chez Sam's à une heure du matin trois jours avant le meurtre…

Elle se tourne vers Ahmed, toute trace de sourire évanouie.

– Vous n'avez rien entendu, on est bien d'accord ?

Sans attendre la réponse, Jean se lève, va payer. Rachel s'extrait de la banquette, mais bien plus lentement.

– Je peux vous appeler ce soir, d'une cabine ? Ça ne vous gêne pas ?

Rachel sent la chaleur lui monter aux joues, elle a l'impression d'avoir dix-sept ans.

– Non, Ahmed, ça ne m'embête pas.., Pas du tout. Appelez-moi à… onze heures. J'espère avoir fini. J'espère. Et au fait, ça ne me regarde pas mais…

– Quoi ?

– Vous devriez peut-être penser à acheter un portable.

36

Serré dans son marcel, Raymond est hébété comme après chaque meurtre. Le corps du brocanteur gît à ses pieds dans la posture un peu ridicule des morts assassinés. Le laguiole du crime est enveloppé, empreintes essuyées, dans un sac en plastique, prêt à être jeté dans la Seine, dernière chose à faire avant de quitter Paris, direction Guebwiller. Là-bas, dans le fief familial, ils seront en sécurité, le temps que ça se calme. Le temps que leur vieux père parvienne à apaiser la colère d'Enkell. Raymond est particulièrement pressé de partir : son frère lui a promis qu'il aurait un cachet de Godzwill dès leur arrivée là-bas. Pas avant.

Ils franchissent la grille entrouverte. Une fois dans la rue, Francis redresse la tête, inspire une longue bouffée d'air. Et manque s'étrangler en sentant l'acier du canon contre sa nuque. Il peut percevoir le sourire las dans la voix d'Aïssa Benamer.

– Tu viens, on est garés juste à côté.

Il est toujours difficile d'entamer la dernière ligne droite. On se raccroche à ce qu'on peut…

– Mais Haqiqi, je devais m'occuper de Haqiqi…

– Ah oui ! Eh bien j'ai décidé de m'en charger moi-même finalement, ça m'a semblé plus logique. Bon, vous venez ? Ou vous voulez qu'on fasse ça ici ?

Moins résigné que son frère, Raymond tente une échappée. À peine a-t-il pris son élan qu'une silhouette sort de l'ombre, lui plante le canon de son Glock dans le flanc. Il se retourne et tombe face au regard glaçant d'Enkell. Mais il ne veut pas mourir, non… Il tente de bousculer son adversaire pour s'emparer de son arme. Sans avoir rien compris, en moins de deux secondes, il se retrouve avec une clé au bras, visage écrasé contre le mur de la brocante. Cela faisait plusieurs jours qu'Enkell rêvait d'avoir à sa merci le responsable de la mise en scène grotesque autour du meurtre de Laura. Il le fait avancer vers le Scenic gris souris dont les quatre portes sont ouvertes, en lui susurrant à l'oreille : « Alors, Meyer le Jeune, on aime se donner en spectacle ? On s'est trompé de carrière ? On est devenu tueur, mais sa véritable vocation c'était peut-être artiste ? Parce que dans l'assassinat, tu vois, il est recommandé d'être discret. Enfin, si on veut durer dans le métier… » Le commissaire savoure le moment. Il force sur l'avant-bras du gros Raymond. Doucement d'abord, pour le plaisir de sentir la douleur envahir les neurones du plus jeune des frères Meyer dont le visage rougit, dont la sueur glisse sur le cou en traînées sales, puis il effectue un geste très sec suivi d'un craquement et d'un cri étouffé. L'épaule est déboîtée. Il ne reste plus qu'à laisser la loque s'écrouler sur la banquette arrière du véhicule.

Francis est indifférent au sort de son frère. Dès qu'il l'a vu sortir de l'ombre, Enkell lui a, de manière tout à fait surprenante, rappelé son grand-père Meyer. Un vieux vigneron alsacien qui n'aimait pas son fils, le beau Roger, devenu flic et maquereau à la capitale. Chaque été, Raymond et lui passaient deux mois là-bas, paniqués par cet homme qui ne devait pas prononcer plus de vingt-cinq mots en français par jour. Et cinquante en alsacien, que les deux gamins refusaient absolument de parler. C'eût été déchoir, renoncer à leur prestige ambigu de petits Parisiens. C'est à cela que pense Francis pendant qu'il se laisse menotter dans le dos et s'assoit docilement à côté de son frère, abruti de douleur et de désespoir, sur la banquette arrière de la voiture de leur dernier voyage. S'il avait réussi à comprendre le vieux Meyer, il n'en serait peut-être pas là aujourd'hui.

Enkell démarre. Benamer, assis à la place du mort, tient alternativement les deux frères dans sa ligne de mire. La voiture longe le mur peint de la rue Ordener. Armés de lampes à gaz et de bombes à peinture, deux graffeurs y dessinent un flic yankee, à la casquette et au flingue démesurés, poursuivant l'un des Rapetou qui sort de la piscine-coffre-fort de l'oncle Picsou traînant un sac empli de pièces d'or. Francis Meyer n'a jamais éprouvé qu'une indifférence vaguement teintée de mépris pour ceux que les bobos appellent « artistes de la rue ». Se développe devant ses yeux le dernier tableau humain qu'il lui sera donné de voir : un Blanc et un Noir en survêt', baskets et bandana exhument la part la plus intime de son imaginaire d'enfant, liée à ses étés alsaciens, à l'attente, chaque jeudi, de l'arrivée du *Journal de Mickey* dans l'épicerie-tabac-marchand-de-journaux du village. Impatient, il épluchait le magazine pour vérifier que les Rapetou y figuraient. De loin ses héros préférés, même s'ils se faisaient toujours rattraper par le commissaire Finaud.

Enkell tourne à gauche, rue de la Chapelle, en direction du nord. Raymond ouvre un œil, regarde autour de lui ; le mouvement qu'il esquisse pour tenter de se redresser lui tire un cri étouffé. Il s'écroule. Benamer lui sourit.

– Avec une épaule déboîtée, je serais toi, je bougerais pas trop. Dis-moi, puisqu'on est là tous les deux et qu'on a un peu de temps, je voulais te demander de m'éclairer sur un point : ça voulait dire quoi les trois orchidées sur la lunette des W-C ? Le rôti de porc, je peux comprendre, mais les orchidées, je sais pas, un truc m'échappe…

Raymond lui jette un regard de haine. Ferme les yeux. Se tait.

Francis ne peut s'empêcher de rire.

– Ça te fait rire ?

– Tu veux vraiment savoir ?

– Oui.

– D'accord, je vais te le dire, à une condition.

– Dis toujours…

– J'ai un cachet de Godzwill dans la poche poitrine de ma veste, tu me le fais avaler. Au point où j'en suis…

Raymond rouvre les yeux, siffle « Francis, non ! » Il amorce un mouvement vers son frère et retombe lourdement sur la banquette dans un grognement terrible. Benamer l'ignore, attrape le cachet, le dépose telle une hostie sur la langue de son collègue. Francis avale le Godzwill à sec, inspire profondément, se tait. Porte de la Chapelle, Enkell tourne à droite. Boulevard Ney, Benamer repose sa question.

– Alors, les orchidées ?

Francis sourit, comme à une blague qu'il serait seul à connaître.

– Tu n'as pas remarqué le petit tatouage sous son poignet ?

– Non.

– Trois points, ça te dit quelque chose ?

– «Mort aux vaches!» Mais pourquoi? Fils et frère de flics, couvert par la police pour tous ses crimes?

– Jaloux. Il a toujours été jaloux. Il n'a pas supporté d'être recalé à l'examen d'entrée. Trop bête, même pour faire la circulation. Aussi, un jour il s'est fait tatouer ça. Mon père lui a flanqué une de ces corrections. Ça a été la dernière, mais ça a été grandiose! Et puis là, avec cette drogue… Je sais pas, il était inspiré. C'était joli, non? Poétique.

Francis Meyer se tait, l'effet du cachet commence à se faire sentir, il est bien. Satisfait de pouvoir contempler sa fin. Le lieutenant corrompu et criminel a dépassé le stade de la résignation. Il comprend. Sa conscience est cosmique. Son rôle sur cette Terre aura été de nuire, ce qui n'est pas une mince affaire. Le Grand Tout, la totalité, l'infini, il y aura eu sa place. Enkell et Benamer sont à un niveau supérieur. C'est donc à eux de poursuivre. De faire le mal pour le mal. D'accomplir leur destinée, et la sienne du coup, en l'interrompant. Il comprend, un peu tard, que le crime est une affaire sérieuse. Pas un hobby. Ils sont des professionnels du mal, il n'était qu'un amateur. S'effacer. Leur laisser la place. Une évidence.

DERNIER VOYAGE

«Trop bête, même pour faire la circulation!» Les mots de Francis virevoltent dans la tête de son petit frère. Boulevard MacDonald, il se redresse doucement, apprivoisant la douleur. La voiture ralentit, tourne à gauche, s'engage dans une allée. Raymond n'est que colère froide. Il ne veut pas mourir. Il s'en fout de mourir. Il veut juste le tuer, lui, son grand frère. L'assassiner. Qu'il voie qui est celui qu'il méprisait tant.

Le Scenic s'arrête devant un entrepôt. Une ampoule orange éclaire vaguement la porte d'entrée en métal. Il faut faire avancer les victimes jusqu'à leur destin. En tablant sur la croyance qu'une minute de vie en plus est toujours bonne à prendre, qu'il vaut mieux aller se faire tuer à l'intérieur que dehors. L'obéissance absurde et aveugle. La plupart du temps ça marche, mais ça n'est jamais gagné d'avance. Enkell sort du monospace, ouvre la porte à Francis tout en le gardant dans sa ligne de mire. Benamer fait de même avec Raymond. Qui ne bouge pas d'un iota. Déjà, son grand frère s'approche du halo orangé de l'entrée, suivi par le commissaire central du 18e arrondissement et son Glock non réglementaire. Benamer s'impatiente :

– Raymond, joue pas au con, sors de là.

– Je peux pas. J'ai trop mal.

La situation risque de s'éterniser. Ne pas traîner à découvert. Enkell, voix froide :

– Fais-le là. C'est pas grave, on nettoiera.

– Non. J'ai pas pris de silencieux. Et puis je ne veux pas trimballer son énorme corps à l'intérieur après.

Benamer s'approche du gros Raymond qui a l'air de souffrir terriblement. Même les bons professionnels font parfois des erreurs. Tout se passe très vite. Meyer le Jeune attrape le canon du flingue du commissaire kabyle, et, dans le même mouvement, lui éclate l'arcade sourcilière contre le montant de la porte, avant de le laisser s'écrouler en récupérant son arme. Le temps qu'Enkell se retourne, Raymond lui fait face, flingue contre flingue.

– Tu me laisses juste tuer mon frère et je disparais dans la nature. Toi et ton Arabe de merde, vous ne m'intéressez pas.

271

Les deux hommes dessinent une courbe élégante, sans jamais cesser de se viser, jusqu'à ce que Francis se retrouve à mi-chemin entre les canons de leurs armes, face à son petit frère. L'aîné des Meyer a achevé sa montée. En mode Dieu vivant, il s'adresse à son cadet :

– Ce que tu cherches n'est pas ici. Tu me tues au moment où j'atteins au divin. Tu me tues au moment où je désire la mort. Ô combien ma place est préférable à la tienne ! Combien de temps te faudra-t-il pour comprendre ? Comme la vie est…

Bang bang bang. Trois coups interrompent la litanie. Un dans chaque genou, un dans les couilles. Enkell fait à nouveau face à Raymond qui recule progressivement dans la nuit.

– La douleur, ça réveille de n'importe quelle défonce. Tu peux l'achever maintenant, je m'en fous, il mourra en sachant qui était son frère.

Un instant, le commissaire central croit avoir une hallucination : il ne reste de Raymond qu'un sourire ironique qui flotte dans l'obscurité.

37

Au Sarah-Bernhardt, Jean contemple les bulles de son Perrier-rondelle depuis douze minutes lorsque Léna fait son entrée, accompagnée d'un homme d'une soixantaine d'années, grand, presque maigre, un peu voûté. Présentations, commande. Cappuccino pour le psychiatre, rhum-Coca pour l'assistante sociale. Le Dr Germain regarde sa montre.

– Donc vous voulez des renseignements sur Ahmed Taroudant. Des renseignements que je n'ai pas le droit de vous donner… Léna m'a expliqué le contexte, j'ai toute confiance en elle. Je tiens néanmoins à préciser deux points : premièrement, cette rencontre n'existe pas, nous ne sommes jamais vus. Est-ce clair ?

Il plonge ses yeux bleu ciel dans ceux de Jean.

– Extrêmement clair, docteur.

– Deuxièmement, je ne dirai que le minimum nécessaire. Juste ce que vous avez besoin de savoir pour comprendre qu'il est innocent. Si j'estimais qu'il y avait l'ombre d'un risque qu'il soit coupable, je ne le dirais certainement pas à la police, je me contenterais de me taire. Les psychiatres – et a fortiori les psychanalystes – ne sont pas là pour envoyer les gens en prison…

– Juste par curiosité, docteur, si vous le pensiez coupable, vous ne feriez rien du tout ?

– Juste par politesse, lieutenant, ce que je ferais en ce cas ne vous regarde pas… Et maintenant, commençons. Je connais Ahmed Taroudant depuis cinq ans. Il est arrivé dans mon cabinet à la suite d'une bouffée délirante. On l'a retrouvé en train de marcher sur le boulevard périphérique, ayant perdu tout repère. Il ne savait plus qui il était, prononçait des paroles incompréhensibles. Durant vingt jours, il est resté à Maison-Blanche. Ensuite, je l'ai suivi dans mon cabinet en ville. Il faut savoir que sa mère était internée depuis son adolescence pour schizophrénie. Ahmed s'est fait tout seul, on peut le dire. Je considère sa bouffée délirante comme normale au regard de son parcours. Et même assez saine, finalement. C'était sans doute ça ou devenir lui-même schizophrène.

– Et sa mère ?

– La dernière fois qu'ils se sont vus, ça s'est… très mal passé. J'ai conseillé à Ahmed de ne plus la voir. C'était le seul moyen pour lui de s'en tirer sur le plan psychique.

– Excusez-moi d'insister, docteur, mais qu'est-ce que signifie « Ça s'est très mal passé ? »

Deux flèches empoisonnées : les yeux de Germain.

– Rien de plus que ce que cela veut dire, lieutenant ! Hamelot encaisse sans broncher. Attend.

– Pour dissiper tout malentendu, c'est la mère qui s'est montrée agressive envers son fils. Ça vous va ?

– On va faire avec, docteur, on va faire avec… À ce propos, quel était son comportement avec les autres patients ? Pas d'agressivité ?

– Ahmed n'est pas du genre à provoquer les autres ni à se laisser faire. Son séjour s'est plutôt bien déroulé. Il a simplement eu des difficultés passagères avec une connaissance du quartier, me semble-t-il. Sans passage à l'acte de part ou d'autre, cependant.

– Une connaissance du quartier ? Qui ça ? Moktar ?

La mâchoire du Dr Germain se crispe légèrement.

– Écoutez, lieutenant Hamelot, je vous en ai déjà trop dit, je ne vais pas déballer tout ce que je sais sur chacun de mes patients. Je dois vraiment m'en aller à présent. Mes séances commencent dans quinze minutes.

– Docteur, c'est vraiment important. Il s'agit d'un meurtre atroce, avec une mise en scène très soignée. Et un crime de ce genre est souvent suivi d'autres. Répondez à une dernière question : la connaissance du quartier avec qui ça s'est mal passé c'était bien Moktar, n'est-ce pas ?

Quelque peu désarçonné, le psychiatre regarde Léna qui le rassure d'un regard : rien ne sortira d'ici.

– Oui, il s'agit de lui. Maintenant, je dois partir. Compte tenu des circonstances, j'autorise Léna à vous parler de ce cas particulier. Elle l'aurait fait de toute façon. Au revoir lieutenant.

– Au revoir docteur. Et merci.

Quinze minutes plus tard, Jean est passé à la Guinness. Léna poursuit au rhum-Coca.

– Moktar était en plein délire mystique, tu vois. Mais en mode *bad trip* ! Méchant ! Nous étions tous des cibles pour lui. Il parlait sans cesse d'Anna…

– Sa copine interdite.

– Tu connais déjà l'histoire, je me souviens très bien du soir où tu me l'as racontée. Tu sais, c'était ce soir où on avait bu un peu trop de bières camerounaises, rue Marcadet, chez Mireille la Fine.

Jean ne peut s'empêcher de rougir au souvenir de cette soirée dont il n'a gardé aucun souvenir. Le lendemain matin, dans le lit de Léna, émergeant difficilement, il n'avait aucune idée de ce qui s'était passé entre eux. La migraine le taraudait et il débarqua, hagard, en quête d'aspirine, dans la cuisine où l'assistante sociale bretonne fraîche et souriante préparait le petit déjeuner. Pourquoi éprouve-t-elle le besoin de lui rappeler cet épisode humiliant ? Et d'en rajouter ?

– Tu sais, ce soir qui précédait le matin où tu n'as même pas osé me demander ce qui s'était passé durant la nuit.

Pivoine, Jean tente avec l'énergie du désespoir de garder une contenance.

– Hmmm… oui, ce soir-là.

Léna pétille.

– Tu ne veux toujours pas savoir ?

Jean se reprend, sourit.

– Léna, on est encore dans la partie professionnelle de la soirée. Si j'ai des questions à te poser sur cette nuit-là, je me réserve de le faire ultérieurement, après la fin de ma journée de boulot. Ce dont je me souviens en tout cas, c'est que tu n'as jamais voulu me dire un mot sur le séjour de Moktar à Maison-Blanche.

– La partie professionnelle de la soirée…

Léna laisse flotter les points de suspension autour d'eux. Et Jean comprend que ce soir, il ne sera pas nécessaire de boire jusqu'à l'oubli. Il repense aux taquineries de Rachel à propos de Léna. Comment savait-elle que cela vibrait toujours entre les anciens amoureux de Saint-Pol-de-Léon ?

– Donc, Moktar…

– Secret médical. Si je commence à raconter aux flics comment se comportent les patients…

– Aux flics…

– Oui, bon, tu m'as compris. Je t'aime beaucoup, Jean, mais dans nos types d'activités, il est primordial de respecter les règles. Étanchéité entre travail et vie privée, par exemple.

– À quoi tu joues, Léna ? Ton patron t'a libérée du secret médical, et surtout, on est aux trousses d'une bande d'assassins, potentiellement en relation avec des intégristes *et* des flics pourris. Alors tout ce que tu peux m'apprendre sur Moktar est ultraprécieux. Pour tous. Toi et moi, à des places différentes, on bosse bien pour la société, non ?

– Je n'avais jamais envisagé les choses sous cet angle… et je ne serais pas prête à concéder ce point à un autre flic que toi. Disons que tu as gagné sur ce coup-là. Notre ami Moktar voyait le monde séparé en deux parties irréconciliables : les musulmans et les autres. Et quand il disait les musulmans, il voulait dire les vrais, les purs. Pour le personnel féminin de l'hôpital, c'était vraiment difficile. Nous ne devions pas le frôler, fût-ce par mégarde, pas même l'approcher. Pratique, quand on a des soins à faire, des prescriptions à donner ! En entretien, il laissait libre cours à ses tendances agressives. Et ce qu'Anna lui inspirait dorénavant, c'était clairement des idées de meurtre. Il répétait sans cesse : « *Shaïtan, shaïtan.* » Parfois, lorsque l'une d'entre nous passait à proximité, il se mettait à psalmodier le Coran avec un de ces tons ! On en avait froid dans le dos. Au bout d'un moment, il s'est calmé, a fini par comprendre qu'il ne sortirait pas tant qu'il s'y prendrait de la sorte. Bon, tu sais ce que c'est, on ne peut pas garder tout le monde enfermé. Et puis il n'avait jamais tué ni blessé personne, même s'il avait tout cassé chez lui. Donc il est sorti, et depuis, plus de nouvelles.

– Quel est le diagnostic ?

Léna boit une gorgée, respire un bon coup et regarde Jean dans les yeux.

– Ça ne sort pas d'ici ?

– Léna, une femme est morte, d'autres pourraient suivre. Je garde ça pour moi et Rachel. Et mon chef. Il m'est impossible de leur cacher ce genre d'informations. Mais ça ne sera écrit nulle part.

– Rachel… Bon, je vais pas faire ma jalouse irresponsable. Psychose paranoïaque dégénérative. C'est incurable et ça ne peut qu'empirer. Le passage à l'acte rentre dans le tableau, bien évidemment. Je ne suis pas psychiatre, mais si tu me décris un peu le meurtre, je pourrai te dire si ça colle.

– OK.

Jean décrit la mise en scène de l'assassinat de Laura. Rôti, orchidées, balcon.

– Hmmm… Bizarre. Ça ressemble plutôt au travail d'un pervers. Au feeling, comme ça, je dirais que s'il a tué, *si* il l'a tuée, il n'a pas élaboré la mise en scène. Ça paraît trop. Comment dire ?… Comme si quelqu'un connaissait son profil et voulait lui faire porter le chapeau.

– Pour l'instant, il semble qu'ils veuillent plutôt faire porter le chapeau à Ahmed…

– Ahmed !… Alors lui, non ! Je suis catégorique. Comme le Dr Germain te l'a dit, ce n'est absolument pas le genre. Ce n'est ni un pervers, ni un parano agressif. Juste un type un peu lunaire, dans son monde, mais sans danger pour les autres. Bon, assez bossé, je meurs de faim, allons manger… De toute façon, si je bois un verre de plus, je serai en infraction et tu seras obligé de me passer les menottes…

Effrontée comme une jeune fille, elle plante ses yeux dans les siens. Jean parvient à soutenir son regard sans rougir.

– En infraction, tu l'es déjà avec deux rhums-Coca. Les menottes, je peux passer les prendre au commissariat si tu y tiens…

Plus tard, ils auront ce dialogue.

Jean : Pourquoi ce soir-là ?

Léna : Parce que tu étais prêt.

Jean : Comment l'as-tu su ?

Léna : Parce que je suis une femme qui regarde.

Mais ce sera plus tard. Des heures, des mois ou des années plus tard. L'éternité d'après.

38

Bintou, Aïcha, Alpha et Mourad. Chez Onur. Ne manquent que Moktar, Ruben et Rébecca pour faire revenir le bon vieux temps. Vingt-deux heures quarante-cinq, une table loin des touristes, au fond. Atmosphère chargée d'amour et de douleur. Des frères et sœurs séparés depuis des années, sans s'être jamais dit pourquoi. D'abord, le silence. Puis le thé que le maître des lieux, qui les connaît si bien, dépose devant chacun. Les garçons y plongent deux petits carrés de sucre, touillent. Les filles les regardent. Étonnamment heureuses. Elles les ont tant admirés, leurs grands frères ! Tant aimés. Jusqu'à ce qu'ils se déchirent, se séparent. Moktar, Alpha et Mourad d'un côté, Ruben de l'autre. Les musulmans, le juif. Elles savaient que cela datait de la folie de Moktar, rien de plus. Leurs frères n'avaient jamais évoqué la moindre explication. Simplement, à partir de ce moment-là, ils avaient ignoré Rébecca, la petite sœur de leur ex-ami-pour-la-vie. Comme si la famille Aboulafia, dans son intégralité, avait cessé d'exister du jour au lendemain. Cela les avait beaucoup troublées. Puis, quand Ruben adopta la même attitude à leur égard, elles avaient décidé d'en rire ensemble…

Les garçons savent que c'est à eux de parler. C'est

Mourad qui s'y colle, alors qu'il a toujours eu du mal avec les mots une fois la boîte à rythmes éteinte.

– Bon, on a déconné… Faut nous comprendre aussi. Dans ce monde, les musulmans…

Incrédules, les deux jeunes filles le fixent. Alpha pose la main sur le bras de son ami, pour le ramener à la réalité du moment.

– Non, non, c'est pas ça… Je veux dire… On n'a rien fait… Voilà, on n'a rien fait…

La voix de Mourad se brise. Comme s'il se rendait compte, là, devant son verre de thé aux trois quarts vide. Alpha prend le relais.

– Oui, c'est exactement ça, on n'a rien fait et c'est ce qui nous bouffe…

Il lève les yeux au plafond. Inspire. Expire fort.

– Tous les jours je me réveille avec l'image de Laura, je m'endors avec elle. Dans la journée, elle revient sans cesse. Sa valise à roulettes, son uniforme… Chaque jour. Et eux aussi : Sam, Moktar, ce lâche de Haqiqi qui n'était même pas là… Et l'autre type, au fond, aussi balèze que bizarre, qui nous regardait sans rien dire. Celui-là, chaque fois que j'y pense, j'ai des frissons.

Bintou, les yeux brouillés de larmes, lui prend la main, la serre de toutes ses forces.

– Alpha, tu dois *tout* dire. Après, on ira ensemble chez les flics. Et puis Laura te laissera en paix, parce que tu auras fait ce qui est juste.

– Ce qui est juste…

Boys don't cry. Alpha reprend douloureusement.

– Plus rien ne sera juste. Jamais. On a laissé faire. On les a écoutés et on est partis. Des lâches.

Le vide. Le regard de Mourad abandonne enfin son verre de thé et accroche une silhouette familière qui entre au kebab ; il ferme les yeux une demi-seconde en signe de reconnaissance et enchaîne, tandis que le nouvel arrivant se dirige vers le comptoir pour saluer Onur.

– Haqiqi avait insisté pour qu'on soit là, à cette réunion. Il avait besoin de nous pour régler un problème important. Exceptionnellement, nous allions travailler avec des juifs, Moktar nous expliquerait. On trouvait ça bizarre, mais, à cette époque, nous avions confiance en lui. Il nous avait souvent confié de petites missions, comme il disait : distribuer des tracts devant la mosquée de Paris ou d'Évry, faire des copies de DVD, des trucs simples qui nous donnaient le sentiment d'être importants, de travailler pour la *Oumma*. Ça paraît idiot, mais on le croyait vraiment. Et on croyait en Moktar. C'était notre ami d'enfance, mais depuis son voyage au bled, pour nous, il était inspiré, il marchait avec Dieu : en le suivant, on avait l'impression que, nous aussi, on allait dans la bonne direction. Moktar a expliqué qu'il y avait une femme dangereuse parmi nous. Laura l'avait regardé plusieurs fois. C'est Haqiqi qui lui avait fait remarquer et rappelé que c'était ce genre de regard qui avait failli le perdre dans son ancienne vie. Et puis qu'elle se plaisait à allumer tous les vrais croyants du quartier. À croire que Satan l'avait choisie pour perturber la communauté. Là, Alpha et moi, on s'est regardés. Ça n'a pas échappé à Sam, ni au mec bizarre qui lâchait pas un mot mais accrochait chacune de nos paroles, scrutait chacun de nos gestes. Moktar, sur sa lancée, ne voyait rien. Deux nuits plus tôt, Haqiqi avait fait un rêve merveilleux et troublant qui se déroulait à Médine, au temps du Prophète. Dans une rue, une femme lascive se promenait et excitait les hommes. Elle est passée devant le groupe des premiers croyants – les pieux ancêtres – qui s'installaient pour la prière. Le soleil se couchait à leur gauche, à l'ouest. Là, elle a commis un acte très grave : elle s'est exhibée devant eux, tête, bras et poitrine découverts. Mais les cœurs purs avaient levé les mains en fermant les yeux, et prononcé les paroles sacrées *Allahou akbar*. En un instant, la femme avait disparu. Le soleil se couchait à gauche, cela signifie que la scène se passait avant que le Prophète n'ordonne de se tourner vers La Mecque pour prier et non plus vers Jérusalem. Pour Haqiqi, c'était clair : aussi bizarre que cela paraisse, il fallait demander de l'aide aux juifs pour savoir que faire avec cette femme impure.

— Et c'est là que je suis arrivé.

Surprises par l'interruption, les filles tournent la tête pour découvrir Ruben, en jean, tee-shirt et papillotes à moitié dénouées, un verre de thé à la main, debout derrière elles.

— Au moment où Sam prit la parole pour expliquer que l'imam Haqiqi et le rabbin Seror avaient décidé d'agir ensemble pour protéger leurs communautés respectives de cette femme malfaisante. Sam, je le connais bien, c'est mon oncle. Un crétin qui se croit malin. Quant à Seror et Haqiqi, ils étaient sûrs que nous serions tous d'accord pour mettre Laura au pas, la meilleure amie de nos sœurs, celle qui nous empêchait – pensaient-ils – de vous contrôler. Ils nous envisageaient comme de bons petits soldats, et ils n'avaient pas tort. Mais ils ont présumé de leur emprise en voulant nous faire enlever Laura. Ils avaient récupéré, je ne sais pas comment, ses horaires de vol et nous demandaient de l'intercepter à minuit, entre le métro et chez elle. Puis nous devions l'emmener dans une camionnette jusqu'à un entrepôt, derrière le périph, où nous attendraient Moktar et l'autre type.

Il s'agissait, soi-disant, de lui faire peur pour qu'elle quitte le quartier et laisse définitivement tranquilles les croyants et nos sœurs. Tous les trois, on s'est regardés pour la première fois depuis quatre ou cinq ans, et c'était comme si on se réveillait d'un mauvais rêve. Comme dans les films, quand les héros sont libérés du sort que leur avait jeté la sorcière. C'est quand Sam a utilisé l'expression « les croyants » : ça sonnait faux. Du coup, on s'est rendu compte que c'était aussi faux dans la bouche de nos guides, ceux que nous suivions depuis tant d'années. On s'est regardés et on a répondu en même temps qu'on refusait de le faire ; nous n'en serions pas. Moktar allait continuer sur sa lancée, mais Sam a compris qu'il ne servirait à rien d'insister. Là, l'autre mec, celui qui disait rien, est sorti de l'ombre. Il nous souriait et nous menaçait en faisant glisser son pouce sur sa gorge. Sans un mot. Voilà la vérité. On a eu peur. Si on était allés voir les flics en sortant de chez Sam, elle serait encore vivante.

Aïcha et Bintou fixent Ruben, les yeux écarquillés. Puis Alpha, puis Mourad. Ils ont vu le tueur. Ils auraient pu empêcher la mort de Laura. Elles pleurent. Les garçons se taisent, confrontés à eux-mêmes. À leur passivité. À l'inexpiable.

LE CRIME
LEUR CRIME

Quatre minutes trente : le silence se fait insoutenable. Alpha questionne dans un souffle :

– Qu'est-ce qu'on fait maintenant ? On va voir les flics ?

Bintou sèche ses larmes avec une serviette en papier.

– Tout à l'heure. Avant, vous devez nous raconter.

D'un geste hésitant, elle serre à nouveau la main de son frère.

– Il faut nous parler de vous. Comment vous en êtes arrivés là? Qu'est-ce qui vous a menés à devenir ça?

– C'est une longue histoire; vous en connaissez à peu près le début: quatre gamins jouent aux super-héros dans la cour de récré, découvrent le rap au collège, deviennent les vedettes du quartier, et se fâchent, quelques années plus tard, pour une banale histoire de fille.

– Banale, je ne dirais pas.

Ruben s'assied enfin, et poursuit.

– Vous vous souvenez de l'histoire d'amour entre Moktar et Anna? Quand ses parents lui ont interdit de la voir, Moktar a tout cassé dans l'appartement. Il s'est retrouvé à Sainte-Anne; ensuite, son père a décidé de l'envoyer au bled. Anna était totalement désemparée. Un jour, je l'ai croisée par hasard devant le Picard du boulevard Magenta. On aurait dit une somnambule. On est allés boire un café. Elle m'a supplié de parler à Moktar, quand il reviendrait. On s'est revus plusieurs fois durant l'été. J'ai promis de faire ce que je pourrais. Quand Moktar est revenu, il avait changé à l'intérieur. Il dégageait quelque chose de neuf. Une puissance, une aura. C'était fascinant et inquiétant. Quand je lui ai parlé d'Anna, il m'a demandé si j'étais passé du côté de Shaïtan. Mourad et Alpha étaient présents. Ils ont essayé de désamorcer le truc en plaisantant, mais le discours de Moktar les touchait d'une manière que je n'arrivais pas à comprendre. Seul et triste, je suis parti dire à Anna qu'il n'y avait rien à espérer. C'est ce jour-là que ça s'est passé entre elle et moi. Mais c'était trop lourd à porter, alors je suis allé le dire en face à Moktar.

Il se tait, boit une gorgée de thé. Mourad reprend le fil du récit.

– Ce jour-là, il n'y avait que nous chez Moktar. Et la télé. Des clips sur M6, je crois. Quand Ruben a avoué ce qui s'était passé entre Anna et lui, Moktar s'est figé. Il s'est mis à psalmodier les versets du Coran appris lors de son séjour au bled, s'est levé et a marché droit sur Ruben qui a reculé vers la porte d'entrée. Alpha et moi, on l'a attrapé en criant à Ruben de filer en courant. On a réussi à faire se rasseoir Moktar, mais il a continué à psalmodier. On est restés là jusqu'au retour de son père. Le lendemain, il était hospitalisé à Maison-Blanche. On a coupé les ponts avec Ruben parce qu'on était choqué qu'il couche avec Anna. Et on pensait que c'était sa faute si Moktar était retourné à l'hôpital. On y est allés deux fois, à Maison-Blanche. C'est là qu'on est vraiment passés sous son influence. On aurait dit un saint, la plupart des autres patients l'écoutaient. Il parlait du bled, des marabouts. Expliquait comment, là-bas, on vivait dans la pureté, dans la vérité de l'islam. Je sais pas, c'est comme si, depuis son voyage, il détenait le truc qui nous manquait. Le truc magique. Quand il est sorti, on l'a suivi à la salle de prière de Haqiqi, où on s'est complètement plongés dans leur monde. Ils parlaient des temps du Prophète, des pieux ancêtres. De la voie à suivre.

Ruben l'interrompt.

– Avec Anna, ça n'a pas duré. Et je me suis retrouvé affreusement seul. J'ai commencé à réfléchir sur moi-même. Qu'est-ce qui était le plus important pour moi : le hip-hop ou le judaïsme ? Et quand mon père est parti et que ma mère s'est mise à fréquenter les hassidim marocains du quartier, j'ai plongé à mon tour. Je suis devenu quelqu'un d'autre et j'étais bien comme ça.

C'était la première fois que je me sentais moi-même. Je le croyais, en tout cas. Aujourd'hui, je regarde en arrière et ce que je vois, c'est le cadavre de Laura. Je ne peux plus me regarder dans une glace.

Aïcha et Bintou sont plus que secouées par leur récit. Incapable de prononcer un mot, la jeune fille aux yeux bleus note l'adresse de Rachel sur un coin de nappe qu'elle déchire. Avant de le tendre à Ruben, elle écrit, en bas à droite :

« 3 h 30 du matin. Tous les 3. »

39

Le nettoyage, c'est le pire moment. Ou le meilleur. D'habitude, Benamer aime ça. Mais d'habitude il ne doit pas se remettre péniblement d'un KO infligé par celui qu'il devait tuer. Il ne s'est pas méfié de Raymond Meyer. Il a été mauvais. Il est nul. Les pensées négatives s'enchaînent au point de lui faire oublier sa tâche. Enkell l'observe alors qu'il éponge toujours la trace de sang qui a disparu depuis un moment de la vitre arrière du Scenic. Il lui laisse le temps de se remettre.

– Aïssa, tu viens ? Elle est bien propre, ta vitre. Il faut qu'on en finisse avec le corps du Gros.

Aïssa Benamer secoue la tête, fourre l'éponge dans le sac en plastique Leader Price qui contient le matériel à dissoudre, extrait un diable du coffre, le déplie et parcourt les quinze mètres qui le séparent du cadavre dont la tête est surmontée d'une aura rouge profond. Douze minutes plus tôt, à peine le sourire de Raymond Meyer avait-il disparu, que Frédéric Enkell tirait une balle dans l'occiput de Francis. Puis il avait réveillé son coéquipier de deux claques sonores, pour lui confier le nettoyage de la vitre tachée de sang. Et tous les deux, maintenant, chargent le corps de feu leur collègue en surpoids sur le diable, le sanglent au niveau du cou, de la poitrine et de la taille, en laissant traîner les jambes. Rien de plus malaisé que de transporter un cadavre. C'est pour cela qu'en général on essaye de les liquider au plus près de leur destination finale. Le plus pénible, c'est de faire grimper les trois marches du perron à leur chargement sur roulettes. La porte s'ouvre sans difficulté sur une vaste pièce nue au milieu de laquelle trône, tel un totem conceptuel, une large forme noire cylindrique surmontée d'un deuxième cylindre plus petit. La cuve est haute d'un mètre quatre-vingt-dix. Deux échelles y sont accolées. Posé entre elles, un sac d'où Enkell extrait deux combinaisons protectrices vert fluo pendant que Benamer délie le cadavre de Francis Meyer.

DISSOLUTION

Le monter jusqu'en haut du premier cylindre n'est pas aisé, chacun sur son échelle, un qui tient les jambes, l'autre les aisselles. Putain !... Puis, le poser en équilibre instable sur le rebord. L'un qui le retient, l'autre qui se hisse jusqu'au faîte pour dévisser l'énorme couvercle de la cuve. Putain de combinaison !

MAIS QU'EST-CE QUE JE FOUS LÀ ?

Le trou est trop étroit pour basculer l'ex-humain en entier. Faut choisir : la tête ou les jambes. La tête, décide le chef qui la tient, justement, et qui veut voir. Et puis, tout va très vite. Comme quand on plonge. La cuve est bien conçue, vraiment, pas la moindre projection. «On aurait presque pu le faire sans cette saleté de combinaison», pense l'autre. Puis il y a le bruit. Ce bruit qui rend la situation bien réelle. Le bruit même de la disparition.

FSCHHHHH

Voilà… c'est fait. Mais du boulot, pour cette nuit, il en reste.

40

Deux heures trente chez Rachel. Aïcha et Bintou sont sagement assises de l'autre côté de la table. Au menu : café Malongo et cookies Monoprix. L'ordinateur portable est allumé, Skype est activé sur le compte d'Aïcha. Le silence s'installe, commence à peser. Qui va se lancer ?

– On doit vous dire un truc, commence Bintou.

– Oui.

– Nos frères, ils vont venir tout à l'heure, après l'appel à Rébecca. Avec Ruben.

Rachel attend la suite. Bintou croque un demi-cookie, lève les yeux sur une gravure polychrome d'un dieu indien entouré de deux déesses. S'y absorbe un instant – cette sérénité, cette douceur… – avant de revenir à la situation, à l'horreur. Elle reprend dans un souffle.

– Ils n'ont rien fait. Et ça va les poursuivre toute leur vie. Ce soir-là, ils ont vu l'assassin. Il y avait Sam, Moktar et un autre type, fort et inquiétant. Le coiffeur et Moktar leur ont demandé d'enlever Laura, nos frères ont refusé, le sale type les a menacés et ils sont partis… Voilà, c'est tout, ça s'est passé comme ça. Ils sont partis, et elle a été tuée. Mon frère n'a rien fait pour empêcher le meurtre. Ni celui d'Aïcha, ni celui de Rébecca. Ils n'ont rien fait… Nos frères… Vous comprenez… Nos frères.

Bintou se met à sangloter et regarde le lieutenant Kupferstein, quêtant, au milieu de ses larmes, la réponse à la question qu'elle n'ose pas poser. Rachel la lui livre avec un sourire triste.

– Trois ans, c'est ce qu'ils risquent. Non-dénonciation de crime. Trois ans et quarante-cinq mille euros d'amende. Article 434-1 du Code pénal. S'ils se présentent d'eux-mêmes au commissariat, s'ils aident à arrêter l'assassin, le juge en tiendra compte, bien sûr. Je vais appeler Jean pour qu'il soit là lorsqu'ils arriveront. Ensuite, nous partirons ensemble au Bunker.

Deux heures quarante-cinq. Juste le temps d'appeler son collègue avant l'heure du rendez-vous Skype avec Rébecca. Ça sonne dans le vide. Elle ne laisse pas de message, raccroche, rappelle. Trois sonneries, il décroche.

– Mmmmh.

– Jean. Tu peux être là dans une demi-heure ? C'est important.

Elle l'entend murmurer quelque chose à quelqu'un.

– Vraiment, je suis désolée de mal tomber, mais j'ai vraiment besoin de toi maintenant. Les événements se précipitent, disons. Je t'expliquerai. Transmets mes amitiés à Léna.

– J'arrive.

Aïcha se lève, contourne la table, tend un mouchoir à Bintou et lui caresse les cheveux ; son regard erre le long des murs et s'accroche au tableau coloré qui avait intrigué son amie quelques minutes auparavant. Le dieu indien polygame. Rachel la laisse s'imprégner de l'image avant de la décrypter.

– C'est Muruga, le frère de Ganesh. Je l'ai acheté à La Chapelle, dans une boutique tenue par des Kéralais. J'ai toujours rêvé d'aller au Kerala. Peut-être que je n'irai jamais, que cela restera un désir inassouvi, de ceux qui font avancer dans l'existence, comme de continuer à aimer un homme qui n'en sait rien et qui n'en saura jamais rien, mais que vous pouvez conserver intact dans un coin très pur de votre cœur. Un homme avec qui vous ne vous imaginez même pas faire l'amour. Pour les fantasmes, de toute façon, il y a les acteurs, Irfan Khan, Tony Leung ou Charles Berling…

– Ou Javier Bardem…

Les mots ont franchi en un souffle très léger les lèvres charnues de Bintou.

– Ou Javier Bardem, oui… Nous avons chacun le ou les nôtres… Ils sont précieux. Mais les dieux ou les hommes-icônes c'est différent. En eux s'abolissent les désirs. En eux, nous trouvons la paix.

Bintou l'écoute intensément. Une écoute qui se poursuit dans le silence de Rachel : d'où provient l'étonnante proximité qui s'est tissée avec ces jeunes filles, inconnues la veille encore, et dont les frères se sont rendus complices d'un meurtre affreux ? De la même façon qu'avec Ahmed : la transe, le miracle de la rencontre. Le miracle de cette enquête. Devant l'éternel sourire de Muruga entouré de ses épouses charmantes et éternellement satisfaites, d'une satisfaction divine, charnelle et non charnelle en même temps, se déploie un instant de communion magique. Une satisfaction divine, pense Rachel, c'est si simple, si évident, que l'humain s'ingénie à ne pas y accéder.

Une dizaine de minutes avant l'appel de Rébecca. Une vibration de l'air ne demande qu'à accueillir une parole véritable. Qui éclôt, délicate, entre les lèvres de Bintou :

> *Quand je marche dans la vallée de l'ombre de la mort,/Je ne crains aucun mal, car tu es avec moi :/Ta houlette et ton bâton me rassurent./Tu dresses devant moi une table,/En face de mes adversaires ;/Tu oins d'huile ma tête,/Et ma coupe déborde./Oui, le bonheur et la grâce m'accompagneront/Tous les jours de ma vie,/Et j'habiterai dans la maison du Seigneur/Jusqu'à la fin de mes jours.*

Elle s'arrête, ferme les yeux une seconde, puis :

– Quand Rébecca a commencé à s'habiller en juive religieuse, c'était pour faire plaisir à son frère et à sa mère, mais elle souhaitait comprendre de quoi il retournait. Elle a lu la Bible. Moi, j'étais curieuse, et j'ai appris quelques passages avec elle. Ce psaume nous a touchées. Triste et beau. Inquiétant et rassurant en même temps. Le plus étrange, c'est que je n'ai jamais lu le Coran. Pour moi, c'est un livre menaçant, dangereux. Alors que la Bible ne m'a jamais fait peur. Ce n'était pas le livre de ma religion, je ne risquais rien en le lisant.

Surprise, Rachel l'interrompt :

– Menaçant, pourquoi ?

– Je vais vous raconter un secret, une histoire qui s'est déroulée l'année de mes huit ans. Nous étions en visite à Stains, chez ma cousine Fanta qui en avait neuf. À un moment, nous nous étions enfermées dans la salle de bains. Et je ne sais plus comment ni pourquoi, mais, tout d'un coup, elle m'a demandé si j'étais excisée. Comme je n'avais aucune idée de ce dont elle me parlait, elle m'a montré. J'ai vu ce qui lui manquait et que j'avais encore. Je me suis mise à pleurer. Je ne sais pas si j'étais triste pour elle ou pour moi, mais je n'arrivais plus à m'arrêter. Ni à expliquer pourquoi je pleurais. Ce n'est qu'en rentrant à la maison que j'ai fini par raconter à ma mère ce qui s'était passé dans la salle de bains. Maman m'a consolée, m'a rassurée en me disant que l'on ne me ferait jamais une chose pareille, bien qu'elle-même ait subi le même sort, au village, lorsqu'elle était enfant. Elle n'arrêtait pas de répéter en secouant la tête tristement : « Stains, ça n'est pas Sélibaby, tout de même, pauvre Fanta… » Quand j'ai été plus grande, elle m'a expliqué que l'imam du village, là-bas, sur la rive droite du fleuve, avait déclaré publiquement que les filles devaient rester pures, même au pays des infidèles, surtout au pays des infidèles. Un vieil imam édenté à la tête plus dure qu'un crâne de zébu. Malheureusement pour Fanta, sa mère avait écouté l'homme de Dieu. Je crois que ce que je suis vient de cette chance-là, celle de n'avoir pas été la fille de ma tante. D'avoir conservé mon intégrité. Je ne me sens pas supérieure à Fanta, ni à aucune fille excisée. Ce n'est pas la question. Mais je sais que mon identité la plus profonde s'enracine dans le fait que je ne le suis pas. Sur ce désir de ma mère que je sois différente d'elle. C'est drôle, c'est la première fois que je raconte cela à quelqu'un d'autre que Rébecca ou Aïcha. La première fois que je comprends à quel point elle a fait de moi celle que je suis.

Elle regarde le dieu indien et rit.

À trois heures une, la sonnerie de Skype les tire de leur rêverie. Aïcha interroge Rachel du regard, qui lui fait signe de répondre. Un visage indistinct se précise

295

peu à peu au milieu du balayage électronique. Une jeune femme belle, brune à la peau claire. Soucieuse. Une fenêtre derrière ses épaules : le jour commence à tomber. Huit à neuf heures de décalage, calcule rapidement Rachel, redevenue flic : ouest des États-Unis ou du Canada.

– Hey, Aïcha, Bintou, vous êtes là ? Je ne vous vois pas…

– Oui, on est là, Rébecca, il n'y a pas de webcam sur cet ordi, mais nous, on te voit ! Comment tu vas depuis hier ?

– Ça va.

– On est avec le lieutenant Kupferstein… Rachel, dont on t'a parlé. Tu peux tout lui dire, elle est bien.

– Bonjour, Rébecca.

– Bonjour, lieutenant.

– Merci d'avoir accepté de me parler. C'est vraiment important pour l'enquête. Pour coincer l'assassin au plus vite.

– Je ferai tout pour vous aider… La mort de Laura… m'a brisé le cœur, littéralement. C'est grâce à elle que je suis ici, que j'ai échappé à cette vie qu'on m'avait programmée.

– Racontez-moi ça depuis le début.

Et Rébecca de dire son presque mariage arrangé, sa fuite avec l'aide de ses copines et surtout de Laura. Les deux étranges rencontres de New York : avec le père de Laura et avec Dov, son presque fiancé. Sa nouvelle vie dans cette université où elle paie ses études en donnant des cours de français. Une vie rêvée si ce n'était la mort de son amie, sa famille abandonnée. Rachel écoute jusqu'au bout son récit, puis lui demande de revenir sur la manière dont Laura a réagi quand elle a vu son père embrasser la jeune inconnue à Grand Central.

– Elle était en état de choc, puis très en colère. Du coup, elle m'a parlé comme jamais auparavant de la violence, de la haine que lui inspiraient ses parents. Elle m'a raconté comment elle avait quitté la maison de famille le jour de ses dix-huit ans. Son père était en voyage au siège des Témoins de Jéhovah, à Brooklyn. On ne célèbre pas les anniversaires dans la secte ; pour eux, ces pratiques sont démoniaques. Laura avait patiemment attendu ce jour pour se révolter contre ces interdits absurdes dans lesquels elle avait grandi. Elle s'est confectionné un joli fondant au chocolat tout rond, avec nappage miroir et inscription en lettres cursives : « Bon anniversaire, Laura. » Lorsque sa mère est rentrée de la salle du Royaume, elle a trouvé la table mise avec deux assiettes, le gâteau surmonté de dix-huit bougies allumées, du champagne dans les flûtes. Assise, Laura souriait à sa mère et souffla les bougies. Avant qu'elle ait eu le temps de reprendre son souffle, Mathilde Vignola avait fondu sur la table en hurlant, empoigné le couteau, levé le bras qu'elle abattit de toutes ses forces. Laura réussit à esquiver le coup et s'en tira avec une éraflure au bras. Vidée, sa mère s'effondra sur le canapé, agrippée à son couteau de cuisine. Laura appela le Samu, accompagna sa mère aux urgences psychiatriques, déposa une main courante à la police mais ne porta pas plainte, se contentant de partir à Paris sans laisser d'adresse. Quand elle a vu son père embrasser cette jeune femme, tout est remonté d'un seul coup et elle a décidé de régler ses comptes lors de son prochain voyage à Niort. Elle voulait tout raconter à sa mère, faire éclater leur couple. Leur faire du mal, tout simplement. Mais bien sûr, rien ne s'est passé comme elle le souhaitait. La dernière fois que l'on s'est parlé au téléphone, deux jours avant sa mort, elle m'a juste dit : « La vieille folle n'a rien voulu entendre, je n'y retournerai jamais ! »

Rébecca fond en larmes, loin, à huit heures de décalage. Là-bas où la nuit est maintenant tombée. Rachel regarde sa montre. Il est temps de mettre fin à la conversation.

– Rébecca, merci infiniment. Je suis désolée de vous faire revivre tout ça.

– Merci à vous, Rachel, merci à vous, surtout.

La sonnerie de l'interphone retentit. Il est temps de passer à la suite. Jean, les grands frères.

41

Rue Eugène-Jumin. Aïssa et Frédéric en pilotage automatique. Deux coups de fil pour immobiliser leurs deux prochaines victimes, chacune sur son lieu de travail. Pile ou face. Face c'est Sam. Les abords sont déserts. La porte du salon est entrouverte, la confiance règne. Le coiffeur fume un Café Crème assis dans le fauteuil en Skaï des clients, face au miroir dans lequel il voit les deux flics faire leur entrée.

– Vous n'avez pas traîné…

Aïssa n'en revient pas de sa connerie, de sa confiance aveugle. La même au fond que celle de son pote le brocanteur vis-à-vis des frères Meyer. Il veut voir se briser son sourire trop malin, son assurance faussement tranquille.

– Oui, et comme on est fatigués, on va faire vite. T'inquiète pas, tu souffriras pas.

Sam fait mine d'allonger sa main vers le tiroir pour y chercher un hypothétique moyen de se défendre.

– Tu bouges pas. Tu te retournes pas. Tu mouftes pas. Je vais faire ça très proprement, dans la nuque. Tu ne sentiras rien. Et moi je serai soulagé d'avoir libéré cet arrondissement de tes bavardages ineptes. J'aurai l'impression d'avoir accompli quelque chose pour la société, tu vois. Depuis le temps que je supporte tes logorrhées autosatisfaites, je me suis promis qu'au moment de te liquider je te ferais un petit discours. Juste assez long pour te faire sentir combien tu m'avais soûlé. Juste pour te faire savoir que, lorsque je n'en pouvais plus, j'avais trouvé un truc pour continuer à te supporter, à t'écouter, à faire semblant de te trouver intelligent, c'était d'imaginer toutes les manières dont je pourrais te tuer. Et finalement, c'est au couscous, la dernière fois, que j'ai envisagé cette mort toute simple, celle à laquelle tu vas avoir droit. Une balle dans la nuque. Juste… une balle… dans la nuque. Tu vois comme c'est chiant de devoir supporter un discours que tu n'as aucune envie d'entendre… Bon, je m'arrête, parce que, moi-même, ça m'ennuie. Je ne te raconterai même pas comment on va liquider Haqiqi en sortant d'ici.

Enkell est immobile à côté de la porte d'entrée, Glock pointé sur le coiffeur pendant que Benamer visse le silencieux sur son Beretta. Accroché à son siège, Sam sue à grosses gouttes et marmonne en boucle des paroles incompréhensibles. Silencieux vissé, le commissaire adjoint s'approche, tend l'oreille.

– Mais tu pries, ma parole, tu avais vraiment de la religion après tout.

Il approche le canon de la nuque de Sam, angle de quarante-cinq degrés. S'immobilise, écoute un instant les mots qui sortent en boucle de la bouche du coiffeur.

Chmâ, Israël, Adonaï Elo-henou, Ado-naï Ehad'
Baroukh chem kevod malkhouto le'olam vaed

Pop.

Songeur, Benamer dévisse le silencieux, se tourne vers Enkell.

– C'est au dernier moment qu'on sait qui est un homme… Finalement, c'était un vrai croyant, ce Sam. Je ne l'aurais jamais cru.

– Bon, on y va ?

Chez Haqiqi, c'est encore plus rapide. Benamer n'a aucune envie de faire le moindre discours. Juste d'en finir. Contrairement à Sam, l'imam comprend au premier coup d'œil où les deux flics veulent en venir. À peine le temps d'emplir d'air ses poumons en vue d'un hurlement, qu'il se retrouve attrapé par les cheveux, tiré en arrière, gorge offerte et aussitôt tranchée par le laguiole d'Aïssa. Depuis la porte, Enkell prononce l'épitaphe :

– Allez, on va se coucher. On a un rendez-vous d'affaires dans moins de cinq heures à Charles-de-Gaulle.

42

Le studio de Rachel n'a jamais été aussi plein. Jean, Bintou, Aïcha, Ruben, Mourad et Alpha. Les garçons ont répété aux deux lieutenants leur récit de cette soirée chez Sam. Il leur faudra recommencer au commissariat et encore et encore chez le juge d'instruction. Jean avait pris la voiture de service, ça tombe bien. Il les emmènera au Bunker, Rachel suivra à scooter. Elle sort dix euros pour donner aux filles de quoi payer un taxi. Aïcha fait mine de refuser, elle lui fourre le billet dans le sac qu'elle porte en bandoulière. Le départ est presque lancé lorsque Ruben se racle la gorge.

– Il y a encore un truc que je dois vous dire, ou plutôt vous montrer.

Il ouvre son poing, et présente aux deux lieutenants un comprimé d'un beau bleu nuit.

– Je ne sais pas pourquoi ni comment, mais je crois bien que c'est à cause de ça que Laura a été tuée.

Jean s'empare du comprimé.

– Qu'est-ce que c'est que ce truc ? Un genre d'ecstasy ?

– On pourrait dire ça, mais surpuissant. Une drogue d'un type nouveau. Quand vous prenez ça, vous avez l'impression d'être Dieu Soi-même.

– Et d'où il sort, ce comprimé ? Tu l'as acheté, tu en vends ?

– Il y a deux mois, le rabbin Seror m'a confié une mission : aller avec d'autres hassidim à Niort récupérer un chargement de tefillin, de rouleaux de la Torah et de *mezuzot* bénies par le rebbe de Brooklyn.

Rachel sursaute.

– À Niort, tu en es sûr ?

– Oui, une destination comme ça, ça ne s'invente pas. Ça m'a paru étrange, mais bon. Je ne discutais pas les ordres du rabbi. Et puis, quand on est arrivé à la villa où l'on devait récupérer la marchandise, il y avait ce drôle de gars. Soixante ans, je dirais, très nerveux. Sec, plutôt bel homme. Je sais pas, quelque chose clochait. Il nous a montré où étaient les caisses qu'il fallait emporter. À proximité, il y en avait d'autres, dont une ouverte qui contenait des piles de *Réveillez-vous*, le magazine des Témoins de Jéhovah. Je n'ai fait aucun commentaire. Il nous a expliqué quelles caisses charger au fond de la camionnette et lesquelles près de la portière. Alors, quand on a fait une pause sur l'autoroute, je suis resté seul, j'ai ouvert l'un des cartons du fond, fouillé au jugé et ramené un sac en plastique rempli de ces comprimés. Depuis lors, on a fait trois voyages. Le dernier stock se trouve encore dans un entrepôt de produits kasher, pas loin d'ici, vers la porte de la Villette. Je peux vous y amener.

Jean et Rachel sont bouche bée. D'un coup, le meurtre de Laura se trouve chargé d'une signification totalement autre. Vite, foncer au commissariat, prendre les dépositions, prévenir Mercator, organiser une descente à l'entrepôt.

43

Mohamed et Ahmed ont beaucoup parlé, beaucoup fumé. Et à présent ils contemplent le Glock. Cela s'est passé d'une manière étrangement simple. Au moment de rentrer chez lui après le rendez-vous avec Rachel et Jean au MK2 quai de Seine, Ahmed avait fait un crochet chez M. Paul. Qui lui avait demandé comment cela s'était passé depuis le matin. Après le récit du passage chez Sam's, le vieux libraire avait gardé le silence pendant un moment, l'air soucieux. Puis il avait fouillé dans le tiroir du bas de son secrétaire pour en exhumer le revolver.

– Prends-le, ça pourra te servir.

– Mais qu'est-ce que vous faites avec ça ?

– Oh, c'est un client à qui j'avais fait crédit, un Serbe, qui me l'a laissé en gage. Il n'aurait pas dû : une semaine après, il se faisait tirer dessus par un autre Serbe, une sombre histoire de là-bas qui l'avait rattrapé ici. Du coup, je l'ai gardé en me disant que ce flingue devait une vie à quelqu'un. Et tu es la seule personne que je connaisse qui ait besoin de protection.

– Mais je ne veux pas m'en servir, moi, et puis je n'ai jamais tiré de ma vie.

– Bien sûr, et je ne te pousserai pas à le faire. Mais je ne sais pas pourquoi, je n'aime pas l'idée de te savoir désarmé face à Sam, Moktar et compagnie… Prends-le ! Ça va te paraître étrange de la part d'un vieil anarchiste comme moi, mais c'est mystique. Cette arme, je ne sais pas comment te dire, elle fera le nécessaire.

Ahmed était remonté chez lui avec le Glock, des ravioles au fromage du Franprix et un téléphone de la boutique SFR pour trouver Mohamed profondément endormi sur la moquette. À son tour, il s'était allongé et avait sombré en quelques secondes. Au réveil, son cousin était debout sur le balcon en train de fumer aux étoiles. À vingt-trois heures, Ahmed avait comme convenu appelé Rachel sans trop y croire et laissé son numéro de portable sur le répondeur de la flic de ses rêves.

Dans le cœur de la nuit, les deux cousins contemplent le Glock et leur destin. Mohamed a parlé, beaucoup, et confié son si banal secret : il ne voulait pas de la fiancée proposée par sa mère car les femmes ne lui disaient rien. Tout simplement. Il avait avoué à Ahmed qu'il connaissait le secret de son oncle depuis des années et qu'il n'avait aucune envie, lui, de vivre dans le mensonge d'un mariage de façade. Sa mère savait, bien sûr. Elle connaissait son fils et s'en fichait complètement, du moment qu'il acceptait de jouer le jeu. De faire des enfants. Jusqu'à un certain point, Mohamed la comprenait, mais il ne supportait pas qu'elle n'ait absolument aucun scrupule à faire, en passant, le malheur d'une jeune fille naïve qu'il ne pourrait jamais aimer ou vraiment satisfaire. Cette cruauté le révoltait. Tout pour le nom, l'honneur, la famille, la perpétuation d'on ne savait plus trop quoi. *Fuck !*

Ahmed découvrait une nouvelle personne. Avec bonheur. Jamais il n'aurait songé se sentir aussi proche d'un faux cousin du bled. Cela le réconciliait avec cette part inconnue de lui-même. Avec ce pays des ancêtres qui n'était finalement peut-être pas si éloigné qu'il l'imaginait. Le destin, dans ses détours, venait de lui offrir le frère qui lui avait tant manqué.

Quatre heures trente. Impossible de dormir. La chaleur est là, qui attire dans la rue. Ahmed entraîne son cousin, son frère, son semblable, en balade nocturne. Il hésite à prendre le flingue. Et puis, allez ! Mais où le mettre ? C'est lourd ! Mohamed porte un sac de toile écrue en bandoulière. Il sait tirer, il a appris dans sa jeunesse avec un oncle officier qui avait fait la bataille d'Amgalla. Il s'empare de l'arme. Les deux jeunes hommes sortent de l'immeuble, respirent l'air de l'été, promesse de bonheur.

Rue Petit, tout est calme, ils tournent dans la rue Eugène-Jumin. Ahmed se sent léger, protégé par l'arme dans le sac de Mohamed-qui-sait-tirer. L'enseigne du salon de coiffure est visible à vingt mètres. Sam le maléfique ne lui fait plus peur, désormais. Un détail attire subitement son attention : la porte de la salle de prière est entrouverte. Obscurité totale, densité du silence. Il fait signe à son cousin de se taire et de faire le guet. Mohamed glisse sa main dans le sac, arme le Glock, place son doigt sur la détente et hoche la tête en direction d'Ahmed qui pousse la porte du coude et penche le buste en avant. Nuit noire. Il allume son portable pour éclairer la pièce. Moquette, tapis de prière roulés sur les côtés. Casiers à chaussures vides, à l'exception d'une paire de Reebok. Détail inquiétant : un Coran ouvert, pages froissées. Le portable s'éteint, Ahmed le rallume, éclaire les alentours du livre saint. Une main, un bras, une gorge. Ouverte. Une barbe bien taillée. Haqiqi. Il recule, laisse la porte se refermer en douceur. Respire un grand coup avant – pris d'une inspiration subite – d'entraîner son cousin qui garde sa prise sur le Glock à trois numéros de là. Une autre porte entrouverte. Pas la peine d'entrer, il sait ce qui se trouve à l'intérieur. Une pensée amusée pour M. Paul dont le Glock lui a donné la force d'affronter les morts.

Avant les vivants ?

D'un pas calme, remonter à l'appartement. Assis à table, devant une assiette vide dans laquelle on distingue des traces d'huile d'olive et de poivre, Ahmed observe son téléphone, hésite quelques secondes, appuie sur la touche verte. Rachel lui répond avant qu'il ait eu le temps de dire Allô. Cela signifie qu'elle n'a pas pu le rappeler mais a pris la peine d'enregistrer son numéro dans son répertoire. Ce simple fait l'emplit de joie.

– Ahmed ? Je n'ai pas pu décrocher tout à l'heure, mais ce n'est pas pour ça que vous m'appelez aussi tard, n'est-ce pas ?

– Non. C'est quoi la confiance pour vous ?

– Vous pouvez préciser ?

– Si je vous dis quelque chose, là, en vous demandant de ne le répéter à personne, ça a un sens ? Ou votre devoir de flic passe d'abord ?

– Quelque chose ?

– Quelque chose d'utile pour vous, pour nous tous, pour Laura…

– Je vous confirme que cette conversation n'est pas en train d'avoir lieu.

– Allez rue Eugène-Jumin. La salle de prière, le salon de coiffure. Des destinées y ont été brutalement interrompues. Quant à moi, je suis à la maison avec mon cousin depuis le début de la soirée. Si vous voulez passer boire un thé… On ne sait jamais… Même à sept heures, même à dix-sept heures.

44

Rachel raccroche. Cinq heures quinze. Elle relit la déposition de Mourad alors qu'à quelques mètres de là, Jean est encore en train d'interroger Ruben tandis que Kevin vient d'en finir avec Alpha. D'un signe, elle appelle son partenaire qui abandonne quelques secondes son client pour la rejoindre.

– Taroudant vient de m'appeler. Il me dit d'aller rue Eugène-Jumin, à la salle de prière et au salon de coiffure, « des destinées y ont été brutalement interrompues ». Ce sont ses mots.

– Et tu comptes y aller seule ?

– Non, je prends Kevin avec moi.

– Kevin…

– Oui, Kevin, parce qu'il vient d'en finir avec Alpha, alors que toi, tu dois organiser la descente à l'entrepôt à partir de la déposition de Ruben.

– Ça peut attendre. Je viens avec toi. Je vais pas te laisser risquer ta peau de cette façon !

– Dis donc, je suis flic autant que toi, non ? Mal payée pour risquer ma peau, comme toi. J'ai eu le tuyau, j'y vais, je constate, je sécurise. Toi, tu fais en sorte, avec Mercator, d'obtenir au plus vite un mandat pour perquisitionner l'entrepôt. Et moi, je te rejoins dès que possible.

Rachel se sent emportée par quelque chose qui la dépasse et qui la rend un peu plus dure qu'elle le souhaiterait avec son coéquipier. Elle dépose un baiser apaisant sur sa pommette droite.

Une heure et demie plus tard, la rue Eugène-Jumin grouille de policiers. Deux assassinats à vingt mètres d'écart, avec le même mode opératoire, ça mobilise du monde. Empreintes, photos, échantillons, témoignages. Haqiqi et Sam, les deux célébrités de la rue. Personne n'a rien vu. La silhouette enrobée de Mercator est adossée à un mur. Pensivement, il mordille un Café Crème. Rachel l'aperçoit, s'approche de lui.

– Alors, Rachel ? On en est où ?

– Sam : une balle dans la nuque à bout portant. Haqiqi, égorgé par un professionnel. Lame extrêmement tranchante, plaie bien dessinée. Deux exécutions… Il faut absolument mettre la main sur Moktar et le rabbin Seror. Ce pourrait être les prochains sur la liste.

– Et Meyer, il est où Meyer ? Vous l'avez vu ces dernières heures ?

– Meyer… J'allais oublier… Il a intercepté un coup de fil qui m'était adressé et il a disparu, pour ce que j'en sais…

– En effet. Personne ne l'a revu depuis hier dix-sept heures, et son portable ne répond pas. Étrange, non ? Vous saviez qu'il avait un frère ?

– …

– Et que le portrait-robot du type étrange et inquiétant dont parlent vos jeunes gens lui ressemble particulièrement ?

– …

– Faites pour le mieux, Rachel, Jean arrive avec les mandats d'arrêt de Moktar et Seror. Il va s'en occuper avec Kevin pendant que vous essayez de gérer ce cirque-là. Quand vous aurez fini, on laisse juste quatre agents ici pour garder les scènes de crime et laisser travailler la scientifique. Pour les autres, regroupement boulevard MacDonald au niveau du Zénith. On ne lancera la perquisition qu'à mon signal. Quel que soit le temps que ça prendra. Je vous quitte, j'ai à faire.

Jean est arrivé au niveau de Rachel. Il s'apprête à dire quelque chose. Elle l'interrompt d'un geste. Mercator se détache de son mur, jette le Café Crème dans le caniveau, effectue trois pas, se retourne.

– Le mal, vous savez, le mal. N'oubliez pas. C'est à cela que nous avons affaire. Ses visages sont multiples, il est unique.

Jean a besoin de parler à Rachel, de lui raconter le juge d'instruction. De lui dire qu'il s'est occupé de trouver un avocat aux trois jeunes, qui devraient bénéficier ainsi d'une libération sous caution. C'est toujours mieux d'arriver libre au procès. C'est toujours mieux de ne pas aller en prison, surtout quand on a vingt-cinq ans et un joli petit cul. Rachel enregistre les informations :

– Oui, oui, très bien, très bien. Maintenant occupe-toi de Moktar et Seror ! Vas-y avec Kevin, fonce ! Je tiens la position.

45

Aéroport Roissy-Charles-de-Gaulle terminal 1.

Les jumeaux Barnes n'ont pas enregistré de bagages à Newark. Juste un sac à bandoulière pour James, une valise à roulettes aux dimensions réglementaires pour Susan. Ils franchissent les portes vitrées automatiques lorsque le téléphone de la jeune femme vibre dans la poche poitrine de sa veste.

– *Yes.*

– Bonjour, Susan, bienvenue à Paris.

– Hello Aïssa. *You're calling right on time.*

– *I know.* On se retrouve au parking. N° B 254.

Trois minutes plus tard, les présentations. Frédéric Enkell, Aïssa Benamer, James et Susan Barnes. Les flics parisiens sont fatigués, tendus. Leurs habits sont froissés. Les jumeaux américains perçoivent immédiatement que quelque chose cloche mais ils ne le font aucunement sentir. Durant le trajet vers Paris, la conversation se déroule pour l'essentiel en français entre Enkell et James. Le commissaire joue gros. Rester factuel, business. Faire comme si le nettoyage avait été effectué proprement. Comme si, par exemple, Raymond Meyer ne rôdait pas dans la nature. Faire surtout comme s'il n'avait pas programmé de liquider les jumeaux dès que le compte de Vignola aurait été réglé.

– Donc, il ne nous reste plus qu'un petit obstacle à éliminer avant de redéployer notre dispositif en Belgique.

– Oui, Vignola. On va s'en charger. Si j'ai bien compris ce que vous m'avez dit ce matin, avant que l'on ne quitte New York, vous vous êtes occupés de tous les… témoins gênants du malheureux accident qui est arrivé à sa fille chérie ?

– Vous avez bien compris.

– Parfait. Nous allons donc traiter le cas Vignola. Vous comprenez, c'est un des nôtres. Il s'agit en quelque sorte d'une affaire interne.

– Oui, je vous comprends parfaitement, mais vous ne connaissez pas le terrain. Vous êtes étrangers, facilement repérables. Laissez-nous faire. Il doit venir cette après-midi à l'hôtel, n'est-ce pas ?

– Oui, à quinze heures.

– Bien, nous le prendrons en charge avant qu'il n'atteigne la réception. Dès que c'est fait, je vous appelle et vous montez dans le premier Thalys pour Anvers. Ça vous va ?

– Je suis au regret d'insister. Ma sœur tient particulièrement à régler cette affaire en famille. Après tout, c'est grâce à elle que nous sommes tous embarqués dans cette entreprise commune promise à un bel avenir. On peut dire qu'elle n'a négligé aucun effort pour cela. Et, en ce qui concerne le cas précis qui nous préoccupe, Susan a même, si j'ose dire, payé de sa personne. Alors elle a décidé de se faire un dernier plaisir avec… l'obstacle que vous mentionniez. Une mise en scène particulièrement soignée, mais rien à voir avec la sauvagerie dont sa fille a été victime, quelque chose de très discret, vous verrez.

Le visage d'Enkell s'est durci lorsque James Barnes a prononcé le mot sauvagerie. Il tente de faire passer cela pour de la concentration au volant alors qu'il manœuvre pour quitter le périphérique. Quelques centaines de mètres, et il tourne à gauche sur l'avenue de la Porte-des-Ternes où il se gare juste en face de l'église Notre-Dame-de-la-Compassion.

– Nous allons réfléchir à votre proposition et vous reparler au téléphone à midi. Vous êtes à deux pas du Concorde Lafayette, on le voit d'ici. Tout droit, première à droite. Vous pouvez effectuer les deux cents derniers mètres à pied ? C'est plus sûr.

– Aucun problème.

– À tout à l'heure donc.

– À tout à l'heure.

Les Barnes sortent de la voiture, claquent les portières. James se retourne vers la vitre ouverte du commissaire.

– Ah ! au fait, monsieur Enkell…

– Oui ?

– Ne le prenez pas mal, mais il ne s'agit pas d'une proposition. Et ne vous inquiétez pas, nous ne serons pas identifiables.

Enkell met deux secondes de trop à répondre, les jumeaux Barnes marchent déjà d'un bon pas en direction de leur hôtel.

Assis à ses côtés, Benamer n'a pas dit un mot depuis Roissy. Il tend un papier à son supérieur.

– J'ai fait une liste pour être sûr de n'oublier personne. Si tu es d'accord, on l'apprend par cœur, on la détruit et on s'y met.

Fait :
Francis Meyer
Sam Aboulafia
Abdelhaq Haqiqi

À faire :
Vincenzo Vignola
Raymond Meyer
Mourad Bentaleb
Alpha Aïdarra
Moktar Touré
Ruben Aboulafia
Haïm Seror
James et Susan Barnes

Enkell lit, reste un moment silencieux, se tourne vers son second, l'air incrédule. Il revient au bout de papier et compte :

– Un deux trois quatre cinq six sept huit. Avec les trois déjà faits, on arrive à un total de onze. Si on ajoute le brocanteur, ça fait douze. Avec Laura on arrive à treize. Remarque, t'as raison, treize ça porte bonheur ! Tu crois vraiment qu'on peut refroidir treize personnes dont onze à l'intérieur d'un triangle de deux kilomètres de côté sans se faire remarquer ? Qu'est-ce qui te prend, Aïssa ? Tu as perdu pied au moment où les choses ont mal tourné avec Raymond ? C'est ça ?

Aïssa Benamer est devenu mutique. Le flic sûr de lui et dominateur s'est métamorphosé en un petit garçon surpris par l'instituteur alors qu'il vient de faire pipi dans sa culotte sur la chaise beige clair de l'école. Du revers de sa main gauche, Enkell le gifle. Il a besoin de lui, là, tout de suite. Il a besoin d'un second qui le seconde, pas d'un tueur décérébré.

– Réveille-toi, Aïssa ! Les Barnes, on les laisse faire leur mise en scène tordue. Ça nous arrange qu'ils fassent le boulot à notre place. Et tu sais quoi ? On les laisse filer après. On est arrivés au point de basculement. Au moment où il s'agit de ne plus rien faire. On y est arrivés hier en fait, quand Raymond t'a échappé. C'est un signe qu'il faut savoir interpréter. À partir de là, on ne bouge plus. Raymond Meyer, ils ne le trouveront pas et il nous fichera la paix, j'en suis sûr. Il n'a aucune envie de risquer une nouvelle confrontation. Pour Haqiqi et Sam, ils vont bien se creuser la tête pour trouver ce qui pouvait les lier, à part le fait qu'ils habitaient dans la même rue… Mais ils ne pourront jamais remonter jusqu'à nous, parce que personne d'autre ne savait que nous étions en contact avec eux. Tu m'entends, personne ! Ni Moktar, ni Ruben, ni Mourad, ni Alpha ! Ni même le rabbin Seror ! Tu m'entends, Aïssa ! Et tu sais le plus drôle ? La petite Laura, on ne l'aurait pas fait liquider, rien ne se serait passé ! Rien du tout. Elle n'avait aucune idée du trafic que couvrait son père, elle ne représentait aucun danger. On a agi par réflexe, sans réfléchir. On a déclenché ce merdier comme ça, sur un claquement de doigts, ivres de notre puissance, de notre impunité. Alors, maintenant, ça suffit ! On réfléchit avant d'agir. Notre but sur terre, ce n'est pas d'être des anges exterminateurs.

– C'est quoi alors ?

Aïssa regarde son patron dans les yeux. Une drôle de lueur vacille au fond de sa prunelle. Il tire. Avec le silencieux, la balle ne fait qu'un maigre pop. D'une banalité affligeante. La circulation continue autour du Scenic, comme si de rien n'était. Personne ne voit

Benamer transférer péniblement Enkell du siège du conducteur à la place du mort. Le commissaire adjoint s'assied, démarre, pousse un soupir indéchiffrable, enclenche la première. Par le périph, l'entrepôt du boulevard MacDonald n'est qu'à dix minutes. Il reste encore de la place dans la cuve.

46

Mercator et Van Holden, assis sur des chaises pliantes, attendent. L'un petit, rond, mélange de bonhomie et de menace, l'autre grand, roux, l'air d'un scientifique un peu ahuri. Devant eux la cuve noire et immobile dont la présence se fait à peine sentir dans l'obscurité. Ils aiment ça : le temps qui se distend, la certitude d'un accomplissement. Pourquoi sont-ils si sûrs d'eux ? Comment savent-ils que leur proie va venir se livrer aussi facilement ? Pour la même raison qu'ils sont chefs, bien qu'ils n'aient jamais été protégés, ni même aimés, par personne dans la hiérarchie. Cela fait-il trois heures, dix minutes, trois jours qu'ils sont là ? Ils ne pourraient le dire. Pour munitions ils ont pris des M&M's, des marshmallows, des Ice Tea et des neuf millimètres Parabellum. De quoi tenir des vies.

En quittant la scène des crimes, Mercator est passé par les Buttes-Chaumont, la petite gargotte où Van Holden prend chaque matin son crème et sa tartine beurrée avant d'aller s'asseoir derrière son bureau directorial à l'Inspection générale de la police nationale. Il lui a simplement dit qu'ils avaient rendez-vous avec Enkell et Benamer, que ce serait bien qu'il vienne. Et les voilà partis à bord du bus 75, jusqu'au boulevard MacDonald. L'adresse, c'est Van Holden qui l'avait trouvée par hasard, deux mois plus tôt. Depuis le temps qu'il brassait du document administratif, dans sa longue enquête sur les flics pourris du dix-huit, il savait reconnaître immédiatement la pépite. En l'occurrence, un banal acte de vente pour une somme bien en dessous du prix du marché d'un entrepôt appartenant à un boucher de la rue du Mont-Cenis, bizarrement innocenté dans une affaire de viande avariée à la suite de la rétractation soudaine du seul témoin. L'acheteur était un certain Ezzedine Moussa, domicilié à Saint-Chamond. Lequel s'avérait avoir eu pour condisciple au collège Aïssa Benamer, et par la suite quelques légers ennuis avec la justice… Van Holden avait incidemment parlé de sa trouvaille à Mercator qui s'en était souvenu en lisant la déposition de Ruben Aboulafia : l'entrepôt appartenant soi-disant à Ezzedine Moussa était mitoyen de celui de Kosher Facilities, où le jeune homme disait avoir déposé le stock de comprimés magiques. La serrure s'ouvrait facilement avec un passe, et deux chaises pliantes – chance ou signe du destin ? – semblaient les attendre, sagement posées contre le mur du fond. Il ne restait plus aux deux compères qu'à s'asseoir, revolvers réglementaires Manurhin sur les genoux. M&M's et marshmallows à portée de main.

La clé tourne dans la serrure. La porte s'ouvre. Une respiration humaine soumise à l'effort. Un mélange de bruits métalliques et pneumatiques. Benamer ne les voit pas, occupé qu'il est à faire avancer son diable. C'est plus dur tout seul, le corps tangue à droite, tangue à gauche. Puis il entend un déclic, deux déclics. Ses yeux ne sont pas habitués à la pénombre, il lui faut quelques secondes pour identifier ses collègues. Mû par un réflexe absurde et tardif, il lâche le diable qui s'écroule dans un fracas, fait mine d'attraper son Beretta.

– Je serais toi, je ferais pas ça, Aïssa.

Et effectivement, Aïssa ne fait pas ça. Il se sent fatigué, soudain, très fatigué. Se laisse menotter sans réagir. Soulagé, en vérité.

Dès lors, tout s'enchaîne. Il y a de la précipitation, au sens chimique du terme, dans les fins d'enquête, quand tous les fils ou presque se dénouent. Kupferstein, Hamelot, Gomes et la moitié des effectifs en tenue de l'arrondissement arrivent sur place deux minutes à peine après l'appel de Mercator. Les comprimés de Godzwill se laissent trouver facilement, banalement cachés dans un double fond aménagé dans la cuve d'acide. Effectuée par sécurité, la fouille de Kosher Facilities, ne donne rien. De retour au Bunker, Aïssa Benamer passe immédiatement aux aveux. Tel un évier qui se débouche. Aussitôt après, les mandats d'arrêt sont émis à l'encontre des jumeaux Barnes et de Raymond Meyer.

On passe les menottes au rabbin Seror au moment précis où il attache ses tefillin pour la prière du matin. À peine installé dans la salle d'interrogatoire du Bunker, le hassid fournit sans se faire prier de précieux détails sur l'organisation du rebbe Toledano à Brooklyn. Il donne notamment l'identité de Dov, ex-fiancé de Rébecca et chimiste émérite, sans qui cette aventure n'aurait pas existé. L'interrogatoire de Moktar est beaucoup plus hasardeux. Faire parler un psychotique n'est jamais aisé. Et celui-là est particulièrement coriace. À force de patience et de ténacité, Rachel et Jean arrivent seulement à lui faire raconter comment, Raymond Meyer et lui – privés du soutien de Mourad, Ruben et

Alpha – avaient attendu Laura sur son palier, au retour de son Los Angeles-Paris. En la menaçant d'un couteau, Raymond lui avait intimé l'ordre de se taire et fait ouvrir sa porte. Puis il l'avait bâillonnée et ligotée. Meyer avait proposé à Moktar de prendre des Godzwill avec lui. Puis l'ex-beatmaker paranoïaque et salafiste ne se souvenait plus de rien. Cela ne changeait d'ailleurs pas grand-chose : l'expertise psychiatrique le considérerait irresponsable, il retournerait à l'hôpital pour un très très long séjour, quel qu'ait été son rôle dans la lente agonie de Laura Vignola. Quant à Raymond Meyer, il demeure introuvable. De même que Vignola, l'un des commanditaires du crime, avec Enkell, Benamer et les Barnes.

Mercator contemple la feuille blanche, son Sheaffer suspendu en l'air. Un instant de flottement puis il secoue la tête en souriant doucement, repose le stylo et fait signe aux trois lieutenants d'entrer. Kupferstein, Hamelot et Gomes s'approchent du bureau, restent debout puisque leur chef ne s'assied pas. Il se met plutôt à parler.

– Elle est finie, donc, cette affaire.

Surpris, Gomes réagit.

– Finie ? Mais il reste Vignola et Raymond Meyer dans la nature. Et les jumeaux Barnes, et…

– Et les hassidim de Brooklyn. Je sais. On n'en attrapera aucun. Pas maintenant, du moins. Bien sûr, on va faire tout ce qu'il faut pour. Signalements, mandats internationaux, Interpol, patin-couffin. Si, on va en retrouver un : Vignola. À vue de nez, je dirais que son cadavre va apparaître pas très loin de chez nous d'ici demain ou après-demain. Il est peut-être même en train de se faire tuer maintenant, mais allez savoir où ? Les Barnes vont s'évanouir dans la nature, le petit chimiste de Brooklyn aussi. Quant aux hassidim du rebbe Toledano, on ne pourra jamais rien prouver.

Hamelot et Kupferstein sourient ironiquement. Gomes a l'air furieux. Mercator poursuit.

– Le mal, Gomes, dans cette histoire, le mal qu'il nous fallait vaincre, c'était Frédéric Enkell, Aïssa Benamer et Francis Meyer. Ils étaient en nous, vous comprenez ? La gangrène, la négation de ce que nous devons être. Pour le reste, on a fait ce qu'on a pu et c'est déjà pas si mal. Mais il n'existe pas de victoire absolue. Il n'y a pas de fin à ce combat. Il dure depuis toujours, il durera toujours.

Il rit.

– Allez ! Buvons un coup. On l'a mérité. Lagavullin quinze ans d'âge. Et puis ensuite, Hamelot et Kupferstein, vous partez quelques jours. Vous ne me serez plus d'aucun usage, sinon.

47

Bien évidemment, les jumeaux Barnes n'avaient pas mis les pieds au Concorde Lafayette. Dès le coup de fil de Vignola, la veille, juste avant leur départ de New York, ils avaient changé leurs plans et réservé une chambre dans un petit hôtel de Saint-Ouen sous le nom d'Arthur et Melissa Kaczynski, un jeune couple de Brisbane, Australie. Dans une sanisette de la porte Maillot, ils avaient changé d'apparence. Perruque rousse pour Susan, fausse barbe à la Trotski et lunettes à monture en écaille pour James. Après l'élimination de Vignola, il ne leur resterait plus qu'à changer une nouvelle fois d'apparence et d'identité, puis à prendre un train de nuit pour Madrid et de là un vol pour le Guatemala, pays frontalier du Belize où ils devaient retrouver Dov. Pour l'heure, les voilà affairés, dans leur chambre de l'hôtel d'Aquitaine, à préparer la mise en scène à laquelle Susan tient tant. Rien au fond de si original. Juste le coup classique de la séance SM qui tourne mal. Dans sa valise à roulettes, tenue latex, menottes, fouet, masque, bâillon.

À quinze heures précises, lorsque Susan ouvre à Vincenzo la porte de la chambre 202, il est subjugué par ce qu'il voit. La femme qui s'est emparée de son destin est la dominatrice, de pied en cap, un loup vénitien du plus bel effet sur les yeux. Les volets sont tirés, seule une veilleuse éclaire la scène. Contre le mur du fond, une corde en cuir pend à mi-hauteur.

Il sait déjà tout. Il est là pour ça. Mourir de sa main, à elle. Aucune trivialité, une certaine beauté, même. Surprenante dans cette chambre au papier peint décrépit d'un hôtel une étoile à trois cents mètres du marché aux puces. Une fois les mains liées derrière le dos, le nœud coulant installé autour du cou, Susan fait avaler un comprimé de Godzwill à son amant. Ensuite seulement, elle pose le bâillon. Dans bien des livres et sur bien des sites, on peut lire que la strangulation démultiplie la jouissance. Depuis toujours Susan Barnes avait envie d'en faire l'expérience. Pas sur elle-même, plutôt sur un sujet mâle, périssable. Bâillonné, Vincenzo Vignola ne peut verbaliser l'intensité du plaisir procuré par la symbiose du sexe, de la drogue et de l'étranglement. Hélas cette précaution est nécessaire, la chambre d'hôtel étant fort peu insonorisée. Mais son regard, elle ne l'oubliera jamais. Ses yeux semblaient voir enfin toutes les merveilles du royaume de Jéhovah.

48

Ahmed et Mohamed sont allés donner un coup de main à M. Paul. Monter des caisses, en descendre d'autres. Le libraire était satisfait de la manière dont son cadeau avait su se rendre utile. «Les morts, oui, il faut aussi savoir les affronter, il sont parfois aussi redoutables que les vivants.» Toutes les cinq minutes, Ahmed regarde l'écran de son téléphone, comme s'il avait pu ne pas l'entendre sonner. Mohamed et M. Paul se regardent, et rient. Ahmed les ignore. Pressé de retourner à la maison, et attendre la visite espérée.

Alors qu'ils arrivent devant la grille d'entrée de son immeuble, Ahmed ressent une étrange sensation sur la nuque. Il se retourne pour découvrir une silhouette familière et massive, de l'autre côté de la rue. L'image même de sa peur. Le responsable de ses cinq années d'errance et d'enfermement. Mohamed comprend tout de suite. Il retient le bras d'Ahmed qui instinctivement cherche le chemin du Glock dans le sac de son cousin.

– Tu es fou, Ahmed. C'est un tueur, un assassin. Tu es un rêveur, un être humain.

Raymond Meyer est perdu dans la contemplation du balcon de l'appartement de Laura. Comme si un secret désormais inaccessible s'y trouvait. Une chose étrange et merveilleuse à laquelle il lui faut aujourd'hui dire adieu. Il baisse la tête pour découvrir face à lui deux jeunes Arabes, dont un presque noir dont il se souvient vaguement, qui le regardent fixement. Ils savent. Ils savent tout. Mais ils ne feront rien car ils tiennent à la vie. Il pourrait traverser la rue, les effacer comme ça, en soixante secondes et six coups de couteau. La rue est pleine de monde. Bien trop de monde. Et dans le quartier, beaucoup trop de flics le recherchent. Il est temps de s'éclipser. Aller voir ailleurs si l'herbe est plus verte. Alors Meyer sourit, largement. Il sourit puis s'incline. Et disparaît. Ahmed se dit que c'est ainsi. Il aura fait ce qu'il pouvait. Il aura été là, le temps de l'enquête, pour Laura. Mais il n'est pas un super-héros, juste un être humain. Un rêveur. Et le mal continuera d'exister sur cette terre qui jamais ne cessera de produire des Meyer et des Laura. Et des Ahmed. Et des Rachel.

Déterminé, il saisit son téléphone, compose le seul numéro de son répertoire.

Quatre heures plus tard, Rachel est assise à ses côtés dans un Thalys pour Amsterdam. Ils ne se sont toujours pas embrassés. Mais pour cela, il y a l'éternité.

Play list

Pissing in a River – Patti Smith
It's Magic – Dinah Washington
La femme des uns sous le corps des autres –
Serge Gainsbourg
Glory Box – Portishead
Sidiki – Les Ambassadeurs internationaux
Dil Cheez – Bally Sagoo
Religion – Public Image Limited
Sympathy for the Devil – The Rolling Stones
J'ai rencontré l'homme de ma vie – Diane Dufresne
Melody – Serge Gainsbourg
Ouais ouais – Booba

Fakirs
Antonin Varenne

Alan Mustgrave exerçait le métier de fakir. Américain, ancien Marine, homosexuel et héroïnomane, il est mort sur scène, à Paris, dans d'étranges circonstances. Son meilleur ami John cherche des réponses, mais ne fait que soulever davantage de questions. Accident, suicide, assassinat? Le commissaire Guérin, paria du 36 Quai des Orfèvres relégué au service des Suicides, n'est pas au bout de ses peines.

Prix du Meilleur Polar des lecteurs de Points 2010

« Antonin Varenne, nouveau pape du roman policier. »

Le Point

ÉGALEMENT CHEZ POINTS POLICIER

Passage du Désir
Dominique Sylvain

Lola Jost, ex-commissaire en retraite anticipée, et Ingrid Diesel, masseuse américaine
au passé mouvementé, sont voisines. Rien
ne les rapproche, si ce n'est un crime sordide
commis dans leur quartier. Pour retrouver
le coupable, ce tandem haut en couleurs,
improbable et truculent, investit les milieux
de la prostitution, ceux du cinéma gore, et
l'univers retors d'un tueur obsessionnel.

Grand Prix des lectrices de ELLE 2005

*« Ce roman exerce sur le lecteur
un charme irrésistible. »*

Télérama

ÉGALEMENT CHEZ POINTS POLICIER

Ad vitam aeternam
Thierry Jonquet

Anabel a vingt-cinq ans. Elle travaille dans une boutique où l'on pratique le piercing et d'autres techniques un peu plus hard core. Elle se lie d'amitié avec un étrange propriétaire de magasin de pompes funèbres. Ensemble, ils vont mettre à rude épreuve les projets de la Grande Faucheuse...
Thierry Jonquet flirte avec le fantastique pour délivrer, crescendo, un suspense haletant.

« Terrifiant et fabuleux. »

Télérama

Le dernier Lapon
Olivier Truc

Depuis quarante jours, la Laponie est plongée dans la nuit. Dans l'obscurité, les éleveurs de rennes ont perdu un des leurs. Mattis a été tué, ses oreilles tranchées – le marquage traditionnel des bêtes de la région. Non loin de là, un tambour de chaman a été dérobé. Seul Mattis connaissait son histoire. Les Lapons se déchirent : malédiction ancestrale ou meurtrier dans la communauté ?

« Ambiance polaire, traditions religieuses et querelles d'éleveurs, le Français Olivier Truc réussit un étonnant thriller qui n'a rien d'une promenade exotique. »

Télérama